suhrkamp taschenbuch 379

Christiane Rochefort, 1917 in Paris geboren, begann ihre schriftstellerische Laufbahn 1945 zunächst als Journalistin. 1958 machte sie auf sich aufmerksam mit dem Buch *Le repos du guerrier* (dt. *Das Ruhekissen*), dem weitere erfolgreiche Romane wie *Les petits enfants du siècle*, 1961 (dt. *Kinder unserer Zeit*), *Les stances à Sophie*, 1963 (dt. *Mein Mann hat immer recht*), *Une rose pour Morrison*, 1966 (dt. *Eine Rose für Morrison)* folgten. Ihr Roman *Encore heureux qu'on va vers l'été*, 1975, erschien 1977 unter dem deutschen Titel *Zum Glück gehts dem Sommer entgegen.*
Das Ruhekissen, mit dem »Prix de la Nouvelle Vague« ausgezeichnet und von Roger Vadim verfilmt, ist ein ungewöhnlich mutiges Buch. Christiane Rochefort erzählt die Geschichte von Liebe und Hörigkeit einer Frau, geschildert von dieser Frau selbst. Geneviève Le Theil verfällt einem jungen, süchtigen Intellektuellen, der seine ganze Intelligenz nutzt, um Geneviève immer tiefer zu erniedrigen, sie des letzten Restes eigenen Wesens zu berauben, ihr Denken, Empfinden und Fühlen zu nehmen. Wie dann in der tiefsten Krise, in der beide zugrunde gehen müßten, beide schon bereit sind, sich aufzugeben, die Idee des Lebens triumphiert, das gehört zu den erstaunlichen Wendungen dieses erstaunlichen Buches.

Christiane Rochefort
Das Ruhekissen

Roman

Suhrkamp

Aus dem Französischen von Ernst Sander
Titel der Originalausgabe:
Le repos du guerrier
Bernard Grasset, Paris

suhrkamp taschenbuch 379
Zweite Auflage, 8.–12. Tausend 1978

Druck: Nomos Verlagsgesellschaft, Baden-Baden
Printed in Germany
Umschlag nach Entwürfen
von Willy Fleckhaus und Rolf Staudt

Das Ruhekissen

Erster Teil

I

Das wäre geschafft! Jetzt ist es soweit. Ich habe meinen Willen bekommen. Das Gelände ist abgeräumt. Kahl und nackt. Völlig nackt. Und gehört mir. Ein vollkommener, teuer erkaufter Sieg, und dennoch jähe Ungewißheit. Erschrecken: die Brücken sind hinter mir abgebrochen, ich muß voran. Unter meinen Füßen ist alles leer; wohin treibt es mich wohl? So verdient das Glück auch sei, so hoch der Preis: an der Schwelle zögert das Herz; ich habe Angst, daß ich meinen Schritt bereue, daß ich nachgebe. Ob ich zur Salzsäule werde? Es ist nicht gut, beim Sichumwenden nichts als Trümmer zu erblicken: dann weiß man nicht mehr, wohin man geht.

Unsinn: die Angst hängt mit meinem Zustand zusammen, und eines Tages bin ich von beidem frei. Dies seelische Unbehagen soll normal sein, ist mir gesagt worden. Es liegt an den Drüsen. Man muß das Vergangene ein für allemal verbrennen wie alte Briefe; nicht mehr daran denken. Ich muß Renaud verlassen, da auch er sich selber verlassen hat. Und muß weitermachen. Wie bisher. Und leben. Mit dem, was ich habe. Was ich gewollt habe.

– – – –

Eine Erbschaftsangelegenheit hat mich in jene Stadt geführt, wo nichts darauf hindeutete, daß ich mein Leben aufs Spiel setzte. Niemand stand auf dem Bahnsteig und wartete auf mich, um es mir zu sagen und mir zu raten, schleunigst kehrt zu machen. Es war elf Uhr fünfzig. Es regnete. Hinter meinem Rücken fuhr der Zug lautlos davon, glitt über die feuchten Schienen; einzig mich hatte er hier abgesetzt, und ein paar Fahrräder. Mich fröstelte. Ich hätte einen Regenmantel mitnehmen sollen. In Paris war schönes Wetter. Man denkt immer, es sei überall das gleiche Wetter. Aber vor allem im Herbst sollte man mißtrauisch sein.

An der Mauer leuchtete ein blaues Plakat der S.N.C.F.: ein südliches Dorf, das auf einem Felssporn hockte. Saint-Paul-de-Vence. Mildes Klima. Orangenhaine. Ich gelobte mir, so schnell wie möglich hinzufahren, sofern meine neuen Vermögensumstände es mir erlaubten.

Ich vergewisserte mich auf dem Fahrplan über meine Rückreise. Ich wollte nicht trödeln. Ich würde alles innerhalb von vierundzwanzig Stunden regeln und dann morgen mit dem Achtzehn-Uhr-siebenundzwanzig wieder abfahren; bequemer Zug; ich kam einundzwanzig Uhr zwei in Paris an. Ich würde Pierre schreiben, er solle mich am Bahnhof abholen. Alles war klar vorgezeichnet. Ich wollte, alles wäre klar vorgezeichnet.

Es war Mittag. Nicht weiter überrascht trat ich auf einen häßlichen, windüberfegten Platz hinaus. Gegenüber, diesseits und jenseits einer breiten Straße, deren Platanen die letzte Rinde abwarfen, standen zwei gleichermaßen unansehnliche Hotels, zwischen denen ich einen Augenblick schwankte; flüchtiges Zögern, dessen Bedeutung mir damals nicht aufging – ich entschied mich für »La Paix«, rechter Hand, gegen »La Gare«, das genauso gut oder schlecht war, mich aber genötigt hätte, noch eine Straße zu überqueren; und, ich habe es gesagt, es regnete, und ich hatte keinen Regenmantel. Im übrigen geschah das ganz gedankenlos, oder wenigstens beinahe. Kurz und gut: ich ging in das Hotel »La Paix«.

»Einzelzimmer oder Doppelzimmer?« fragte der hinter seine Theke geduckte Dicke.

Sah er denn nicht, daß ich allein war? Ich wies ihn darauf hin.

»Doppelbett oder einfaches Bett?«

»Das ist mir absolut gleichgültig.«

»Ich gebe Ihnen Nummer sieben.«

Er schob mir ein Formular hin. Geneviève Le Theil. Studentin. Zweck der Reise: Geschäfte. Geschäfte. Augen halb geschlossen, überprüfte der Mann das Dokument mit einer Aufmerksamkeit, die es nicht verdiente, und warf mir einen unnötig argwöhnischen Blick zu. Berufskrankheit. Oder Kurzsichtigkeit. Ich ging hinauf, geleitet von einem Hausdiener von zweifelhafter Sauberkeit. Das Waschbecken lief nicht richtig ab, und das warme Wasser war keins. Ich fand mich damit ab. Ich zog eine frische Bluse an und ging hinunter; der Hotelwirt hob die Nase von seiner Zeitung und folgte mir mit den Augen, als wundere ihn mein Verhalten. Das war indessen ganz erklärlich, es war fast ein Uhr, und ich ging zum Mittagessen, bevor ich den Notar aufsuchte.

Ich verließ ihn um fünf. Ich war Eigentümerin zweier Miethäuser in der Stadt, einer Wohnung in den Außenbezirken und vor allem von Zinsen aus Wertpapieren und barem Geld; die Gesamtsumme, die sich aus den Quer- und Längsreihen ergab, wurde mir nicht ganz deutlich, aber sie schien mir ein auskömmliches Dasein zu versprechen, während ich mit gerunzelten Brauen durch die Straßen lief, ließ ich allen möglichen Wunschgedanken freie Bahn, die ich mir bislang aus Furcht vor einer Enttäuschung vernünftigerweise untersagt hatte: mit alten Leuten erlebt man bisweilen Überraschungen; schlechte Kapitalanlagen, Abwertungen ... Tante Lucie hatte offensichtlich diese Klippen umschifft. Ich empfand Dankbarkeit für diese Verwandte; ich hatte sie seit meiner Erstkommunion nicht gesehen; ein friedlicher Tod hatte sie in einem vernünftigen Alter erlöst, und da es ihr an anderer Nachkommenschaft mangelte, hatte sie mich als Erbin eingesetzt. Mochte sie dort droben beruhigt sein: ich hegte, was ihr mir in den Schoß gefallenes Vermögen anging, die reinsten Absichten. Es sollte notleidenden Kindern zugute kommen, wie ich es schon seit langem mit einer Freundin geplant hatte. Ich hatte Kinder sehr gern, und zwar um so mehr, als mein Gesundheitszustand mir vielleicht nie erlauben würde, selber Kinder zu bekommen; und Claude Amyot wurde durch ihre Charakteranlage spontan dem Wohltun zugetrieben, ihr reiner Eifer erregte in mir bisweilen Bewunderung, bisweilen Neid; sie dachte immer nur an die andern; mir dagegen geschah es schon, daß ich auch an mich dachte, an mein Glück, an mein eigenes Leben. Dennoch führten uns diese unterschiedlichen Wege mit der gleichen Inbrunst dem gleichen Ziel entgegen, und dementsprechend hatten wir unsern Studienplan angelegt; für alles übrige, und vor allem für die Lösung der materiellen Probleme, hofften wir ein wenig auf die Vorsehung: die hatte das zweifellos gerührt. Ich schuldete Claude, der in Ungewißheit auf einem Pariser Bahnsteig Zurückgebliebenen, eine beruhigende Nachricht; ich machte mich auf die Suche nach dem Postamt, wo ich ein heuchlerisch knappes Telegramm aufgab: »Alles in Ordnung. Kann Pläne machen.« Erst beim Aufgeben dieses Telegramms vergegenwärtigte ich mir meine Lage von Grund auf und leistete mir infolgedessen, da ich mich erinnerte, daß es regnete, in einem Laden der Stadt einen Regenmantel, fest entschlossen, ihn niemals außerhalb ihrer Mauern zu tragen, so zweifelhaft war der Schnitt, so bäurisch der Stoff. Also geschmückt, begab ich mich eilends in mein Hotel, wohin mich nichts trieb, abgesehen davon, daß ich nichts anderes zu tun hatte und die wirre Empfindung verspürte, »schon allzuviel Zeit verloren zu haben«. Eine völlig ursachlose Empfindung, die ich damals, wenn ich jetzt darüber nachdenke, dem Wunsche zuschrieb, mir über mich selber klar zu werden. Ich muß immer ganz genau wissen, woran ich bin. Ich ging schnell und überschritt mehrere regenschimmernde Eisenbrücken. Es war noch nicht ganz sechs Uhr, als ich durch die Hoteltür ging; als er mir den Zimmerschlüssel gab, bedachte der Wirt mich wiederum mit jenem zugleich indiskreten und verwunderten Blick, den ich jetzt der Kurzsichtigkeit zuschrieb. Ich ging rasch nach oben. Das Schloß machte Schwierigkeiten. Ich ließ nicht locker. Im Innern fiel ein Schlüssel zu Boden, die Tür ging auf.

Ich machte sie schleunigst wieder zu. Ich hatte mich geirrt. Die Nummer bestätigte es mir: sechs. Ich hatte Nummer sieben, nebenan.

Ich blieb unbeweglich stehen. Unglaubwürdig klar umrissen verharrte in mir das Bild: auf einem großen Bett schlief ein Mann, völlig angekleidet, mit offenem Munde. Alles an ihm, seine Körpermaße, sein Gesicht, war anormal. Aus seiner Kehle drangen unregelmäßige Schnarchlaute. Das Ganze bot im schwindenden Tageslicht einen sinistern Anblick. Dabei war es lediglich ein schlafender Mann; ich hätte längst weitergehen müssen, in mein Zimmer – aber ich ging nicht weiter. Mir schlug das Herz, als wisse es mehr als ich von dem, was hier geschehen war. Es war lediglich ein schlafender Mann; vielleicht sinnlos betrunken, wie tot. Das Wort klang irgendwie beunruhigend. Ich hielt es nicht mehr aus. Impulsiv machte ich noch einmal die Tür auf, und das erste, was ich wahrnahm, war tatsächlich, auf dem Nachttisch, das Röhrchen, neben dem Wasserglas. Sogar zwei Röhrchen. Ohne Etikett. Ich horchte genauer auf die Schnarchlaute: Röcheln. Eine große Hand hing über den Bettrand. Ich berührte sie: kalt. Ich wagte es, sie zu schütteln: keine Reaktion. Es war gräßlich. Ich stolperte hastig die Treppe hinab.

»Monsieur, ich glaube, einem Ihrer Gäste ist etwas zugestoßen!«

Der Wirt hob in aller Ruhe die Nase von der Lokalzeitung.

»Sieh mal an«, sagte er ohne die mindeste Überraschung. »Welchem denn?«

»Dem auf sechs.«

»Sieh mal an«, sagte er nochmals, und noch immer, ohne sich vom Fleck zu rühren. »Und wenn ich mir die Frage erlauben darf: woher wissen Sie es?«

»Ich habe mich im Zimmer geirrt. Hören Sie, Sie brauchen ja nur hinaufzugehen; mich geht das nichts an.«

Er bewegte seine Massigkeit um ein paar Zentimeter.

»Etwas zugestoßen?«

»Ich glaube, er hat sich vergiftet.«

»War denn seine Tür nicht abgeschlossen?«

»Mein Schlüssel hat gepaßt. Hören Sie ... «

»Komisch!« sagte er, legte die Zeitung hin und stand endlich auf.

»Sie werden ja sehen: ich habe ihn stecken lassen. Ich glaube, man sollte möglichst schnell ... «

Er schob sich an mir vorbei und fing schwerfällig an, die Treppe hinaufzusteigen. Sein Begriff »Eile« wich von dem meinen ab.

»Nummer sechs?« fragte er abermals, was natürlich einen Aufenthalt gab, und hielt mir sein stumpfes, irgendwie übelwollendes Gesicht hin.

»Sechs, ja! Sechs, zweimal drei!«

Ich hatte die Tür offengelassen. Ich wurde mir bewußt, daß ich dem Wirt nachgegangen war. Er trat ein und rüttelte seinen Gast.

»Monsieur! He, Monsieur! Monsieur, wachen Sie auf!«

»Ich würde mich sehr wundern, wenn er aufwachte«, sagte ich und zeigte auf die Röhrchen.

»Ach so«, sagte er. »Üble Geschichte, wenn es das ist! Üble Geschichte, das kann man schon sagen!« fuhr er mich an, als hätte ich die Sache in Szene gesetzt. »Die Polizei muß gerufen werden. Monsieur!«

Monsieur ließ das unbeachtet. Er atmete jetzt geräuschlos. Beim Hinausgehen probierte der Wirt meinen Schlüssel.

»Na, gut schließt er gerade nicht!«

»Aber er schließt. Glücklicherweise übrigens! Für Sie!« fügte ich mit einem Nachdruck hinzu, der mir als nur zu angebracht erschien.

»Und wo ist der andere Schlüssel?«

»Hören Sie mal ...« Aber es hatte keinen Zweck, ihn anzutreiben; ich war kein Herkules. »Ich habe ihn hinfallen hören«, schimpfte ich. »Schließlich kann er nicht weggelaufen sein.«

Nochmals machte er die Tür auf, fand tatsächlich den Schlüssel Nummer 6 und machte die Tür wieder zu. Der Mann im Bett war vielleicht in der nächsten Minute hinüber.

»Er hat ihn stecken lassen, aber nicht umgedreht«, stellte mein Wirt fest, als er endlich die Treppe hinunterging.

»Ein Glück! Denn wenn er ihn umgedreht hätte –« ich schrie beinahe, »– dann hätte ich nicht aufschließen können; ich hätte meinen Irrtum bemerkt, wäre in mein Zimmer gegangen, und morgen früh hätten Sie eine Leiche entdeckt. Was übrigens doch noch geschehen wird.«

Er schien die Anspielung zu kapieren und nahm den Telefonhörer zur Hand. Ich haßte die Provinz in ihrer

Gesamtheit. Wir in Paris sind denn doch etwas gewitzter. Endlich hatte er das Kommissariat, und dann teilte er mir mit, als sei ich eine Angehörige, sie würden gleich kommen. Ich hatte voll und ganz meine Pflicht getan. Meine Rolle war ausgespielt.

»Ich möchte nach oben gehen«, sagte ich und streckte die Hand nach meinem Schlüssel aus, den er in der Hand behalten hatte.

»Lohnt sich nicht; sie kommen gleich.«

»Ich mag sie gar nicht sehen.«

»Aber die Sie ganz sicher«, sagte er drohenden Tons. »Sie haben ihn nämlich gefunden.«

Das stimmte. Ich setzte mich. Der Mann oben im Zimmer losch aus. Tödliche Minuten, buchstäblich, gingen hin. Ich fing an, die Pendeluhr im Büro ticken zu hören; bis jetzt war sie stumm gewesen. Der Wirt hatte sich wieder an seine Lokalzeitung gemacht.

Endlich stoppte der Dienstwagen, Türen knallten, die Krankenträger kamen herein; ihnen folgte ein Mann, wohl ein Polizeiinspektor. Bei seinem Anblick war der Hotelwirt mit einem Sprung auf den Beinen; zu meiner Überraschung konnte ich feststellen, daß er durchaus imstande war, sich zu beeilen; dazu bedurfte es bei ihm der Polizei; er lief den andern voraus, jetzt vor allem darauf bedacht, die Last loszuwerden, die von einer Sekunde zur andern recht unangenehm zu werden vermochte. Wenn es bloß darum ging, daß irgend jemand starb – warum sich dann beeilen? Aber die eigene Bequemlichkeit, dann wurde die Sache ernst.

Die Krankenträger kamen überaus rasch wieder herunter. Über den Mann war eine Decke geworfen worden. Vielleicht war er tot?

Der Wagen fuhr sofort an. Der Wirt kam mit dem Inspektor herunter. Er war erleichtert. Er lächelte, dergleichen Leute neigen immer dazu, der Polizei gegenüber liebenswürdig zu sein.

»Wir wollen uns mal seine Anmeldung ansehen. Jean Renaud, Student. So jung sah er eigentlich gar nicht mehr aus. Haben Sie seine Kennkarte gesehen?«

»Er hat vor meinen Augen die Nummer eingetragen.«

»Wahrscheinlich hat er sie zerrissen und ins W. C. geworfen, und die Nummer stimmt nicht. Da drin sind auch keinerlei Papiere«, sagte er und zeigte auf eine lederne Aktentasche, die er mit nach unten gebracht hatte. »Wenn er draufgeht, dann gibt es Scherereien. Passen Sie das nächste Mal ein bißchen besser auf.«

»Ja«, sagte der Hotelwirt betroffen und warf mir einen Blick zu, der Nachforschungen verhieß. »Aber er wird wohl davonkommen, er war erst knapp drei Stunden da oben, als er gefunden worden ist. – Durch Madame«, sagte er und lenkte durch eine Armbewegung die Aufmerksamkeit der Polizei auf mich.

»Ach so!« sagte der Inspektor und wandte mit einem Ruck dem Hauptstück der Angelegenheit seine volle Breitseite zu. »Kennen Sie den Betreffenden – hä, Madame oder Mademoiselle?«

»Mademoiselle. Nein, ich kenne den Herrn natürlich nicht.«

»Sie sind heute angekommen?«

»Mit dem Zug elf Uhr fünfzig«, bekräftigte der Wirt.

»Ebenfalls von Paris?«

»Ja.«

Ebenfalls. Der Inspektor sah den Hotelbesitzer an. Ich fühlte die Hypothese »vollkommenes Verbrechen« drohen. Das hatte gerade noch gefehlt.

»Und Sie haben diesen Mann nie zuvor gesehen?«

»Nein. Wie ich Ihnen gesagt habe.«

Ich hatte mancherlei Geschichten gelesen, die so anfingen und deren Held dann unter dem Fallbeil endet. Ich hielt es für klüger, den ganzen Sachverhalt Punkt für Punkt darzulegen, ehe die Hinrichtungsmaschine mit mir darin in Tätigkeit gesetzt wurde.

»Ich bin aus geschäftlichen Gründen hier. Ich muß die Erbfolge einer meiner Tanten regeln, der Madame Lescure, und deswegen bin ich hergekommen und habe mit Maître Varangé, ihrem Notar, verhandelt.«

Unvermittelt breitete sich Liebenswürdigkeit über die Züge meines Hotelwirts: er wirkte jäh erleichtert; ich existierte.

»Ich bin gegen sechs Uhr von Notar Varangé wieder zurückgekommen und habe mich in der Tür geirrt.«

»War die Tür offen?«

»Mein Schlüssel paßte.«

»Das stimmt«, sagte der Wirt; er eilte mir spornstreichs zu Hilfe. »Wieso, das ist mir nicht klar, aber der Schlüssel von Nummer sieben paßt auch für sechs. Ich habe mich davon überzeugt. Ich selber habe keine Ahnung davon gehabt.«

»Ein glücklicher Zufall«, sagte der Inspektor; er war wohl weniger auf den Kopf gefallen als mein biederer Wirt.

»Ja, in diesem Fall ist es ein Glück«, sagte er; sein Gehirn schien sich endlich auf die richtige Fährte einzustellen.

»Die Dame ist also mit dem Zuge elf Uhr fünfzig angekommen, hat ein Zimmer genommen ...«

»Ja«, sagte der Hotelbesitzer, »dann ist sie kurz danach weggegangen und erst um sechs wiedergekommen. Der Mann, der ist gegen halb drei gekommen, wahrscheinlich mit dem Zuge vierzehn Uhr achtzehn.«

»Da war die Dame also schon weg?«

»Seit über einer Stunde.«

Wie gut, daß ich in der Stadt zu Mittag gegessen hatte! Hätte ich es mir etwa einfallen lassen, ein bißchen zu ruhen, dann säße ich jetzt schön in der Tinte. Ich begann das Verhalten des Hotelwirts zu durchschauen: unmittelbar hintereinander kommen zwei alleinreisende Pariser Studenten an, Schlüssel, die alle Türen öffnen ...

»Er hat ein Zimmer für eine Nacht verlangt und es samt dem Trinkgeld im voraus bezahlt. Ich habe gefragt, ob er eins mit Doppelbett oder mit einfachem Bett haben wolle, wie ich es stets tue, natürlich nur, wenn welche zur Verfügung stehen; warum soll man einem Gast nicht gefällig sein? Er hat verständnisvoll gelächelt und gesagt: ›Ein Doppelbett, ohne das geht es nicht.‹ Natürlich habe ich bei dieser Bemerkung zunächst an eine Weibergeschichte gedacht; versetzen Sie sich doch in meine Lage.«

Allerdings. Gesegnet sei das Mittagessen, das übrigens schauderhaft gewesen war. Mein Appetit hatte mich gerettet.

»Komische Frau«, sagte der Inspektor, »für die er das Doppelbett hat haben wollen.« Er meinte »Madame la Mort«.

Der Hotelwirt lachte.

»Dann hat er noch gesagt, er wolle bis morgen früh ungestört bleiben. Ich habe nach wie vor denselben Gedanken gehabt, versetzen Sie sich doch in meine Lage. Wirklich, er hatte alles einkalkuliert.«

»Nur etwas hatte er nicht einkalkuliert«, sagte der Spaßvogel von Inspektor, »nämlich, daß der Schlüssel von Nummer sieben auch für Nummer sechs paßt ... und daß« – er wandte sich mit einem wohlwollenden Lächeln mir zu – »und daß junge Mädchen manchmal zerstreut sind. Er wird sich wundern, wenn er ohne Papiere und ohne Geld im Krankenhaus aufwacht. Während er doch glaubte, mit allem fertig zu sein ...«

Da hatte ich etwas Schönes angerichtet. Bislang war ich überzeugt davon gewesen, etwas Gutes getan zu haben. Jetzt erkannte ich plötzlich, daß »Jean Renaud« die Sachlage anders betrachten könne.

»Na ja, das muß er mit sich selbst abmachen«, sagte der Wirt. »Es hat ihn schließlich keiner dazu gezwungen.«

Der Inspektor sagte, die Sache sei erledigt, zumal da es aller Wahrscheinlichkeit nach dabei keinen Toten geben werde, entschuldigte sich der mir gestellten Fragen wegen, und bot mir die Hand. Ich hatte mit der Sache nicht das mindeste zu schaffen. Wie gut, daß ich ein Alibi hatte: eine ehrenwerte tote Tante und einen Notar.

Jetzt lächelte der Hotelbesitzer mich an, wie er die Polizei angelächelt hatte.

»Na, schön«, sagte er. »Wir haben unsere Pflicht getan. Aber trotzdem: deswegen in mein Hotel zu kommen! Hätte er es nicht bei sich daheim abmachen können?«

»Vielleicht war es da weniger bequem«, sagte ich.

»Das ist kein Grund, zu mir zu kommen. Versetzen Sie sich doch in meine Lage. Er kommt an und sagt mir: ›Ich möchte bis morgen früh nicht gestört werden.‹ Also war es seine Absicht, mir seine Leiche aufzuhalsen. Na ja. Meiner Meinung nach ist so was ekelhaft. Mag Selbstmord begehen, wer da will, aber auf keinen Fall bei Leuten, die er nicht kennt.«

Obwohl es mir mißfiel, gleicher Ansicht mit einem so vulgären Menschen zu sein, mußte ich zugeben, daß mich dies Gemisch von Verachtung anderer Menschen und Mangel an Selbstachtung heftig abstieß. Seine Leiche in wer weiß was für einem Zustand einfach hinterlassen, sie dem Erstbesten preisgeben, als werfe man sie in den Abfalleimer... Einer so vollkommenen Verneinung des Lebens, schlimmer als der Selbstmord an sich, stand ich ungläubig gegenüber, nahe daran, sie zu verdammen. Darin lag nicht nur Verzweiflung und Überdruß, sondern es war überdies skandalös. Und außerdem: in die Provinz zu fahren, um Selbstmord zu begehen! Wenn er schon Wert darauf legte, mit einem Wortwitz zu enden, so gab es auch in Paris ein Hotel de la Paix!

»Bringen Sie sofort Nummer sechs in Ordnung«, sagte der Wirt zu dem Hausknecht. »Und zwar gründlich. Und lassen Sie das Fenster offen.«

Frische Luft über die ganze Geschichte.

»Offen gestanden«, sagte, vertraulich, der Hotelbesitzer zu mir, »ich hatte geglaubt, Sie kennten ihn. Versetzen Sie sich doch in meine Lage! Bei unserm Beruf, und vor allem in diesen Hotels in Bahnhofsnähe, die nach nichts aussehen, da kann man mancherlei erleben, mehr als man meinen sollte, und vor allem mit Leuten, die anständig aussehen. Man lernt, mißtrauisch gegen den besten Eindruck zu werden; es bleibt einem nichts anderes übrig. Sie kommen an. Zwei Stunden danach kommt dieser Bursche, ebenfalls allein, ebenfalls mit kleinem Gepäck, und da sage ich mir eben: sieh mal einer an, der kommt wegen meiner Kleinen von Nummer sieben ...«

Ich zuckte beleidigt zusammen, daß ich in Zusammenhang mit dem sterbenden Kerl gebracht wurde. Freilich war er bei seiner Ankunft kein Sterbender gewesen. Er hatte sogar einen Witz über das Doppelbett gemacht. Aber dennoch.

»Sie müssen mich recht verstehen«, sagte der Hotelbesitzer, als er merkte, wie ich mich ärgerte. »Wenn man sich nicht auskennt. Bei unserm Beruf kommt man dahin, sich Romane zusammenzubasteln, und häufig trifft man dabei das Richtige. Na, zu Ihrem Glück hat es diesmal nicht gestimmt. Sie sind also Madame Lescures Nichte?«

Na also. Themawechsel. Er hatte meine Tante nicht gekannt, wohl aber meinen Onkel Charles also. »Er hat immer da drüben, gegenüber, Karten gespielt, sehen Sie.« Er zeigte auf das Café des Bahnhofshotels, wo ich ebensogut hätte absteigen können, wie ich mit einigem Bedauern dachte. »Die Lescures hatten doch Miethäuser in der Stadt, nicht wahr? Und dann das Einfamilienhaus; es hatte einen sehr schönen Park, leider führt jetzt die Umleitung für die schweren Lastwagen unmittelbar daran vorbei. Irgendwo da herum soll jetzt auch ein Motel gebaut werden; Sie wissen ja, diese Kasernen an den Landstraßen, die neue Mode . . .«

Ich besaß Miethäuser, ein Einfamilienhaus, einen sehr schönen Park. Das hatte ich ein paar Minuten lang vergessen. Ich fand meine Sicherheit wieder.

»Jetzt möchte ich zu Abend essen«, sagte ich aufgeräumt.

Ich dürfte nicht aufs Geratewohl irgendwohin zum Essen gehen, rief der Wirt eifrig, die Küche sei das beste, was die Stadt zu bieten habe. Spezialgerichte. Er empfahl mir das »Chapon Vert«, setzte mir auseinander, wie ich gehen müsse, stellte mir beinahe die Speisenfolge zusammen.

»Nach all diesen Aufregungen«, sagte er, »brauchen Sie eine gute Mahlzeit.«

Nach diesen Aufregungen! Was für Aufregungen denn? Ach so, ja, der Tote. Ich dachte mit einiger Beklommenheit an ihn. Die lange, kalte Hand, die ich angerührt hatte. Ich ging hinauf und machte mich ein bißchen zurecht.

Ich erwies meinem gastronomischen Abendessen wenig Ehre. Allein, umgeben von üppigen Gerichten, fühlte ich mich unbehaglich. Ich kehrte rasch wieder zurück.

»Obacht!« sagte der Wirt, als er mir den Zimmerschlüssel gab. »Nummer sieben!«

»Es ist doch gar nicht so übel, wenn ich mich täusche.«

Dem stimmte er zu, wünschte mir eine recht gute Nacht, und ich werde schon merken, wie still sein Haus sei. Das stimmte. Ich setzte mich an den Tisch und versuchte, mit mir ins reine zu kommen. Die Stille bedrückte mich. Meine Gedanken irrten ab. Kein Laut, bis auf die verschnupften Züge, die eine noch dichtere Stille hinter sich ließen. Ich war allein, mitten in der Nacht. Nein. Nicht allein. Am andern Ende der Stadt rang ein Mann, den man gewaltsam dem Frieden entriß, den er sich gegeben hatte. »Jean Renaud« in seinem Krankenhausbett – was würde aus ihm werden?

Wie gewöhnlich wachte ich beizeiten auf. Ich hatte meinen Alptraum gehabt: ich suche jemanden, ich komme an einen Ort, wo viele Menschen sind, ich werde von Männergelächter begrüßt und merke, daß ich ein zu kurzes und nicht allzu sauberes Hemd anhabe. Dieser Traum hat in mannigfacher Gestalt meine Kindheit durchspukt, ist nach dem Tode meines Vaters kurz aufgetaucht und dann verschwunden. Ich hatte gehofft, er habe meine Spur verloren. Leider nicht. Jetzt ist er wieder da. Ich glaubte, der Mann von gestern sei doch noch gestorben.

Ich bestellte mir ein Bad, trank meinen Tee mit Zitrone, ohne Toast, und stellte fest, daß ich meinen Leberanfall bekam. Allerdings, ich hatte am Abend zuvor einfach viel zu viel gegessen; es hätte also keiner Wahrsagekunst bedurft. Übrigens würde ich in ein paar Minuten Bescheid wissen.

Vom Hotel aus wagte ich nicht anzurufen, im Beisein des Schwatzmauls von Romanbastler, der mich förmlich ausfragte, wie es mir gehe und mich bestätigen ließ, wie gut man bei ihm schlafe. Ja, dachte ich, aber manchmal stört einen irgend etwas dabei.

Ich ging zur Post. Unterwegs konnte ich mir meine Miethäuser ansehen, ich hatte Zeit, es war kaum zehn Uhr.

Meine Miethäuser waren häßlich und solid, erfüllt vom Hin und Her von Klatschweibern; es war Markttag. Alle diese Frauen mit ihren Strohkörben waren ohne ihr Wissen in andere Hände übergegangen. Ich war Hauswirtin von Klatschweibern. Ich versuchte, diese Vorstellung zu belächeln; aber es mißlang mir. War dieser Jean Renaud tot oder nicht?

Telefonisch wurden keine Auskünfte erteilt. Also mußte ich mich auf den Weg machen. Ich hatte noch genau zwei Stunden totzuschlagen. Ich ließ mir sagen, wo das Krankenhaus sei. Ich verlief mich ein bißchen. Die Außenbezirke waren weitläufig, von unvorstellbarer Einförmigkeit und durchflitzt von zahlreichen Radfahrern. Das Krankenhaus machte einen guten Eindruck. Im Büro wußte niemand etwas von einem Monsieur Jean Renaud. Aber gestern abend war nur ein einziger Zugang gewesen; im Pavillon B. Ich ging hin.

»Ein gewisser ›Jean Renaud‹, der gestern einen Selbstmordversuch begangen hat, ist der . . .«

»Pst!« fuhr mir die Krankenschwester ins Wort. »Ja, der ist hier. Er ist durchgekommen. Er lebt, und zwar tadellos. Sind Sie mit ihm verwandt?«

»Nein, ich habe ... ich habe ihn aufgefunden, und nun möchte ich gern wissen, wie ... sehen, ob ...«

»Ach so, Sie sind das? Er wird sich freuen«, sagte sie und stand auf. »Kommen Sie.«

»Aber ich habe nicht ...«

Ich hatte nicht die mindeste Absicht, ihn zu besuchen. Die Krankenschwester war offenbar vom Gegenteil überzeugt, sie stellte sich meiner Ablehnung gegenüber taub, ließ mich nicht zu Worte kommen und ging durch einen unendlich langen Flur vor mir her, sie schleppte mich mit, schleppte mich wider meinen Willen mit in einem Wortstrom, und ich folgte, stumpf, betäubt, ich folgte wie ein Hammel, und wie ein Hammel ahnungslos, wohin.

»Er hat schon auf Sie gewartet. Er will die sehen, ›der er nächst seiner Mutter das Leben dankt‹, hat er gesagt. Er kann nämlich sehr komisch sein! Er ist Ihnen sehr dankbar. Jetzt wenigstens. Denn anfangs ist es ganz anders gewesen. Wissen Sie, womit er uns beim Aufwachen begrüßt hat, nachdem wir uns stundenlang mit ihm abgerackert hatten? Er hat ein Auge aufgemacht und ›Scheiße‹ gesagt. Das war unser Lohn. Was haben wir alles mit ihm angestellt! Aber seither hat er sich erholt, jetzt ist er wieder bei klarem Verstande, er hat geschworen, jetzt sei Schluß mit dergleichen Dummheiten. Übrigens hat er gemeint, er habe bloß geschlafen. Wenigstens sagt er das jetzt. Der arme Kerl! Was es doch für miserable Frauenzimmer gibt! Einen so fröhlichen Menschen dahin zu bringen! Allerdings hat ja auch eine Frau ihn herausgezogen, und er sagt: ›Die Frauen bringen in meinem Leben alles zuwege, das Beste und das

Schlimmste.‹ Totlachen könnte man sich über ihn. Seit er keine Schmerzen mehr hat, ist es der reinste Zirkus. Kommen Sie herein. Da ist sie, Monsieur Sarti, Sie haben recht behalten, sie ist gekommen.«

Es war mir nicht gelungen, mich beizeiten zu verdrücken.

Er lag in einem abgeteilten Raum, auf Kopfkissen gestützt. Viel zu groß für das Bett. Als er mich sah, produzierte er ein aufblühendes und zugleich zweideutiges Lächeln.

»Da kommt der Engel«, sagte er. »Wie ist Ihnen nach all den Aufregungen zumute?«

Auch er.

»Mir geht es ganz leidlich; aber es handelt sich vor allem um Sie ...«

»Ich? Nichts zu machen, mir geht's tadellos«, seufzte er.

Er vollführte eine große, resignierte Geste in die Luft. Ich erinnerte mich, daß mir bereits aufgefallen war, wie schön seine Hände waren. Sein Gesicht, das war nach wie vor häßlich, aber wie wurde es durch seine Augen verwandelt! Klein, alles andere als liebenswert, aber von einer so scharfen Intelligenz, daß man die Häßlichkeit vergaß, die sogar zu etwas Ausdrucksvollem wurde.

»Ich bin froh, daß Sie hübsch sind. Es hätte ja auch der schmierige Kerl von unten sein können, der nichts als obszöne Gedanken im Kopf hat, oder der trübselige Hausknecht, oder einer, der Waschmaschinen verhökert. Das wäre scheußlich gewesen. Wenn ich denn schon mal gerettet bin, dann lieber durch Sie. Sie sehen aus wie eine byzantinische Madonna. Ich glaube, durch Sie wird mein Leben besser.«

»Wissen Sie«, sagte ich, um in der gleichen Tonart zu verbleiben, »ich habe es nicht absichtlich getan; es war ein Versehen. Ich habe mich in der Tür geirrt, und der Schlüssel hat gepaßt. Unglückliches Zusammenwirken von Umständen.«

»Logik«, sagte er. »Umgekehrt wie beim Gärtner von Ispahan: wie?, sagte der Tod, er sucht mich auf dem Lande? Aber heute abend halte ich meine Ernte doch in der Stadt. Wäre ich in Paris geblieben, dann wäre ich unter einen Autobus geraten. So geht mir's immer. Ich starte eine Tragödie, aber durch die Hintertür kommt die Posse herein. Mit einem Nachschlüssel. Solche Türgeschichten sind für gewöhnlich das Vorrecht betrogener Ehemänner. Aber mein ureigenes Gebiet ist nun mal die Lächerlichkeit; mein Fatum ist, was zum Spott herausfordert; mein Kharma: der Hanswurst, der im Augenblick der Kaiserkrönung in die Kathedrale platzt. Gott hat es mir geschenkt, er hat es mir nicht wieder abnehmen wollen, und dabei habe ich es ihm mit Rabatt angeboten, wäre für ihn ein gutes Geschäft gewesen, aber umsonst; nichts zu machen. Aber dennoch sei sein heiliger Name gepriesen. Er verliert nichts, wenn er noch eine Weile wartet, eines Tages muß ich wohl oder übel trotzdem sterben, also zieht er den kürzeren. Die Zeit arbeitet für mich.«

Wirkte das Gift immer so? Hatten sie ihm irgend etwas eingegeben? Ich war wie betäubt. Er lachte.

»Na, heulen Sie nicht.« (Ich heulte absolut nicht.) »All das ist nicht so wichtig. Sie sind bloß ein blindes Werkzeug gewesen. Ihre Verantwortung ist lediglich ... objektiv.«

Der Satz hatte übertrieben freundlich begonnen; sein Ende war wie ein Fallbeil. Er war mir nicht im mindesten dankbar.

Er sah mich mit spottendem Ernst an, wobei er den Kopf ein wenig gesenkt hielt, wie die Ziegen es tun. Ich verspürte das Verlangen nach einem glatten Gespräch.

»Brauchen Sie nicht irgendwas?«

Schöne Frage an einen Toten! Er packte sofort mit sämtlichen Zähnen zu.

»Absolut nichts, danke. Sie haben schon viel zu viel getan.«

»Wie lange müssen Sie noch hierbleiben?«

»Nicht lange. Ich bin gerade im richtigen Augenblick aufgegriffen worden, scheint es. Sie behalten mich aus purem Mitleid hier: ich muß Schlaf nachholen; man hat mich nicht so lange schlafen lassen wie ich wollte.«

Das also war das glatte Gespräch mit ihm!

»Aber morgen finden Sie mich hier noch vor ...«

»Morgen? Ich weiß nicht recht, ob ich morgen ...«

Gesenkten Kopfes starrte er mich an. Meine für diesen Abend angesetzte Abreise kam mir plötzlich ein bißchen überhastet vor: ich würde kaum Zeit haben, mir das Haus anzusehen, nochmals zum Notar zu gehen, die Hotelrechnung zu begleichen, in den Zug zu springen ... und zudem hatte ich vergessen, an Pierre zu schreiben ...

»Morgen?« wiederholte ich blöd. »Naja, ich glaube, ja, wirklich, wahrscheinlich bin ich dann noch hier, doch, ja. Wenn ich noch hier bin, komme ich und erkundige mich nach Ihnen.«

Ich stand auf. Ich fühlte mich unbehaglich. Überdies war es in diesem Krankenhaus viel zu warm. Ich hätte meinen Regenmantel ausziehen sollen. Der war der reinste Taucheranzug: ich schwitzte entsetzlich darin.

Er bot mir die Hand und lächelte dabei sein intelligentes Lächeln.

»Also bis morgen«, sagte er.

»Bis morgen.«

Beim Hinausgehen überlegte ich noch, weshalb ich das gesagt hatte. Die Hitze mußte mich hirnlos gemacht haben. Er schien darauf erpicht zu sein, daß ich käme. Er mußte sich scheußlich einsam fühlen. Das hatte man trotz seiner Großsprecherei spüren können. Tatsächlich, ich hatte ein bißchen Mitleid. Schließlich konnte ich einen Tag für einen Menschen opfern, der sich hatte umbringen wollen.

II

In der frischen Luft wurde mir rasch besser. Ich schritt wacker aus. In der Ebene knallten Flintenschüsse. Jäger. Ich ging an einem Kanal entlang. Trübselige Sache, solch ein Kanal. Aber wenigstens sah ich Bäume; wenn ich nun schon mal hier war, wollte ich wenigstens soviel wie möglich das freie Land genießen. Was für ein sonderbarer junger Mensch! Ich aß unterwegs, sehr schlecht, in einer Kneipe, deren ländliches Aussehen mir Illusionen gemacht hatte.

Um fünf Uhr hatte ich alles Geschäftliche erledigt;

ich wußte aus der Aufstellung meiner Wertpapiere und Grundstücke genau über mein Vermögen Bescheid. Ich würde mir zunächst von dem Kapital einiges leisten; ein kleiner Wagen lockte mich; ich sah mich bereits beim Anprobieren eines hübschen Pelzmantels, kein Bisam, sondern etwas sehr Schickes. Feine Sache, diese Erbschaft kurz vor Winteranbruch. Und dann wollte ich nach dem Süden reisen. Und dann ... und dann wollte ich gut leben; Pierre heiraten. Glücklich sein.

Was ich mit »meinem« Hause anfangen sollte, wußte ich nicht; es war alt und stillos, aber von einem herrlichen Park umgeben. Der Notar hatte mir zum Verkauf geraten, denn es waren Unkosten zu begleichen. Das größte Zimmer, in dem Tante Lucie, umgeben von Krimskrams, gewohnt hatte, besaß einen sehr schönen Kamin. Ich bin vernarrt in die großen Kamine alter Landhäuser. Aber war ich reich genug, um ein Haus einzig eines Kamins wegen zu behalten? Ich zauderte. Vielleicht konnten wir dort das Kinderheim unterbringen? Ich hatte also meine Antwort auf den folgenden Tag verschoben; denn selbstverständlich blieb ich da.

Ich blieb da. Dem Anschein nach hatte diese lächerliche Entscheidung sich ohne mein Zutun vollzogen, und zwar stückweise. Eins dieser Stücke war ein unbesonnenes, unter der Einwirkung der Hitze ausgesprochenes Wort, als dessen Gefangene ich mich gegenwärtig sah. Gute Erziehung hat ihre Schattenseiten. Und hatte ich damit zu schaffen, wie es ihm ging? Prächtig ging es ihm!

Nun, so ganz stimmte das nicht. Er hatte keinen roten

Heller, ganz abgesehen davon, daß er genauso wenig Veranlassung zum Weiterleben hatte wie zuvor. Armer Kerl! Und so sonderbar, nicht wahr? In meinem Herzen schwoll Mitgefühl auf. Eine Frau? Die Krankenschwester hatte es behauptet; ich war dessen weniger sicher. Er sah mir nicht aus wie jemand, der aus einem Liebeskummer emportaucht; dann ist man nicht so guter Dinge: es mußte sich um Schlimmeres handeln.

Was er jetzt wohl anfangen würde? Nicht mal mit der Bahn zurückfahren konnte er, er mußte in dieser deprimierenden Stadt mit den vielen Brücken bleiben, die an sich schon vollauf imstande war, einen zum Selbstmord zu treiben... Nein: das wenigstens konnte ich ihm ersparen. Ich würde ihm die Möglichkeit verschaffen, von hier wegzureisen; denn schließlich war es meine Schuld, wenn er sich noch der Eisenbahn bedienen mußte: ich würde ihm seine Fahrkarte bezahlen, und ihm überdies etwas für die Zwischenzeit geben, die Zeit, da er sich darüber klar werden sollte, was er nun eigentlich anfangen wolle. Würde das nicht zu allem Überfluß eine vortreffliche Einweihung der Erbschaft sein? Eine gute Tat. Ich hielt an dem Einfall fest. Danach war ich dann diesen Jean Renaud los, der in meiner unmittelbaren Nähe Selbstmord begangen hatte, und an den zu denken mir seit gestern lästig war, obwohl ich in einem fort an ihn dachte. Im Grunde verspürte ich Gewissensbisse; davon mußte ich mich loskaufen.

Unter solcherlei Erwägungen, erleichterten Herzens, da die Lösung unmittelbar bevorstand, durchschritt ich am nächsten Tage die Tür des Pavillons B.

Mein Opfer saß auf einer Bank und plauderte in aller Ruhe mit der Krankenschwester.

»Da ist sie«, sagte die Pflegerin. »Ihr Schutzengel.«

Verdrossen brachte ich eine trockene Begrüßung hervor.

»Tag, mein byzantinischer Boy-Scout«, entgegnete Jean Renaud. »Byzantinisch und wider Willen«, ergänzte er, als er mein brummiges Gesicht sah.

Er ist lang wie ein aufgeschossener Maishalm, wie eine Malve. Elegant gekleidet, völlig nach der Mode. Also war auch nicht Not die Ursache gewesen, oder sie war recht jungen Datums.

»Na, dann vertraue ich ihn Ihnen an«, sagte die Krankenschwester. »Gehen Sie behutsam mit ihm um, er steht noch nicht wieder allzu fest auf den Beinen. Und er muß Diät halten. Sie haben doch Ihre ärztliche Vorschrift, Monsieur Sarti?«

»Natürlich!« sagte Monsieur Sarti. »Was meinen Sie nur? Ich habe keine Lust, krank zu werden.«

»Dann also auf Wiedersehen. Und seien Sie vernünftig.«

»Adieu, Madame Fare, wahrscheinlich sehen wir einander nie wieder.«

»Das hoffe ich.«

»Denn das nächstemal«, flüsterte er zärtlich, »gehe ich anderswohin. Hier wird man viel zu gut behandelt.«

»Halten Sie den Mund!« sagte sie mit unvermittelter Strenge. »Oder ich nehme Ihnen den Entlassungsschein weg, und dann sollen Sie mal sehen, ob die Behandlung hier wirklich so gut ist.«

»Pardon«, sagte er. »Ich will es nicht wieder tun.«

»Das möchte ich Ihnen auch geraten haben. Wenn Sie so was nochmal tun, dann wissen Sie ja, worauf Sie sich gefaßt machen müssen.«

»Seien Sie unbesorgt, die Sache ist zu schwierig. Ich habe vorerst keinen Mut mehr. Es dürfte eine ganze Weile dauern, bis ich Kraft genug habe, mir nochmals die Mühe zu machen.«

»Solch ein Narr!« sagte sie und schüttelte bekümmert den Kopf. »Wenn man bedenkt, daß wir ihm schriftlich bestätigt haben, er sei geistig gesund. Na, also auf Wiedersehen. Auf Wiedersehen, Mademoiselle, passen Sie gut auf ihn auf«, sagte sie noch etwas lauter, als ein Assistenzarzt vorbeiging. »Und überwachen Sie seine Diät.«

Da hatte ich eine ganze Reihe von Ratschlägen, aber was ging mich seine Diät an? Die Frau ist gut! Mir einfach ihren Patienten aufzuhalsen, als sei ich eine Verwandte. Was denkt die sich eigentlich? Ohne eine Einwendung nahm Monsieur Sarti seine Aktentasche, und wir gingen. »Wir« gingen. Es war, als sei ich einfach hergekommen, um ihn abzuholen. Ihn zu übernehmen. Er ging neben mir her, Nase hoch, mit vollkommen unschuldiger Miene. Irgendwie fühlte ich mich beklommen und unbehaglich.

»Fühlen Sie sich nicht angegriffen?« fragte ich, um einem Schweigen ein Ende zu machen, das mich bedrückte.

Es wunderte mich, daß er mir nicht ohne weiteres seine große Hand auf die Schulter legte und mich seinen byzantinischen Altersstab nannte. Meine Schulter hatte übrigens gerade die erforderliche Höhe, sie reichte ihm bis zum Ellbogen.

»Keine Spur«, sagte er, »es geht mir tadellos. Ich bin glänzender Laune.«

Ich verzichtete auf mein Vorhaben, ihm gleich jetzt Geld zu geben. Danach sah er nicht aus. Ihm ohne weiteres an der Tür des Krankenhauses ein paar Scheine in die Hand zu stecken, wäre abscheulich plump gewesen.

»Wenn man schon leben muß«, sagte er, »dann wenigstens auf freier Wildbahn. Haben Sie eine Zigarette?«

»Ich rauche nicht.«

»Ach so!«

Er fingerte in seinen Taschen, brachte einen Zettel zum Vorschein, überlas ihn, lächelte, steckte ihn wieder weg.

»Alles in allem ist die Sache leidlich gut gegangen«, resümierte er.

»Allerdings. Es hätte schlimmer ausgehen können.«

»Stimmt«, sagte er. »Noch sehr viel schlimmer. Sie sind alle sehr nett zu mir gewesen.«

In einem fort hatte es den Anschein, als spotte er.

»Sogar Sie«, sagte er.

»Ich?«

Er lachte.

»Man merkt: Selbstmord gehört nicht zu Ihren Gewohnheiten.«

Selbstmord als Gewohnheit! Ich glaubte zu träumen.

»Ganz bestimmt nicht«, sagte ich, leicht zerknittert. »Ich habe auch nie versucht, mir so etwas anzugewöhnen.«

»Es ist nicht damit getan, bei so etwas davonzukommen;

man muß es außerdem überwinden. Der Tod ist nicht das Schlimmste. Das Schlimmste ist, was dann kommt.«

Er stieß mit dem Fuß einen Stein weg. Was nach dem Tode kommt. War er verrückt?

»Sie haben keine Zigaretten?«

»Noch immer nicht.«

»Richtig, ja, entschuldigen Sie bitte.«

Er schwieg, völlig beansprucht vom Verlangen zu rauchen. Ich mußte ihm im nächsten Laden welche kaufen. Auch das konnte ich tun.

»Wie sind Sie wieder zu Ihrer Aktentasche gekommen?«

»Die Polizei hat sie mir liebenswürdigerweise wieder zugestellt, unter dem Vorwand, sie müsse wissen, wer ich sei, und ob mich nicht schließlich dennoch jemand habe ermorden wollen. Hoffentlich sind Sie wenigstens für eine Weile verdächtigt worden; man findet nicht ungestraft Leichen auf.«

»Keine Sorge, den ersten Foltergrad habe ich auf mich nehmen müssen. Aber ich hatte ein Alibi, und Referenzen.«

»Die letzten Zweifel habe ich behoben. Ich habe mich als den einzigen Mörder bezeichnet; und noch dazu unvorsichtigerweise aus Notwehr gegen Schlaflosigkeit. Sie dürfen niemals gestehen, darauf kommt es an; merken Sie sich das für alle Fälle. Obwohl Sie nicht dazu veranlagt sind: man kann nie wissen. Und vor allem: sagen Sie stets, es sei ein Verbrechen aus Leidenschaft gewesen; das ist der einzige Beweggrund, der zugelassen ist und vergeben wird.

Liebeskummer stößt überall auf Sympathie. So habe ich es gemacht.«

Jäh sah er mich an.

»Dabei stimmt es gar nicht«, sagte er, als könne diese Mitteilung mich interessieren.

»Na, was war dann der Grund?« wagte ich zu fragen, in der Hoffnung auf eine Antwort, die mir meine Wohltätergeste erleichtern konnte; sie war noch immer nicht getan.

»Das Leben«, sagte er. »Aber es ist ein schiefer Gesichtspunkt, um des Lebens willen zu sterben. Man wird dann sofort als tobsüchtig angesehen. Während Herzensschmerzen stets überzeugen. Es ist mir dagegen energisch vorgeworfen worden, daß ich meine Kennkarte in den Abtritt befördert habe. Ich hatte gemeint, ich käme ohne sie aus. Blöder Irrtum. Die Gesellschaft hat mich wieder in ihren Schoß aufgenommen, mit sämtlichen Namen und besonderen Kennzeichen. Also bin ich in der Lage, mich Ihnen vorzustellen: Renaud Sarti, ohne festen Beruf. Also können wir normale Beziehungen aufnehmen.«

Sein Wort in Gottes Ohr! Wir gingen der Stadt zu, langsam, denn er wirkte über die Maßen erschöpft. Ich hätte mit einem Taxi hinfahren sollen.

»Ist die Aktentasche schwer?« Das diktierte mir von neuem aufsteigendes Mitleid.

»Nur meine Zahnbürste drin. – Die Anhänglichkeit der Menschen an ihre Zahnbürste, ganz nebenbei gesagt, könnte einen zum Nachdenken bringen, zumal über die verharrende Magnetkraft der Gesellschaft, die sich bis auf das Herz der Zweifüßler erstreckt. Die Zahn-Bürste als Personifikation des Über-Ich mit ihrem Geruch nach Desinfektionsmitteln gegen Miasmen und sonstige Hexenwesen, die heutzutage so erbärmlich verkümmert sind, daß sie sich nur mit dem Mikroskop wahrnehmen lassen. Daran erweist sich der Rückgang des Aberglaubens und sein Fortdauern, mit einem Wort: an meiner Zahnbürste, und an Don Quijote, meinem Lieblingsbuch. Wie Sie sehen, mache auch ich in irrendem Rittertum.«

»Ach, hören Sie, ich habe Ihnen gesagt, es ist ein Versehen gewesen! Und ich glaube, schließlich nenne ich es noch einen Fluch!«

»Na, endlich ist es ausgesprochen! Aber gerade das ist das Interessante. Hätten Sie es absichtlich getan, so hätte ich Ihnen ins Gesicht gespuckt, anstatt Ihnen liebenswürdig entgegenzukommen, wie ich es getan habe. Sie müssen doch zugeben, daß ich sehr nett gewesen bin?«

Diese Manie, die Dinge auf den Kopf zu stellen!

»Objektiv betrachtet, naja! Was kann man dafür, wenn ein Mädchen sich in der Zimmertür irrt? Und dennoch! Was haben Sie mir da eingebrockt! Ich hatte sämtliche Chancen auf meiner Seite, sämtliche! Ich war vollkommen zuversichtlich. Ohne Sie wäre meine liebe Seele auf und davon! Da oben . . .!«

Er blieb mitten auf der Straße stehen und ließ seine großen, schönen Hände flattern wie Flügel. Und ich, ich mußte lachen! Er nicht.

»Also. Die liebe Seele, da sitzt sie«, sagte er und tippte genau auf die Brustmitte. »Seien Sie sich klar darüber: sie gehört Ihnen, sie ist Ihr Eigentum, sie geht mich nichts mehr an. Machen Sie damit, was Sie wollen; das liegt bei Ihnen.«

Ich verzog unwillentlich das Gesicht und hörte ihn auflachen.

»Peinlich, was? Da haben Sie es. Passen Sie künftig auf, daß Sie nicht unter einem Gerüst durchgehen, wenn Sie sich morgens auf den Weg machen.«

Diesmal durchschauerte es mich: vorgestern, beim Aufbruch, war ich tatsächlich unter einem Gerüst hindurchgegangen. Ich hatte gestutzt, doch dann hatte ich mir gesagt: Aberglaube ist etwas Idiotisches.

»Mein Gott . . .«, sagte ich.

»Was ist los mit Ihrem Gott?«

»Ich bin tatsächlich unter einem Gerüst hindurchgegangen, am Morgen, an dem gewissen Morgen.«

»Das rundet das Bild ab. Und jetzt haben Sie eine Seele auf dem Buckel. Aber Sie können sie noch immer in alle Winde entfleuchen lassen«, sagte er. »Sie will nichts von Ihnen, sie verlangt von niemandem auch nur das mindeste. Sie pfeift darauf. Sie haben mir auf eine reizende Weise geholfen, aus der Angelegenheit herauszukommen. Danke. Aber jetzt haben Sie freie Bahn.«

Ich war mir vollauf bewußt, daß er es ernst meinte. Schließlich hatte er den Beweis angetreten, er konnte es sich leisten zu spielen. Alles, was dieser Mann sagte, wirkte absolut wahrhaftig. Ich fühlte mich davon gepackt, und es ging mir seltsam nahe.

»Aber zuvor«, sagte er, »habe ich noch einen letzten

Wunsch. Und dieser letzte Wunsch ist: ein Glas Rum, oder was ähnliches, weil ich nämlich ein ganz persönlich zum Tode Verurteilter bin, und mir ist ekelhaft übel. Da vor uns liegt ausgerechnet eine Kneipe, eine blutbedeckte, weil sie rot getüncht ist, wenn mich der Augenschein nicht trügt. Bis dahin schleppe ich mich wohl noch.«

Tatsächlich perlte auf seiner Stirn der Schweiß: er mußte erschöpfter sein als er sich anmerken ließ. Sein Gesichtsausdruck war verbissen und beunruhigt.

»Sie müssen mich schon einladen«, sagte er rund heraus, die Hand am Türknauf. »Ich habe nichts.«

»Natürlich«, sagte ich lächelnd. »Ist das nicht meine Pflicht?«

Das war recht unbedacht. Ganz entschieden besaß dieser Mensch die Eigentümlichkeit, mich zu Unbesonnenheiten zu verleiten. Naja, aber wenn ich schließlich drauf und dran war, ihm Geld zu geben, dann konnte ich ihm auch einen Schnaps und ein Päckchen Gauloises bezahlen.

Zur Wohltätigkeit schien der Augenblick noch immer nicht geeignet. Zusammengesunken hockte er auf einem Stuhl und bestellte sich einen Kognak.

»Aber die Diät ...«, sagte ich.

»Später«, sagte er. »Vorläufig bin ich noch ein freier Mensch.«

Er trank seinen Kognak in kleinen, bedachtsamen Schlukken und atmete tief auf. Dann steckte er sich eine Zigarette an, genoß sie und bestellte sich einen weiteren Kognak. Er bedurfte einer Aufpeitschung. Ich zahlte, etwas geniert.

»Ganz der Ihre«, sagte er.

Möge der Himmel einstürzen, ich habe mir den Teufel aufgelesen. Warum wirkt eine Höflichkeitsformel in seinem Munde wie die wortwörtliche Wirklichkeit? Er hat gesagt: Ganz der Ihre; ich habe verstanden, daß er mir gehört. Der Teufel. Und wenn er mein ist, was soll ich dann mit ihm anfangen? »Aber Sie können mich nach wie vor vor die Hunde gehen lassen«, sagen seine umfalteten Augen.

Wir gingen weiter. Er war munterer. Erhobenen Kopfes sog er die Luft ein. Er schien glücklich, daß er lebte.

»Ich mag den Herbst«, sagte er. »Den Duft. Auf das Land scheiße ich, aber es riecht gut. Auf die Stadt scheiße ich übrigens auch, aber da riecht es nicht so gut.«

Ich hütete mich, zu fragen, worauf er nicht »scheiße«.

Es schlug zwölf, als wir an der Kirche vorüberkamen. Ich mußte zu Mittag essen; schließlich konnte ich ihn ja einladen; ich hatte es satt, allein zu essen. Ich durfte meine Knausrigkeit nicht zu weit treiben, und da ich ihm ja ohnehin etwas geben wollte ...

»Haben Sie Hunger?«

»Nein«, sagte er.

»Sie können trotzdem zu Mittag essen. Ich lade Sie ein, ins ›Chapon Vert‹, Spezialitäten der Gegend hier.«

»Ich muß Diät halten.«

»Aber keine Hungerkur durchmachen. Sie müssen etwas zu sich nehmen, sonst überstehen Sie die Sache nicht.«

»Naja«, sagte er.

Er log nicht. Er hatte, alles in allem, eingewilligt, etwas anzunehmen.

Der Wirt erkannte mich wieder, stellte fest, daß ich einen Gast mitgebracht hatte, und erging sich in Liebenswürdigkeiten. Der Oberkellner zeigte Genugtuung über meine Bestellung. Die Renauds indessen ...

»Ein Yoghurt«, sagte er.

»Sozusagen als Vorspeise, Monsieur?«

»Ja. Und dann Nudeln.«

»Aber so etwas führen wir nicht, Monsieur!«

Ich griff ein:

»Der Herr muß Diät halten.«

»Ach so!« sagte der Oberkellner beruhigt. »Aber wie schade – Diät hier bei uns! Wir haben zwar Reis, Reis mit Poularde ...«

»Bringen Sie Reis ohne Poularde«, sagte ich. »Und eine kalte Hühnerkeule.«

»Und ein Yoghurt«, sagte Renaud.

»Zweimal Yoghurt?«

»Ja.«

»Und als Getränk? Evian, Vichy?«

»Tresterschnaps, unverdünnt.«

»Oh!« sagte ich.

»In Ordnung«, sagte er.

»Ich würfe ganz gern mal einen Blick auf die ärztliche Vorschrift«, sagte ich.

»Sieh mal einer an!« sagte Renaud. »Interessiert Sie die?«

Die halbgeschlossenen Augen sahen mich starr an. Interesse bedeutet Interesse, Anteilnahme, Beteiligtsein. Um diesen Menschen zu verstehen, genügte letztlich ein Wörterbuch. Er fragt mich, ob seine ärztliche Vorschrift mich interessiere. Mir ist, als hätte ich mein Lebenlang einfach ins Blaue geredet und höre jetzt zum erstenmal richtig und ernsthaft sprechen. Wenn seine ärztliche Vorschrift mich interessiert.

Der durchtriebene Blick ließ mich daran denken, daß ich für die noch vorhandene »liebe Seele« verantwortlich sei; daß er mich jedoch stolz dieser Belastung entbunden hatte: »Sie können sie noch immer in alle Winde entfleuchen lassen, sie will nichts von Ihnen«; daß ich frei sei. Frei, mich zu interessieren, Anteil zu nehmen, oder nicht. Das Yoghurtglas in der Hand, den Teelöffel in der Luft, wartete er auf meine Antwort, meine freie Antwort.

Leider war ich nicht mehr frei. Mir schlug das Herz, ich hatte einen Kloß im Halse. Sein Blick war mir unerträglich, aber ich konnte den meinen nicht von seinen langen Händen abwenden, die mit aufmerksamer Ungezwungenheit prosaische Dinge hielten: nie zuvor hatte ich etwas so Lebendiges gesehen; sie waren viel lebendiger als Tiere. Das Blut stieg mir ins Gesicht. Ich wollte, daß diese Hände mich berührten. Ich bin verrückt. Mein Körper erleidet eine intensive Metamorphose, ich muß als Raupe oder als weißer Walfisch erwachen, ich muß schreien, weinen, oder japsen, oder grölen, oder brüllen. Ich liebe ihn. Ich liebe diesen Menschen. Vom ersten Augenblick an.

Da sitzt er mir gegenüber, er lächelt, den Löffel erhoben wie den Taktstock eines Dirigenten während einer Generalpause, ehe die Blechbläser dröhnend einsetzen; er überblickt alles; er kennt die Partitur. Kaum merklich hebt sich der Teelöffel – und ich sage:

»Zeigen Sie die Vorschrift mal her.«

Ich fühle mich befreit wie eine, die gerade geboren hat. Es ist vollbracht. Ich habe es eingestanden. Er weiß es. Übrigens hat er es von vornherein gewußt. Von Anfang an hat er gespielt. Mein Bauch macht mir Unbehagen. Seit einer Minute haust darin ein warmes Tier; schon nimmt es allen Raum ein, das Scheusal schwillt immer mehr an, und ich selber bin es. Das Ich, das sein Lebenlang den jähen Blitzschlag verleugnet hat, ist gerade eben durch den Blitzschlag getötet worden. Dem neuen Ich, das in dieser Sekunde vor seinen Augen geboren worden ist, hält Renaud ausdruckslosen Gesichts die Vorschrift hin, und dabei berühren seine Hände die meinen, absichtlich? Das Untier ächzt. Der Zettel zittert in meinen Fingern; es tanzen darauf unentzifferbare Schriftzeichen, ich begreife nichts davon, ich kann nicht mal mehr lesen.

Ich reiche ihm die mir unverständliche Zauberformel zurück, und als ich mit meinem Feigenfresser fortfahren will, merke ich, daß ich plötzlich keinen Appetit mehr habe. Und unmittelbar zuvor hatte ich einen Wolfshunger gehabt. Die andere hatte Hunger gehabt. Bei der, die ich jetzt bin, hat der Hunger sich auf etwas anderes eingestellt. Renaud löffelt in aller Ruhe sein Yoghurt und überläßt mich meinen Metamorphosen.

Niedrige Stirn, große Nase, voller, grobgeschnittener Mund, Kinn wie mit der Axt zugehauen – das mehr als asymmetrische Gesicht ist ein Miteinander von Fehlern, deren Puzzle eine Häßlichkeit ergibt, die einem alle

Schönheit verekeln könnte. Und wenn die Lider sich über dieser chaotischen Landschaft heben, spenden die kleinen Augen jäh das Sonnenlicht der Intelligenz, des Lebens. Dieses Gesicht ist eine Falle: arglos beobachtet man seine Ungereimtheiten, dann öffnen sich die Augen, und man ist gefangen.

Ich habe mein Geflügel weggeschoben. Er konstatiert das mit einem flüchtigen Blick und sagt nichts dazu. Großherzig läßt er mir Zeit, mich in meine neue Haut einzuleben und meine neue Welt zu ordnen.

Tatsächlich, alles wird mir klar: warum ich unter einem Gerüst hindurchgegangen bin, warum ich im Hotel de la Paix abgestiegen bin, warum ich mich so beeilt habe, um sechs wieder dort zu sein, warum ich mich in der Zimmertür geirrt habe, und warum der Schlüssel gepaßt hat. Weil ich Renaud Sarti liebte. Nachdem die Kraftlinie der Liebe festgelegt ist, erkennt man, daß die Welt durch Magie und nicht durch Vernunft geleitet wird, und dann möge man getrost nach Ispahan gehen. Man wird beim Kragen gepackt und wieder auf den rechten Weg gebracht. Alles strebte säuberlich auf Renaud zu, ich war weißer Walfisch und völlig verrückt, nahe daran, in meiner Haut zu zerbersten. An Hellsicht blieb mir nur die, die Katastrophe zu beobachten. Wie sollte ich mit meinem Geflügel fertigwerden? Sein Duft war meiner Nase zuviel und widerstand mir; mir lag nichts mehr an Geflügel. Ich beneidete die fade, kalte Keule auf Renauds Teller. Er verschlang sie, während ich, um irgend etwas zu tun, mein zartes Geflügelfleisch am Tellerrand zerfaserte.

Ich wies die Käseplatte voller Ekel zurück und verzichtete auf die Süßspeise. Ich enttäuschte den Oberkellner, aber er mußte mich verstehen: Renauds Anblick genügte als Erklärung; der Hotelwirt beispielsweise war sofort im Bilde gewesen: »Der kommt wegen meiner Kleinen von Nummer sieben.« Allerdings. Er war für sie. Daß ich diesen Menschen lieben mußte bis in alle Ewigkeit, war allzu offensichtlich.

Das Mittagessen war ziemlich wortkarg verlaufen. Man kann nicht alles auf einmal tun. Es würde mir späterhin nicht eben schwerfallen, mich unserer Unterhaltung zu erinnern: »Ich würfe ganz gern mal einen Blick auf die ärztliche Vorschrift. – Sieh mal einer an! Interessiert Sie die? – Zeigen Sie die Vorschrift mal her.«

»Wünschen die Herrschaften Kaffee?« fragte der enttäuschte Oberkellner.

»Ja. Sie auch, Renaud? Also zwei Kaffee, bitte recht stark.«

»Liköre?«

»Einen Kognak«, sagte Renaud.

»Zwei«, sagte ich.

»Dann haben Sie also die Vorschrift gar nicht gelesen?« fragte Renaud.

Ja. »Dann also« liebte ich heute diesen Mann, von dessen Existenz ich gestern nichts gewußt hatte, und das war denn wohl das berühmte Wunder, das mein stolzer Rationalismus stets geleugnet hatte, die Liebe, der

Blitzschlag; und es war mir wider Erwarten in der häßlichsten Stadt Frankreichs widerfahren, mitten in einer Erbschaftsangelegenheit, in der Rue Georges Clemenceau, zwischen Obst und Käse. Jean Renaud, Jean Renaud – ich stellte also zu allem Überfluß fest, daß dieser Name von Anfang an in mir heimisch gewesen war, so daß ich bereits Mühe hatte, ihn gegen den Namen Renaud Sarti auszutauschen. Renaud Sarti: ich werde es schon bewältigen. Es dauert schwerlich lange. Diese Hände, dies Gesicht, dieser starke Mund, dieser große Körper – und dabei ist mir nichts fremder als ein anderer Körper – sind mir miteins näher als meine Hände, mein Gesicht, mein Mund und mein Körper; sie sind mein Fleisch geworden, meine physische Verlängerung; oder vielmehr: ich bin die Verlängerung alles dessen, ich bin abhängig von seiner leisesten Regung und Bewegung.

Er nimmt meinen Arm – Herr, sei gepriesen! – die Bestie in meinem Bauch dreht sich um. Er und kein anderer ist ganz einfach da neben mir, und er ist willig, mich anzurühren, er tut die erste Geste. Die ganze Welt ordnet und gliedert sich um diesen Neuankömmling; er ist bereits Herr und Meister und diktiert mir ein Verhalten, das ich nie zuvor gewagt hätte. Ich bringe tonlos hervor:

»Ich muß mir ein Haus ansehen, das ich gerade geerbt habe. Können Sie mitkommen, oder sind Sie zu angegriffen?«

Ich brauche mir kein Haus anzusehen. Aber ich muß, ich muß unbedingt mit ihm allein sein, zwischen Wänden, geborgen vor allem, abseits von allem, für eine Minute allein mit ihm, und sei es nur, um ihn anschaun zu können, so wie einen nach einem stillen Wasser verlangt, um sich darin zu spiegeln; mir ist, obwohl die Straßen beinahe menschenleer sind, als hindere mich hier im Freien alles, ihn anzuschauen; ich habe ihn nicht, er ist fern.

»Wie Sie wollen«, sagt er. »Ich bin der Ihre.«

Ganz entschieden weiß er, was er sagt: oder habe ich etwa geträumt, daß sein Arm den meinen fast unspürbar gedrückt hat? Mir ist schwindlig; er fühlt es wohl und hält mich für eine Sekunde fester. Meine Nerven verstricken sich vor Ungeduld. Nur durch ihn halte ich mich aufrecht.

»Wir wollen übrigens ein Taxi nehmen. Es ist ziemlich weit.«

Oh, wie weit es ist! Die Zeit dehnt sich aus ins Maßlose. Und wären es nur zehn Meter, ich könnte sie nicht zu Fuß hinter mich bringen. Ich nehme die folgende Minute nur in unfaßbarer Ferne wahr; ich werde sie nie erreichen. »Wenn man verliebt ist, nimmt man stets ein Taxi« – Marie-Agnès' Ausspruch fällt mir ein; das stammt aus einem Spatzengehirn, habe ich mir gesagt. Es klang eher nach Bergson.

Ich entführe ihn. Ich muß auf der Durchfahrt noch meine Sachen im Hotel de la Paix abholen – es sei gesegnet! – die Rechnung bezahlen, den Wirt abschütteln. Ich schütze einen Zug vor, den ich nicht nehmen will, von dem ich hoffe, daß ich ihn nicht nehmen werde. Ich habe Renaud im Taxi gelassen: wenn dieser Sherlock Holmes uns beieinander sieht, ruft er womöglich die

Polizei. Ich laufe hinaus, zitternd, daß meine Beute entwischt sein könne. Nein. Er nimmt meinen Arm, und diesmal drückt er ihn unmißverständlich. Nichts mehr zu machen. Ich gebe mich preis.

Meine Gartentür knirscht; köstliche Musik. Der Rasen liegt voll Laub; die Rosenbögen sind abgeblüht. Alles ist erfüllt von Feuchtigkeit und Gerüchen, und Renaud liebt den Herbst. Ich öffne meine Tür, schließe sie hinter uns. Renaud legt seine Aktenmappe weg und nimmt mich schlicht und unumwunden in die Arme, wo mir von je der Platz bereitet war. Er lächelt.

Über mich geneigt, lächelt er noch immer: über das, was er weiß, über das, was ich nicht weiß. Seine Augen entkleiden mich mehr als seine Hände, sie jagen die Wahrheit auf: ich kenne die Lust nicht. Ich durchlebe in Gedanken meine paar armseligen Abenteuer, in denen ich mich glücklich glaubte, in denen niemand mir die Illusion zunichte machte; Pierre: die weiche Ruhe zweimal die Woche, die ich Zärtlichkeit zu benennen pflegte. Meine kleinliche Zurückhaltung; das Zartgefühl bei alledem. Renaud hat keins.

»Genießt du es denn nicht?«

Ich werde erbärmlich rot, ich schäme mich, daß mein Manko offenbar geworden ist; ich wende den Kopf weg. Er gleitet ans Fußende des Bettes, zu meinen Füßen hin. Ich sträube mich, voller Scham. Ich will nicht. Derb zwingt er mich. Tränen der Niederlage quellen mir aus den Augen, und ich höre mich aufstöhnen. Ich gebe nach. Kaum ist er von mir gegangen, als ich Schmerzen zu leiden beginne. Ich ziehe ihn an mich. Ich brauche ihn. Ich bin verloren. Er mag tun, was er will.

Aber will er? »Ich bin der Ihre.« Ach, aber er hat nicht gesagt, bis wann! Vielleicht entzieht er sich mir morgen, vielleicht schon in der nächsten Sekunde. Wie könnte ich ihm genügen? Ich werde ihn verlieren, es kann nicht anders sein. Angstvoll ziehe ich ihn an mich. Er läßt es geschehen. Er ist nett. Er möchte. Für den Augenblick möchte er wohl.

Den Achtzehn-Uhr-siebenundzwanzig hatten wir verpaßt. Mit schöner Selbstverständlichkeit fuhren wir nach dem Abendessen wieder »heim«. Ich hatte es förmlich in mich hineingeschlungen. Ich machte Feuer. Renaud – er stöberte überall herum – entdeckte in einem Wandschrank eine Flasche Pflaumenschnaps, die er nebst zwei Gläsern auf die Filetdecke des Nachttischs stellte. Ich fand im Wäscheschrank große, grobe Leinenlaken und machte das Bett. Bett, Kaminfeuer: die wesentlichen Betätigungen in der Liebe. Für Renaud. Für Renaud hätte ich lebenslänglich das Bett machen und Feuer anstecken können und nichts anderes wünschen. Ich liebe dich: stumm sah ich ihn an. Er hob das Glas: »Dein Wohl«, sagte er amüsiert.

Wir legten uns nackt in das Bett, in dem Tante Lucie gestorben war. Ärgernis! Wenn der Notar mich so sähe! Aber desto schlimmer, desto schlimmer: ich war des

Schlimmsten fähig geworden, vorausgesetzt, daß es mit Renaud geschah. Unvermittelt fiel mir ein, daß ich nicht einmal zu Tantes Grab gegangen war; das war nicht wohlgetan. Aber Renaud umschlang mich. Da vergaß ich alles übrige.

Ich bin nicht zu dem Grab gegangen – wie hätte ich Renaud auf einen Friedhof bringen können? Er kam doch beinahe von dorther. Ohne ihn zu gehen, das kam beinahe noch weniger in Frage: ich hatte immerfort die Empfindung, der Traum müsse sich verflüchtigen, wenn ich Renaud auch nur eine Sekunde lang nicht vor Augen hatte.

Ich rief den Notar an: nach eingehender Nachprüfung wolle ich das Haus nicht verkaufen; ich konnte mir den Luxus der Aufbewahrung meiner Liebeserinnerungen leisten. Schließlich durfte ich doch nicht mein Herz verkaufen! Ich mußte die Wände behalten, zwischen denen die Liebe sich entfaltet hatte: wer weiß, ob ich nicht eines Tages herkommen und ihr nachweinen würde?

Unablässig, Renaud neben mir, dachte ich an Renaud, den Verlorenen. Diese Nacht hatte meine Bindung an ihn vollendet, meine Verstrickung in die Wirrnisse, darein er mich gezogen und denen ich mich nur zu willig anbefohlen hatte, mein Sichklammern an die Hoffnung auf eine noch tiefere Offenbarung als seine wachen Augen sie mir verhießen. Mir verhießen, wenn er mir die Zeit dazu gewährte ... Die Angst, die Zwillingsschwester des Begehrens, hatte sich mit dem Begehren in mir eingenistet.

Renaud erhaschte im Flug ein rotes, von einer Sykomore niedertaumelndes Blatt und nahm es zwischen die

Zähne. Ich sah mich ein letztes Mal nach dem triefenden Garten um; die Eisentür knirschte, als sie sich schloß – süße Musik, nie werde ich dich vergessen. Renaud trug die Nase hoch und schaute nicht zurück – ach, er würde nicht zur Salzsäule verwandelt werden! Er pfiff auf dem Stiel seines Blattes eine alte Melodie von Charles Trenet. Als wir zum Bahnhof gingen, war die Luft feucht und mild und erfüllt von Düften. Am Schalter zog ich mechanisch meine Brieftasche hervor und hielt dann starr inne. Ich drehte mich zu Renaud um.

»Renaud ...«

»Ja?«

Mit ganz natürlicher Stimme, als gebe es da vor ihm keinen Schalter.

»Wohin ... wohin wollen Sie, Renaud?«

»Zum bösen Winde
Geh ich und finde
Keine Statt.«

»Aber ...«

»Treibe fort,
Bald da, bald dort,
Ein welkes Blatt.«

Er nahm das Sykomorenblatt, das er zwischen den Lippen hielt, mit den Fingerspitzen; es drehte sich schwankend, als es zu Boden sank; er sah lächelnd darauf nieder. Ich hatte die Hoffnung gehätschelt, er werde es als Andenken aufheben. Verrückt war ich.

Mein Herz schlug jäh um. Er liebte mich nicht: auf was hatte ich spekuliert? Verrückt war ich. Ich hatte alles vergessen, bis auf diese Nacht. Aber er? »Bald da, bald dort«, wie es sich gerade findet. Das Gefundene war ich; er lief mir nach, wie ein verlaufener Hund sich an die Fersen des Erstbesten heftet, aber wieso »verlaufener Hund«? Ein Hund will Futter haben und gestreichelt werden, und Renaud will nichts. Was war anders geworden? Für mich alles; für ihn nichts seit Zimmer 6 und den Gardenal-Röhrchen. Nichts; außer daß er seine leere Hülle nach wie vor weiterschleppte. Und wie hätte eine leere Hülle lieben können? Ich schluckte den Drang zum Schluchzen herunter. Renaud, Renaud, armer, lieber Renaud! Stolz und enteignet: nimm oder laß es, mit mir wird Knöchelchenspiel getrieben, ich bin tot. Ich bin ein Stein. »Geht mich nichts mehr an, die liebe Seele.«

Ich sah auf das rote Blatt nieder, das verlassen auf dem Betonboden lag. Ich bückte mich und nahm es demütig auf.

»Zwei Paris einfach«, sagte ich mit so fester Stimme wie möglich. Ohne Renaud anzusehen, ergänzte ich: »Wenn Sie erlauben.«

»Die Erde ist rund«, sagte er, »und erlaubt ist alles.«

Ich spürte seinen Arm um mich. Er zog mich an sich. Er tröstete mich. Im Grunde war er nicht schlecht und bedauerte meine arme Liebe, die es so übel getroffen hatte, meine sinnlos vergeudete Liebe.

»Bitte zahlen, Madame!«

Ich lachte unter Tränen, und Renaud drückte mich fester an sich.

»Möchten Sie vielleicht lieber nach Bordeaux?« fragte

ich. Ich scherzte, um zu tarnen, wie nah mir dies alles ging.

»Zu spät«, sagte er, »geschehen ist geschehen, und überdies ist Bordeaux öde und blöde. An Paris ist nicht viel dran, aber ich bin es nun mal gewohnt. Außerdem wird es zu zweit eine reizende Fahrt.«

Eine reizende Fahrt: er küßte mich in einemfort. Die drei Reisegenossen im Abteil genierte das, mich noch mehr. Der Mann, den ich liebe, küßte mich; was könnte ich mir Besseres wünschen? Vielleicht tut er es nur, um die andern zu ärgern. Aber das macht nichts. Der Mann, den ich liebe, küßt mich; was könnte ich mir Besseres wünschen?

Paris. Da stehen wir auf dem Gehsteig: kleine Schrecksekunde. Er könnte mir ja auch die Hand geben und sagen: ›Auf Wiedersehen, Mademoiselle, vielen Dank für die reizende Fahrt, ich kümmere mich jetzt wieder um meinen Kram ...‹ Bei ihm bin ich auf alles gefaßt, und zwar in jeder Minute. Dieser Mensch ist die Ungewißheit in Person. Die Erde ist rund, und es gibt darauf keine Straßen, man kann irgendwo und irgendwann abbiegen, es gibt nur Abzweigungen. Darin besteht die Freiheit der Toten.

Dem Anschein nach gibt es keinen »Kram«, um den er sich kümmern müßte. Er ragt neben mir auf wie eine Sonnenblume; er wartet, daß ich das Feuer eröffne. Dabei ist er recht ungezwungen; das Spiel amüsiert ihn: mich zum Bloßstellen zu zwingen, zum Offenbaren meiner Wünsche und Gefühle. Das einzige, was ihm vom Leben geblieben ist, ist die Fähigkeit, sich darüber zu amüsieren. »Wohin wollen Sie?«, »Was wollen Sie jetzt anfangen?« – Und warum nicht: »Was wollen wir jetzt anfangen?«: lauter unangebrachte Fragen. Er will irgendwohin, er will nirgendwohin. Also halte ich in aller Ruhe ein Taxi an, und er steigt in aller Ruhe mit mir hinein.

»Avenue de Saxe 44.«

Er reagiert nicht. Man könnte sagen, er ist mir gefolgt, sofern ich richtig sehe. Oh, er öffnet den Mund! Mein Gott, was wird jetzt kommen?

»Bitte laß doch an einer Tabakhandlung halten. Ich habe keine Zigaretten mehr.«

Ich habe Angst gehabt.

Naja, all das ist schließlich durchaus natürlich und selbstverständlich. Ich habe ihn unterwegs kennengelernt, und damit gut. Ich nehme ihn mit zu mir. Dabei ist nichts, es ist sonnenklar, wer käme darauf, sich deswegen zu wundern? Ach, es ist nicht weiter schwierig, ein Phantom mitzunehmen.

Ich steige mit meinem auf der Landstraße Aufgelesenen aus; er folgt mir noch immer ohne die leiseste Bemerkung, und plötzlich muß ich an Madame Pia denken: die wird schöne Augen machen. Hatte ich sogar meinen guten Ruf und die Achtung meiner Concierge in den Wind geschlagen? Seit zwei Jahren gelte ich hier als die Fleisch gewordene jugendliche Anständigkeit, als das Gegengift zu Saint-Germain-des-Prés, als der Trost absterbender Generationen. Mademoiselle Le Theil würde dies nicht tun und das nicht tun. Und nun kommt sie und bringt als Gepäck einen Mann mit ins Haus, und was für einen Mann! Ich bekomme zwar manchmal Besuch. Aber daß Renaud kein Besuch ist, das sieht man auf den ersten Blick; er ist von Natur kompromittierend; oder aber meine Liebe ist mir überdeutlich anzumerken.

Madame Pia erkundigt sich nicht, ob ich eine gute Reise gehabt habe; sie verschanzt sich hinter der Auslieferung der Post. Renaud folgt mir. Madame Pia sieht »dem« zu. Also ist Mademoiselle Le Theil auch nicht besser als die andern? Naja, dann bin ich eben wie die andern! Ich liebe einen Mann. Das ist normal. Und außerdem geht das niemanden was an. Also Schluß damit!

Wie dem auch sei: beim Vorübergehen an der Pförtnerloge bin ich auf der gesellschaftlichen Stufenleiter um eine Sprosse hinabgestiegen.

Renaud hat von meinem Niedergang nichts gemerkt. Genausowenig beachtet er meinen Garten. Ich bin es gewohnt, wenn jemand zu mir kommt, Ausrufe der Bewunderung zu hören, bin gewohnt, daß mein Gast wie angewurzelt am Fenster stehen bleibt, hingerissen, daß er einen grasbewachsenen kleinen Hofgarten vor sich sieht. Aber diesmal höre ich nichts. Renaud hat dem Fenster den Rücken zugekehrt und mustert die Bücher an der Wand gegenüber. Ob er dennoch eine Leidenschaft hat?

»Keine Kriminalromane?« fragt er.

Wenn es sich um ihn handelt, darf man sich nicht voreilig Hoffnungen hingeben.

»Ganz unten müssen ein paar Simenons stehen.«

»Simenon, der schreibt keine Kriminalromane, sondern psychologische«, stößt er verächtlich hervor.

Nie kann ich es wagen, ihm zu sagen, ich sei Psychologiestudentin. Übrigens brauche ich mir deswegen keine Gedanken zu machen: er wird nie eine indiskrete Frage stellen; er interessiert sich kein bißchen für mein Tun und Treiben.

»Und ein Bett ist auch nicht da?«

Er stürzt von einer Enttäuschung in die andere. Ich deute eine Geste nach dem Nebenzimmer an, aber selbstverständlich klingelt in diesem Augenblick das Telefon, und selbstverständlich ist es meine Mutter. Sie hat sich Sorgen gemacht: vier Tage! Statt anderthalb! Tatsächlich, es sind vier Tage geworden ...

Innerhalb von vier Tagen hätte ich ruhig mal schreiben können. Bericht, ob alles glatt geht. Aber gewiß doch, tadellos. Ob ich zum Abendessen kommen wolle? Ich, das heißt, nein, ich bin ein bißchen abgekämpft. – Aber eben hast du doch gesagt, es gehe dir tadellos! – Mir geht es auch tadellos, ich bin bloß ein bißchen erschöpft. In diesem Falle will sie zu mir kommen, sie bringt alles Erforderliche mit, das wird dann ganz reizend. Tatsächlich, das würde reizend werden! Ich setze sie rasch außer Gefecht: die Sache ist die, daß ich leider mit Pierre zum Abendessen verabredet bin. – »Aber du hast doch gesagt, du seiest müde und erschöpft; weißt du eigentlich nicht, was du redest?«

Das stimmt; ich weiß es nicht. Wenn Renaud bei mir ist, weiß ich überhaupt nichts mehr. Weder meine Gegenwart, noch die nächste Stunde, noch mein ganzes Leben sind je so ungewiß gewesen ...

»Hör mal, wenn du wieder bei klarem Verstande bist, dann ruf mich an; augenscheinlich hast du heute keine Lust, mit mir beisammen zu sein. Aber versuch bitte, mich nicht eine volle Woche warten zu lassen; ich möchte gern im Bilde sein. Versprich mir das!«

Siehe da, ein Komplex: sie glaubt sich ausgeschlossen. Sie möchte gern im Bilde sein. Und wie gern! Aufregende Sache, solch eine Erbschaft! Ich habe das Gefühl, daß die Situation alles andere als einfach werden wird, wo Renaud hier ist...

Renaud hier? Was weiß ich? Vielleicht ist er nur zum Tee gekommen.

Augenscheinlich hat er ganz allein das Bett ausfindig gemacht. Er liegt darauf. Auch den Whisky hat er entdeckt, und zwei Gläser. Überall stöbert er herum. Er hält mir ein Glas hin, das Telefon klingelt, die Leute wissen immer ganz genau, wann man gerade heimgekommen ist. Der arme, gute Pierre hat sicherlich geahnt, er solle mit mir zu Abend essen, er will gleich kommen und mich abholen. – »Nein, das geht nicht, denn gerade eben ist meine Mutter dazwischen geplatzt, sie will bei mir hereinschauen, sie besteht darauf. Gut, also morgen? Morgen, warte mal, ich weiß noch nicht, was morgen alles los ist ... – Das kann man nie so recht wissen. – Also paß auf: ich komme ...«

Und Renaud hört all dies Hinundhergerede mit an! Ich gerate ernstlich durcheinander. Ich stottere nur noch. Pierre kennt mich. Ich gerate nicht um nichts und wieder nichts durcheinander. Muß eine tolle Sache sein, diese

Erbschaft. Ich behaupte, ich müsse alle möglichen Dispositionen treffen. Zauberwort: Disposition; er verneigt sich. Disposition: das ist keine Kleinigkeit. Aber ich soll auf keinen Fall Hemmungen haben, mich an ihn zu wenden, wenn ich Beistand nötig habe; er will wieder anrufen.

Erledigt. Endlich hat er eingehängt. Aber er will wieder anrufen. Wir sind noch nicht fertig. Wir fangen immer nur an. Innerhalb von zehn Minuten hat Renaud, ohne einen Finger zu rühren, aus meinem Leben ein Netz von Lügen und Komplikationen gemacht.

Vom Bett aus beobachtet mich sein durchtriebener Blick. Er hat mich lügen hören, was das Zeug hält, er hat gemerkt, daß ich mich um seinetwillen immer hoffnungsloser festgefahren, daß ich durch mein Gefasel zu erkennen gegeben habe, er sei mir wichtiger als alles übrige. Er nimmt diesen Fußfall als ganz in der Ordnung hin; er hat ihn nicht verlangt.

Er hält mir die Hände hin, fängt mich, zieht mich aus, in aller Ruhe. Er hat ja Zeit.

III

Er ist da. Er ist geblieben. Ist ihm dabei wohl? Oder hat er keine andere Bleibe? Er hat mir nicht die Gnade erwiesen, es mir zu sagen, und ich habe mir kein Herz gefaßt, ihn danach zu fragen. Mir bleibt nichts, als mich an die Tatsache zu halten: er ist da. Er lebt auf meinem Bette. Um das Bett zu machen, muß ich diese und jene

Gelegenheit wahrnehmen. Rings um ihn ein Hofstaat von Aschenbechern. Wie alle Nichtraucher habe ich nur ganz kleine Aschenbecher; er füllt sie; ich leere sie aus, in schnellem Rhythmus. So oft ich kann, mache ich das Fenster auf; abgestandene Luft bekommt mir nicht. Er sagt nichts, aber ich spüre, daß er das nicht mag.

»Ist dir mein hübscher kleiner Garten gar nicht aufgefallen?«

»Ach, weißt du, dies Viereck, dieser Rahmen! Jedenfalls ist man eingesperrt.«

»Alles in allem würdest du dich im Gefängnis genauso wohlfühlen!«

»Da hätte ich kein so gutes Bett. Ein Bett wie dieses zu finden ist für mich das reinste Wunder. Sie sind stets viel zu klein.«

»Mein Vater hat es nach seinen Maßen anfertigen lassen; er war nämlich ebenfalls sehr groß.« Ich wende mich ab: »Sie sind stets ...« Ich mag diesen Plural nicht. Im Grunde bleibt er also des Bettes wegen!

»Und außerdem gibt es im Gefängnis keine Nutten«, fügt er hinzu, und das soll wohl ein Kompliment sein.

Große Ehre für mich, dieser Vergleich!

Er geht nur zum Abendessen aus, wenn ich keine Zeit zum Einkaufen habe. Keine Zeit! Dabei tue ich nichts. Ich fläze mich mit ihm auf dem Bett herum. Wenn wir mal draußen sind, kaufen wir Kriminalromane. Das heißt: ich kaufe sie. Er verschlingt eine entsetzliche Menge. Im Grunde ist das keine große Ausgabe, die paar Bücher zu hundertfünfzig Francs; ich habe noch Glück, daß es nicht dicke Kunstbücher sein müssen! Manchmal habe ich knausrige Gedanken; ich sträube mich dagegen.

Ist er mit seiner geistigen Nahrung versehen, so stürzt er sich auf das Bett. Dann ist er im Hafen. Sein Leben beschränkt sich auf einfache Dinge: essen, trinken, schlafen, rauchen, lieben. Seine Emsigkeit mir gegenüber nimmt zwar einen großen Teil des Tages und der Nacht ein, beschränkt sich jedoch auf meinen Körper. Er weiß von mir nur das, was ich gelegentlich im Gespräch anbringen kann; sobald ich von mir spreche, einen Gedanken ausdrücken will, ist mir, als redete ich in den Wind. Ich existiere nur im Materiellen. Er hört nicht, was ich sage, er sieht und betrachtet es; das ist sehr seltsam; es ist, als existierte ich neben mir. Er hockt auf seiner Bettstatt, er beobachtet mich, und ohne Rücksicht auf Tageszeit und Umstände packt er mich, wenn ich in Reichweite bin, sogar wenn ich gerade den Staubsauger vorbeischiebe oder die vier Aschenbecher in der Hand habe. Auf diese Weise habe ich den fünften zerbrochen.

Stumm zerrt er mich auf das große Bett, das sein Herrschaftsbereich ist, die Stätte, der er seine Lebenskräfte entnimmt wie Antäus der Erde. Er, der, wenn er steht oder geht, so schwach ist, der sich nicht aufrecht halten kann, so daß man meinen könnte, er schleppe sich von einer Leidensstation zur andern, lebt auf, sobald er liegt. Dieses Bett! Eine vollständige, in sich abgeschlossene, von allem losgelöste Welt führt ein Eigenleben; es ist eine Landschaft aus Aschenbechern und Schundbüchern; und es hat seine eigene Sonne: die kleine Lampe, die Renaud selbst tagsüber brennen läßt, als wisse er überhaupt nicht, daß etwas wie Tageslicht existiere; es hat seine Fauna: das große Tier, das kauernd darin haust, und das kleine, das sich darum hin und her bewegt und sich fangen läßt, ein immerfort verschlungenes und damit einverstandenes Opfer.

Mit einer Kraft, die an Systematik grenzt, an militärische Taktik, wie eine Kriegsmaschine, schlägt er meine klüglich erwogenen Abwehrmaßnahmen eine nach der andern nieder. Nimmt er in meinen Augen Angst wahr, eine Andeutung von Flucht, ein krampfhaftes Widerstreben, so packt er an dieser Stelle zu, so greift er gerade dort an und kämpft bis zu meiner Kapitulation; und die Kapitulation, die muß für ihn total sein. Nichts spornt ihn so an wie ein zitterndes »Nein«: ein »Nein« ist für ihn lediglich etwas, das in ein »Ja« verwandelt werden muß. Mein Gott! Wohnen denn in einem Frauenkörper so viele »Neins«? Welch ein beschränktes Bild hatte ich mir davon gemacht! »Mädchen mit Grundsätzen, komm her.« Grundsätze müssen über den Haufen geworfen werden. Scham bedeutet für ihn: etwas, das daruntersteckt. Sträube ich mich allzusehr, so verzichtet er mit einer verächtlichen Gleichgültigkeit, die tiefer schmerzt als alle Schmerzen, die er mir bei seinem Vorgehen zufügt, und versenkt sich in Peter Cheyney. Dann fühle ich mich verworfen, verabschiedet wegen Impotenz, ich schäme mich; es bleibt mir nichts, als den ersten Schritt zu tun, und ich biete zärtlich dar, was ich verweigert habe. Nach und nach dringe ich, die wehrlos Gewordene, immer tiefer in das unbekannte Land meines Körpers ein und ermesse an meiner bestürzten Betäubung, in welcher Ferne von mir selbst ich bislang gelebt hatte. Bin ich mir tatsächlich so völlig unbekannt gewesen? Hätte ich alles, was in mir ruhte und was Renaud beinahe gewaltsam aufstört, mein Lebenlang schlafen lassen? Dieser Gedanke verwirrt mich, ich weiß nicht, wie ich ihn zu Ende führen soll, er leitet an den Rand eines Abgrundes, ich denke an Claude, an Pierre, an die meisten Leute, die ich kenne und die sind wie ich, oder vielmehr: wie ich war. Könnte es sein, daß sie alle, diese geschraubten, aufgeblasenen Menschen, die es nicht mögen, wenn von »so etwas« gesprochen wird, die sich davon abwenden, die sich achtsam davor hüten und bewahren, was ihnen übrigens mühelos gelingt – wie es mir früher gelungen ist, durch eine Art Scheuklappen, durch Darüberhinweggehen –: könnte es sein, daß alle diese Menschen neben sich selbst einhergehen, daß sie heiter in der Lethargie der Sinne leben, aus der ich unter so großen Schwierigkeiten, unter der Geißel einer liebesbesessenen Erpressung, auftauche wie aus langem Schlafe? Das gibt dem Gebrauch, den wir von uns machen, ein absonderliches Maß.

Dabei bin ich noch weit von der Vollkommenheit entfernt; das Wesentliche entzieht sich mir. Sogar daß Renaud sich mit mir beschäftigt, ist mir peinlich; ich analysiere mich zu sehr, ich verirre mich bei der Suche, meine fruchtlosen Bemühungen unter seinen stets offenen Augen schaffen mir Scham, und ich habe Furcht, daß ich ihn durch meine Ungeeignetheit zur Lust anekle – ich, die ich früher – früher? gestern noch! – mich durch die Lust angeekelt fühlte. Aber Renaud scheint über unendliche Geduld zu verfügen; dieses Ungeheuer an Selbstsucht, das in keiner Weise darauf bedacht ist, mich wahrhaftig zu lieben, ist der großherzigste Liebhaber; er denkt beim Liebesakt nie an sich selber, und seine eigene Lust gedeiht zum Übermaß, wenn alle Lust, die er mir hat entlocken können, erschöpft ist. Wenn er mich nicht liebt, so liebt er sich selber ebensowenig; das muß man ihm zugestehen. Und die Schulung, die er mir angedeihen läßt, kommt nicht seinen Überschwängen zugute, sondern dient mir als Richtschnur: er gibt mir nicht Lehrstunden im Erotismus, sondern nur die eine Lehre: wenn du liebst, dann sei wenigstens wahrhaft fähig zum Liebesakt, oder aber schweig. Ich gelange dahin, gewissermaßen meine Ehre darein zu setzen, mich immer mehr preiszugeben.

Meine Ehre: noch gestern hätte ich diese Ehre unbedingt als Unehre bezeichnet. Alles schwankt und überschlägt sich; was ist aus meinen Werten geworden? Die Liebe hat sie völlig umgekehrt, hat daraus ein Chaos gemacht; ich weiß nicht mehr, ob ich absinke oder ob ich mich forme; ich habe keine Moral mehr, besteht nicht gerade darin die Falle, von der immer geredet wird, in diesem Wahnsinn blindmachender Liebe und in den Verwirrungen der Sinne? Bald schäme ich mich dessen, was ich gewesen bin, bald dessen, was aus mir wird: bin ich nicht eine Sklavin? Oder bin ich vielmehr eine wahre Frau? Wenn ich mich dabei ertappe, mit unbekennbarem Verlangen, das er sogleich bemerkt, Renauds Lippen anzuschauen, oder wenn ich mich auf seinen Wink ausziehe und mich seinen Ansprüchen darbiete, oder wenn ich ihn stöhnen höre, er dulde es nicht, daß ich auslösche – ist das alles dann natürliche Sinnlichkeit, oder sind es perverse Verirrungen, bin ich endlich normal geworden oder schon lasterhaft? Die schon gleichzeitig allzu ätzende und sondergeartete Lust, die einzige, zu der ich noch Zugang habe, ist für mich eine Überdosis und plagt mich. Ich kann nicht ohne sie auskommen, sie bemächtigt sich meiner so gewaltsam inmitten völlig ungeeigneter Betätigungen, daß ich glaube, den ursprünglichen Sinn der Versuchung wiederzuentdecken: etwas, das tatsächlich stärker ist als man selber. Renaud sieht, wie meine Backen brennend rot werden, daß ich bereit bin, dorthin zu gleiten, wo er mich haben will; dann lächelt er, und dieses selbstgewisse Lächeln kann nicht anders denn als teuflisch bezeichnet werden. Beinahe habe ich Angst vor ihm: ist er nicht auf meinen Untergang bedacht? Wohin verschleppt er mich? Dann fängt mein Gehirn an, irrationale Vorstellungen von Sünde, Sündenfall, Laster und Verdammnis zu beherbergen.

Wenn ich das Bett verlasse, diese zeitentrückte Welt, wo Tag und Nacht durcheinandergleiten und wo keine Ordnung, keine Merkzeichen, kein Stützpunkt wahrnehmbar sind, dann komme ich tatsächlich von einem anderen Planeten und erkenne diesen hier nicht wieder.

Ich erinnere mich an nichts. Mit unsicheren Händen wende ich mich hierhin und dorthin – was ist mit mir geschehen? Dieser Mann hat die Zeit zunichte gemacht, er hat sie zu einer großen, einförmigen Nacht umgewandelt, darein kaum Anrufe aus der Außenwelt zu dringen vermögen: meine Mutter, Pierre, Claude sorgen sich, und ich höre ihre Stimmen ganz fern, wie wenn ich schwerkrank wäre, befangen in einer physiologischen Indifferenz, in die die Geräusche des Lebens nicht mehr gelangen. Und ich bin ja auch krank: ich bin aus der Zeit herausgeglitten, ich bin in Renauds düsteres Königreich gelangt, und Renaud ist tot. Ich lebe zusammen mit einem Toten, der mich in sich einsaugt.

Nach solcherlei Entrückungen brauche ich Stunden, sofern es nicht sogar Tage sind, das weiß ich nicht, um mich wieder aufzuraffen. Und dabei bin ich als Pfadfinderin »Arbeitsbiene« genannt worden! Ich muß es erleben, daß es, wenn ich zum Mittagessen gehen will, draußen Nacht ist. Und man möchte meinen, Renaud verhexe die Uhren: eine nach der andern geht entzwei. Und eines Morgens, als ich meinen Baum entlaubt sehe, werde ich mir bewußt, daß auch ich meinen Garten vergessen habe. Angst beginnt mich zu zwacken, daß ich versäumt habe, meine Vorlesungen zu belegen, daß ich beinahe jede Verbindung zur Welt verloren habe; es ist, als sei ich in einem Kloster. Claude schreibt mir: sie glaubt, ich sei krank. Meine tief eingeschnappte Mutter bekundet ihr Vorhandensein durch absolutes, abscheulich bedrückendes Schweigen. Pierre schließlich packt den Stier bei den Hörnern, vergißt sein Zartgefühl und fragt: »Halt jetzt nicht länger mit der Wahrheit hinterm Berge, ich flehe dich an«, sagt er eines Abends am Telefon. »Ich bin mir ganz klar darüber, daß irgendwas los ist.« Ich habe sofort geantwortet: »Ja.« – »Etwas Ernstes?« – »Ja . . .« – »Du mußt es mir sagen.« Das wäre das Rechte, in Renauds Gegenwart sich am Telefon unumwunden auszudrücken. »Du mußt es mir auf der Stelle sagen.« – »Hör mal, ist es dir recht, wenn wir uns morgen treffen?« – »Glaubst du, ich könnte jetzt auch nur eine Nacht ruhig schlafen? Komm sofort her.« Endlich wurde ich mir einigermaßen klar darüber, was anzurichten ich im Begriff war, und erklärte mich bereit, zu ihm ins Duroc zu kommen, von wo aus er angerufen hat.

»Ich muß einen Augenblick weggehen.«

Obwohl Renaud genug mitgehört hat, um alles zu durchschauen, stößt er nur ein gleichgültiges Brummen aus: er läßt mir völlig meine Freiheit. Wenn ich ihm jetzt sagte, ich müsse zu einem neuen Liebhaber gehen, würde er nicht anders reagieren. Er liest Hadley Chase. Ich überlege, ob ich ihn küssen soll, ehe ich ihn allein lasse.

»Also bis gleich, Renaud . . .«

Er hebt seine große Nase, nickt mir zu und versenkt sich wieder in seine Lektüre. Als ob ich nur die Zeitung holen ginge.

Pierre war verstörter, als ich es geglaubt hätte; dabei verfügt er über viel Selbstbeherrschung. Mein Anblick schien ihn noch mehr außer sich zu bringen. Mein Gott, wie mochte ich aussehen? Ich hatte mein Gesicht seit langem vernachlässigt; ich hatte mich vor dem Weggehen mechanisch zurechtgemacht. Mein Spiegel war nur noch Renaud.

Eine Weile saßen wir stumm da. »Hast du einen andern?« fragte Pierre schließlich gequält. Ich nickte.

»Ich bin verrückt gewesen, dich zu respektieren«, sagte er. »Ich habe geglaubt, du seiest zurückhaltend, weil du es sein wolltest. Ich hätte nicht vergessen dürfen, daß du eine Frau bist ...« Gut und schön, dieser Augenblick hatte auf alle Fälle peinlich sein müssen, ich konnte seine Verachtung auf mich nehmen, obwohl ich mir Pierre schwerlich bei den Kosakenmethoden vorstellen konnte, denen er jetzt nachzutrauern schien.

Er hatte darauf bestanden, mit mir beisammen zu sein, um Gewißheit zu bekommen – ja, nun hatte er sie. Man brauchte mich nur anzusehen. Dann sah man nur zu gut, daß ich nicht ich selber war. Ich selber, wer war das eigentlich? Anscheinend war er darüber weit länger als ich im Bilde.

Er stellte nur sehr wenige Fragen. Ich sagte beinahe nichts. Und gerade dieses »Nichts« verriet die Tiefe meiner Leidenschaft: nie hatte ich sie besser ermessen können als in dieser Gegenüberstellung mit dem, was ich ein Jahr lang als »Liebe« zu bezeichnen gewagt hatte. Als Liebe bezeichnen diese ... diese Gleichgültigkeit? Diese behagliche Neutralität, dieses »ich habe nichts dagegen«? Aber wie hatte ich das über mich gebracht? War ich also lediglich eine Heuchlerin gewesen? Hätte ich diesen Mann geheiratet? Mit ihm mein Leben hinbringen? Aber dann, aber schließlich – ich verstand nichts mehr! Liebe! Ich fing an zu glauben, Vernunft sei eine Form des Wahnsinns, eines subalternen Wahnsinns.

Er sprach monoton; das rührte von einer Reihe durchlittener Tage her. Es erschien mir als eine gute Therapie, ihm auseinanderzusetzen, ich hätte durch Zufall jenen Mann am Selbstmord gehindert, ich sei zu ihm ins Krankenhaus gegangen, usw., usw. Das Wort »Krankenhaus« hat sein Gutes: die Vorstellung einer im Krankenhaus angesponnenen Liebe schien Pierre in bessere Stimmung zu versetzen: die Sache bekam ein menschliches Aussehen; das Mitgefühl, meine Neigung, mich als Pflegerin verkommener Kinder zu betätigen .... Wenn er wüßte, was das verkommene Kind aus seiner Pflegerin gemacht hatte! Er sagte mir, diese mystische Bereitschaft zum Opfer sei etwas recht Gefährliches, und vielleicht würde ich eines Tages erwachen – er schöpfte daraus bereits eine Art Hoffnung. Mitleid sei nicht unbedingt ein guter Ratgeber, ich sei von je ein bißchen naiv gewesen ... er redete und redete, er tröstete sich mit ein bißchen Verleumdung, und als ich sein regelmäßig geschnittenes, schwaches Gesicht anschaute, ertappte ich mich plötzlich mitten in Erinnerungen an den Mund Renauds, wenn er auf dem Bette saß, mich an sich zog und mich auftat ... Pierre merkte, daß ich ihm gar nicht zuhörte. Allerdings, augenblicklich sei ich verstrickt, das Übel sitze tief, seine Worte seien unnütz. Er müsse mich »befreien«. Er wünsche mir, ich möge glücklich sein – oder doch wenigstens, verbesserte er sich, nicht unglücklich. Ich wisse nur zu gut, daß ich es werden würde.

Wenn also – wenn ich – wenn eines Tages ... kurzum, er sei stets mein Freund; wenn ich seiner bedürfe, solle ich ihn anrufen, ohne falsche Scham.

Mein Gott! Wenn ich, wenn eines Tages, wenn das, was ich nur zu sehr befürchtete, einträte, dann würde ich nie wieder so tun können, als empfände ich, was ich nie empfunden hatte! Und ich würde nie wieder zu den guten Sitten des Gefühls zurückkehren!

Auf dem Gehsteig bedachte er mich mit einem jämmerlichen Lächeln.

»Sagen zu müssen, daß ich irrsinnige Lust gehabt habe, dich bis in deine Wohnung zu begleiten ... Ich habe zu Gott gebetet, du mögest damit einverstanden sein, aber ich habe es in Anbetracht der Umstände nicht gewagt, darauf zu bestehen, um dich nicht zu erschrecken ...«

»Ich habe es aus dem gleichen Grunde innerlich abgelehnt ...«

»Wenn ich gewußt hätte ...«

Er senkte den Kopf; ich glaube, ihm sind die Tränen gekommen.

»Man darf nicht schüchtern sein. Ich habe mich idiotisch benommen.«

»Ja«, sagte ich im Bann der gemeinsamen Katastrophe, »wir sind dumm gewesen ...«

Aber da mußte ich daran denken, daß dann Renaud tot sein würde. Auf und davon die liebe Seele. Und erbarmungslos dachte ich: welch ein Glück, daß wir dumm gewesen sind! Pierre drückte mir lange die Hand. Ich wurde unwillig. Er wandte sich brüsk ab. Ich sah ihn nicht verschwinden. Ich lief weg. Sogleich wurde mir bewußt, daß er sich gewiß umgedreht und mich hatte weglaufen sehen.

Ich habe Angst; die Logik des Lebens will, daß in dem Augenblick, da ich ihm alles übrige opfere, Renaud verschwindet; ein plötzliches Verschwinden sähe ihm nur zu ähnlich, ich bin nie sicher, ihn daheim wieder vorzufinden, wenn ich weggehe, und so lange wie heute bin ich nie weggewesen. Lasse ich ihn allein, kann ich nicht voraussehen, was er tun wird. Ich liebe ihn so sehr, daß ich glaube, ich hätte ihn mir erträumt.

Ganz außer Atem schließe ich die Tür auf. Gottseidank, Tabakgestank, er ist da und hat sich nicht vergiftet. Womit übrigens? Ich habe den gesamten Inhalt der Hausapotheke beseitigt, in der mir nichts harmlos erschien, nicht einmal das Aspirin. Ich halte ihn für fähig, einen Riegel Schokolade in Gift zu verwandeln.

Er ist da, er liest Hadley Chase, nichts anderes existiert. Er blickt ruhigen Gesichts zu mir auf, mustert meine leeren Hände und sagt: »Hast du nicht zufällig ein bißchen was Trinkbares mitgebracht? Es ist nichts mehr im Hause.«

Nein, ich habe nichts Trinkbares mitgebracht. Ich muß zugeben, daß ich nicht daran gedacht habe. Ich habe lediglich eine friedliche Zukunft mit einem Manne, der mich liebte, geopfert. Ihm. Für jemanden, der sich nicht einmal für eine Sekunde Gedanken darüber macht. Der meine Hände in der Hoffnung anschaut, er erblicke darin eine Flasche; denn Monsieur Sarti hat Durst, müßt ihr wissen, und ich bin seine Lieferantin.

Das ist schließlich recht bequem.

Dieses »das ist schließlich recht bequem« tritt nicht zum erstenmal zutage. Aber es ist tatsächlich recht bequem. Es ist »objektiv«, wie Monsieur Sarti sagen würde, der so versessen auf Objektivität ist. Monsieur Sarti hat in mir eine Versorgung, eine Haushälterin, und obendrein etwas zum Beschlafen. Nie rührt er auch nur einen Finger im Haus. Hausarbeit, Küche, Einkäufe, alles muß ich erledigen. Er meint wohl, all das vollziehe sich mechanisch, wie auch die Bankabrechnungen. Monsieur Sarti liegt träge auf dem Bett herum, raucht täglich in regelmäßigen Abständen seine vierzig Zigaretten, die ich ihm mitbringe, trinkt Whisky, den ich ihm in einem Glas reiche, das er nie abwäscht, erweist mir die Gunst, vom Bett in einen Sessel überzuwechseln, wenn ich das Bett beziehe, und dann zieht er ein Gesicht, als machte ich dabei nicht schnell genug. Wahrscheinlich hat er keine Ahnung, daß es in einem Hause Abfälle gibt, daß auf geheimnisvolle Weise die Kehrichteimer sich füllen, weswegen sie geleert werden müssen. Von alledem merkt er nichts. Dabei geht es Renaud jetzt vortrefflich. Er ißt, ohne es zu würdigen – freilich hat er nie etwas daran auszusetzen –, was ich ihm koche; um es sich einzuverleiben, geruht er sogar, sich an den Tisch zu setzen; das erste Frühstück, das ich ihm daheim bereite, ißt er im Bette. Dann und wann bin ich müde; es müßte meinem Gesicht anzumerken sein. Aber in meinem Gesicht sieht Renaud nur das Begehren. Er merkt nur, was ihm angenehm ist, und selbst das nur, wenn es ihm mühelos zufliegt. Sich deswegen auch noch anstrengen müssen ... ! Manchmal ...

Für gewöhnlich dämme ich das »das ist schließlich recht

bequem« mittels folgenden Argumentes zurück: Renaud hat nichts verlangt; was ich tue, möchte ich schon gern tun, wenn ich es nicht täte, käme er auch ohne das aus; Renaud hat nichts zu verlieren; Renaud hat sich ohne allen Falsch umgebracht.

Was nichts daran ändert, daß jener Tod ihm ein höchst angenehmes Leben verschafft. Er lebt jetzt wie die Made im Speck. Wie sollte man unter solcherlei Umständen Lust zum Selbstmord haben? Dieser Selbstmord erweist sich als vorteilhaft: hier und dort schmücken ein paar Blumen sehr menschlicher und irdischer Unredlichkeit seine große, tödliche Logik.

»Nein, ich habe nichts zu trinken mitgebracht. Entschuldige. Ich hatte anderes im Kopfe.«

Pause; keine Frage: »Und was hast du im Kopfe gehabt« usw. Nichts.

»Ich habe vorhin mit meiner Vergangenheit gebrochen. Und sogar mit meiner Zukunft.«

»Vortrefflich. Dir bleibt die Gegenwart.«

Das ist ganz Renaud. Er setzt nichts von sich selbst ein. Er spielt mit Formeln von einem so großen Wahrheitsanschein, daß man sich nicht dagegen wehren kann. Es stimmt: mir bleibt die Gegenwart. Aber welche Gegenwart, wenn man sich die Sache richtig überlegt?

»Welche Gegenwart?«

Diesmal hat er mich verstanden. Sehr gut verstanden. Er legt sein Buch hin, setzt sich auf den Bettrand, zieht sich die Schuhe an, schnürt sie zu. Geht ins Badezimmer, kommt mit seiner Zahnbürste wieder, steckt sie in seine

Aktentasche. Ich habe Angst im Leibe. Er geht weg! Ach, Renaud Sarti ist heikel! Er ist empfindlich!

»Renaud, was machst du da?«

»Ich ziehe mir den Rock an.« Als ob ich das nicht sähe!

»Warum denn, Renaud?«

»Wenn du nicht weißt, was du hast, mein Kind, dann brauchst du deinen Lebensversicherungsvertrag nicht aufzulösen. Nicht die Beute um eines Schattens willen loslassen«, sagt er anzüglich, mit erhobenem Finger, beinahe scherzhaft. »Ich sehe nicht ein, was ich hier zu suchen habe.«

»Renaud! Aber ... aber ich liebe dich doch!«

»Was man so lieben nennt, da können Sie sicher sein«, sagt er und geht in aller Ruhe zur Tür.

Er klopft auf den Busch. Er will mich reizen. Es genügt wohl, mich ihm an den Hals zu werfen, ihm zu zeigen, daß ich keinen Stolz habe. Ich versperre ihm den Weg: wir spielen eine geschmacklose Schmierenszene. Ich versuche, ihn zu umarmen. Er macht sich mit eindeutiger Festigkeit los und schiebt mich beiseite. Er klopft nicht auf den Busch.

»So sehr habe ich kein täglich Brot nötig.«

Er geht, ich bleibe da, erdrosselt von Scham. Soll er doch abziehen! In seiner Lage ist man nicht so empfindlich! Soll er sich doch ein' anderes Plätzchen suchen, wo noch weniger von ihm verlangt wird! Was habe ich denn schon gesagt? Nicht nur alles nehmen, sondern auch nichts ertragen! Er könnte doch zugeben, scheint mir, daß auch ich dann und wann einen Gedanken ausdrücke – er verliert doch nichts dabei! Seine Indifferenz bekundet er zur

Genüge! Was »man« so lieben nennt! Ja, was braucht er denn eigentlich, wenn »alles geben« ihm nicht genügt? Soll er sich doch auf die Suche nach einem besseren Boy-Scout machen, einem gotischen oder felsentsprossenen! Soll er doch eine Heilige finden, denn das ist das wenigste, was er braucht!

Währenddessen klebt mein Körper an der Tür, er heult, ich heule wie ein Hund. Ich hatte ihn vergessen, meinen Körper. Mein Mund öffnet sich, schnappt nach Luft, wie ein Fisch. Trotz allem: auch dieses gequälte Fleisch bin ich. Es ist sogar stärker als alles übrige. Da habe ich es mit meinem geweihten Haupt, meinem schönen Denkvermögen, das in die Wicken geht: »Siehst du jetzt, was du angerichtet hast?« sagt mein anderes Ich. »Du hast ihn verjagt. ›Welche Gegenwart?‹ Ist sie vielleicht nichts? Du hast alles verleugnet, du hast ihn verleugnet; und da wunderst du dich, daß er weggeht? Ach, ach, er ist anständig, und weiter gar nichts. Du, mein Mädchen, du behandelst ihn in deinem Herzen als Zuhälter, seit du ihm mal einen Kognak für fünfzig Francs bezahlt hast, den er unbedingt brauchte, um sich aufrecht zu halten! Knickerig bist du: du rechnest alles nach, Sou für Sou, alles was er dich kostet! Glaubst du vielleicht, das merke er nicht? Hältst du ihn für schwachsinnig? Schon seit langem hat er es kommen sehen, jawohl. Was für ein Zuhälter im Grunde: keine Minute lang hat er sich von dir durchschleppen lassen, er pfeift darauf, sich von dir nudeln zu lassen. Mit seiner Zahnbürste und seinem Don Quijote ist er auf und davon gegangen, der Zuhälter. Und du hast ihm nicht mal etwas zugesteckt, damit er sich Gardenal kaufen kann, du hast ihn ärmer davongejagt, als er vorher gewesen ist. Du Rindvieh!«

Ich bin schon unterwegs. Ich suche die ganze Avenue entlang, dann noch ein paar Straßen; ich laufe die ganze Nacht hindurch, aber ich werde ihn finden.

Da ist er! Ach, ich würde ihn kilometerweit erkennen! Sein übergroßer Körper, der Kopf, den er vorgereckt trägt wie eine Ziege, sein runder Rücken: da hinten, an der Kreuzung.

Er ist stehengeblieben. Er weiß nicht, welche von den vier Himmelsrichtungen er einschlagen soll. Er weiß nicht wohin. Die Erde ist rund. Rund. Er hat nichts. Er hat niemanden. Er bleibt stehen. Er könnte dort sterben.

Ich erreiche ihn, außer Atem. Er rührt sich nicht. Als wenn ich Luft wäre.

»Renaud . . .«

Keine Antwort.

»Komm . . .«

»Du kotzt mich an.«

Das tut weh, aber ich war darauf gefaßt.

»Renaud, ich möchte, daß du mitkommst. Ich bitte dich darum.«

»Unter welchen Bedingungen?«

»Unter keinen.«

Seine Augen überfliegen die vier Horizonte; er ermißt, was die Welt hier, dort, da drüben ihm verheißt. Er blickt wieder mich an; er schaut abermals ins Weite. Sein Gesicht ist tot, völlig verzweifelt. Ja, er ist tatsächlich indifferent; ein für allemal ist das Leben ihm nicht genug. Aber wer oder was ist ihm denn genug, wer oder was ist ihm denn genug. Er ist grausig nackt, entblößt, enthäutet. Geld, darauf pfeift er, auf Behaglichkeit, auf alles. Aber was braucht er denn?

»Renaud, was soll ich tun? Ich tue, was du willst.«

»Ja, mein Kind, wenn du ein gutes Argument ausfindig machen kannst, dann beuge ich mich ihm. Sprich also. Die Straßen können nicht sprechen. Also bist du im Vorteil.«

Ich muß etwas sagen. Und noch dazu schnell. Ein gutes Argument. Ich finde keins.

»Aber ich habe doch keins«, sage ich. »Über alles, was ich habe, machst du dich lustig! Mein Haus, meinen Garten, das Essen, und alles übrige ... Das Bett vielleicht, das große Bett allenfalls.«

Er regt sich nicht.

»Ich liebe dich, Renaud. Weiter nichts.«

»Ich kann auskommen, ohne daß mich wer liebt. Ich pfeife darauf.«

»Dann also habe ich nichts!«

Das habe ich herausgeschrien. Leiser sage ich: »Ich brauche dich eben.«

»Brauchen?« fragt er kalt.

»Ja, dich.«

»Was mich?«

»Zum ... daß du da bist.«

»Schluß mit den allgemeinen Redensarten. Drück dich genauer aus.«

»Ich brauche deine Hände ... und ...«

»Und?«

»Deinen Mund.«

»Ich schaffe dir Genuß?«

»Ja.«

»Du magst das?«

»Ja.«

»Sag es.«

»Ich mag ›das‹.«

Ich kann nicht mehr. Dabei ist es nicht der rechte Augenblick, sich schüchtern zu zeigen. Ich sage alles, was er will, und sogar noch mehr. Es ist die Hohe Schule. Ich springe gefügig durch den Feuerreif.

»Das war gar nicht so übel«, sagte er, ohne mich anzusehen. »Aber im Grunde pfeife ich darauf.«

Es ist ein Schlag in die Magengrube.

»Je mehr ich darüber nachdenke, desto mehr pfeife ich darauf. Und je mehr ich darauf pfeife, desto mehr denke ich darüber nach, verstehst du? Und der Schluß ist stets der gleiche: ich pfeife darauf.«

Verloren. Ich lasse alles fahren, und in einem Anfall von Zynismus, dem ersten meines Lebens, will ich ihn beleidigen und stoße mit übler, vulgärer Stimme, die ich an mir nicht kannte, hervor:

»Also wenn es dir so absolut schnuppe ist, warum kommst du dann nicht mit? Dann wärst du wenigstens zu irgendwas nütze!«

»Aha! Endlich kommt die Wahrheit ans Licht«, sagt er. »Auf diese Weise geht es. Die Wahrheit, das ist das einzig Wahre.«

Er lächelt mich gutmütig an.

»Ich bin ganz gern zu was nütze. Selbst zu Geringfügigkeiten. Das gibt mir das Gefühl, ich existierte.«

»Soll ich mich mitten auf der Straße vor dir auf die Knie werfen? Ich bin ohnehin nahe daran!«

»Beruhige dich, es ist alles erledigt. Es lohnt nicht, nochmal von vorn anzufangen.«

»Dann komm, ich habe genug. Komm nach Haus.«

»Komm nach Haus. Sesam! Komm nach Haus. Ruhekissen, Schlupfloch, Bau, Erdhöhle für die Bestie. Sesam, schließe dich, Sesam, verschließe mich. Gott, verbirg mich. Gott, verschling mich. Ich folge dir, Schönheit, wie ein Blinder; sag mir nicht, wohin du mich führst. Aber vorher führ mich auf alle Fälle in ein Bistro, damit das Bild sich verschleiert: es funkelt, es blendet. Es ist das Bild Gottes, das kein Sterblicher anschauen kann, ohne zu sterben. Kennst du es? Nein, natürlich nicht. Schlimmer noch: der Sterbliche stirbt nicht; er überlebt. Wie man die Atombombe überlebt, der Körper ist endgültig strahlenverseucht, die Seele schwebt über dem Abgrund potentiell zerfallener Moleküle, über der wesentlichen Leere. Weißt du, daß in Japan Menschen in einem Betonbunker mit mehreren Metern dicken Wänden leben und durch Pipelines ernährt werden? Es wird Zeit, daß du erfährst, woran du bist und was zu tun du dich anschickst, weil du bis jetzt nicht gerade viel davon begreifst; das kann man schon sagen. Denn sie sind Sterbliche für ihresgleichen, die nicht einmal die Liebe schützt, Geneviève. Hast du verstanden?« schreit er. »Nicht schützt. Ins Bistro, schnell, ich habe Durst, Durst, Durst! Oder flieh, Gazelle, weiße Taube, es ist noch Zeit, ehe du alles verlierst, alles verlierst, ohne zu gewinnen, denn mit mir ist nichts zu gewinnen.«

»Das ist mir schnuppe.«

»Das sagt man so, das sagt man so, und dann, wenn man tatsächlich begreift, was man da sagt: Scheiße, ich hatte es mir nicht richtig überlegt. Sieh mich bitte mal ganz genau an, du hast mich nie ganz genau angesehen, du siehst immer nur dich an, nimm ein anderes Objektiv, eins mit großer Brennweite, sieh dir meine Fresse an, ist dir noch nicht aufgefallen, daß ich strahlenverseucht bin? Gib dir Rechenschaft, wohinein du dich verstrickst: darunter gähnt der Abgrund, mein Kätzchen. Und wenn du glaubst, die Liebe sei ein Schutzschild, dann irrst du dich, weil sie nämlich eine Bresche ist.«

»Vielleicht ist sie eine Brücke. Was weißt du davon? Du kennst die Liebe ja gar nicht«, sage ich mit einiger Bitterkeit. Aber er:

»Unsinn. Du kennst doch die gezeichneten Filme, wenn Micky am Ende des Balkens ankommt und in der Luft weiterläuft? Da hast du deine Brücke. Man darf nicht hinsehen, oder man bricht sich den Hals. Die Liebe ist eine Binde vor den Augen, das weiß man doch.«

»Keine Ahnung hast du.«

»Sie ist tapfer, die Kleine. Mögen die unschuldigen Kindlein die Hände in den Schoß legen, erhebt euch, liebende Herzen, wir werden es schon schaffen.«

»Du glaubst auch an nichts!«

»Was ist sie für ein Loch! Ich? Ich bin der Gläubigste von

allen. Mit Glauben vollgestopft bis zur Schnauze. Ein Hochofen des Glaubens. Wenn ich an nichts glaubte, mein Kind, kannst du mir dann erklären, warum ich mir nicht in irgendeinem Büro mein Brot verdiente? Bei einer Versicherungsgesellschaft? In einer Kugellagerfabrik, einem Ausbildungsinstitut für Waschmaschinenverkäufer oder einer Wohltätigkeitsanstalt für elternlose Kinder? Besser noch: ich kenne die Tricks: ich könnte einen erfolgreichen Kriminalroman schreiben, nach dem ein erfolgreicher Film gedreht wird, mit einem erfolgreichen Schlager drin; aber darum geht es nicht, es geht um die Atombombe und um Erdlöcher, aber durch die Bistros muß man, hier ist gerade eins, danke.«

Immer wenn er sich sehr unglücklich und verloren vorkommt, fängt er an zu delirieren. Als ob die Verzweiflung sich auf ihn auswirkte wie ein Rauschgift. Und dann denkt er sofort an ein Bistro.

Er läßt sich auf die Wandbank fallen, bestellt sich einen Kognak, und in diesem Augenblick merke ich, daß ich kein Geld eingesteckt habe.

»Ich habe mein Geld vergessen! Kann ich dich ein paar Minuten hier lassen? Ich laufe ... Bitte, entschuldige ...«

»Wenn ich was zu trinken habe, kannst du mich lassen, wo du willst.«

Dabei kann ihm Gott weiß was durch den Kopf gehen, vor allem in diesem Zustand. Das einzige, was mich tatsächlich beruhigt, ist, daß die Caféleute ihn schwerlich ohne Bezahlung weglaufen lassen. Gewissermaßen vertraue ich ihn ihnen an.

Er ist noch da. Vor ihm stehen aufeinander vier Untertassen, und er erklärt gerade einem in seiner Nähe sitzenden Gast, die Sahara müsse bis zum letzten Tropfen französischen Bluts verteidigt werden. Der Gast pflichtet ihm bei.

»Also, sehen Sie«, sagt Renaud, »ich, sehen Sie, bin Päderast. Na, deswegen bin ich dennoch ein guter Franzose, sehen Sie, und durchaus gewillt, mein Blut zu vergießen – und auch das der Frauen, wenn es sein muß«, fügt er hinzu, als er mich sieht, »auch das Blut der Frauen, nicht wahr, Liebling? Auf diese Weise bleibt Frankreich Frankreich. Also sehen Sie, Monsieur, ich bin Kommunist, na ja, und trotzdem ist Frankreich mein Frankreich, und ich sehe nicht ein, warum man es mir streitig machen sollte.«

Der Gast pflichtet ihm jetzt nicht mehr bei, wirft einen Blick auf den Stapel Untertassen und verzieht angeekelt das Gesicht; er ruft den Kellner und bezahlt ostentativ sein Glas Bier. Renaud nimmt die Gelegenheit wahr und bestellt sich einen weiteren Kognak.

»Die Franzosen sind ein Volk von defaitistischen Kleinbürgern und Kastraten«, sagt er laut, als der Nachbar, Kopf im Nacken, an unserem Tisch vorübergeht. »Hast du das Arschloch da eben gesehen? Die Erde ist voll von solchen.«

»Hast du keinen Hunger, Renaud?«

»Hunger? Nein. Durst habe ich. ›Hunger, gib mir zu trinken, Durst, gib uns zu essen!‹ Kennst du das? Von einem Kollegen von mir. Aber der hat es weitergebracht.«

»Kommst du jetzt mit heim?«

»Ich habe kaum erst was bestellt, und das Bild hat noch nicht die erwünschte Verschwommenheit. Hast du das Arschloch gesehen? Musterexemplar. Die Erde wimmelt davon. So ist dies Gezücht mit dem hochentwickelten Gehirn beschaffen. Keine Angst, mein Kätzchen, ich komme mit dir, es ist alles beim alten, und du bist noch immer genauso schön. Obwohl menschlich. Und ich bin vernarrt in alles Schöne. In Ermangelung des übrigen. Vor allem, wenn es verschwommen ist. Verschwommen ist alles schön. Aber leider habe ich durch eine grausame Laune meines Schöpfers Neigungen für das klar Umrissene, und das ist eine Ausnahme bei der Spezies, bei der der Gesichtssinn, der interno-visuelle Sinn, im allgemeinen wenig entwikkelt ist. Sie haben Augen und sehen nicht, hat der Entomologe in einem Memorandum gesagt, das nach wie vor Autorität besitzt – und ich, der sehen kann, habe eine Schwäche für das Verschwommene, das Vage, das Nebelhafte, das Verwischte, das, wovon man nicht so recht weiß, was es eigentlich ist, und da stell dir mal vor, wie es mit dem Arbeiten ist! Ich versetze mit Gummi, ich zeichne nachlässig und verwische, ich prelle, ich vergälle; mit Essig, mit dem Messer, mit Salzsäure, mit Weingeist. Du trinkst nicht mit, Geneviève? Du willst mich wohl ärgern? Also, zur Feier meiner Rückkehr: Kellner, zwei Kognak. Zur Versöhnung. Auf die Liebe zehn gegen eins, den Aquädukt der Illusionen, die Seufzerbrücke über den Abgrund der Schmerzen. Dein Wohl! Liebst du mich? Sag mir, daß du mich liebst ...«

»Renaud ... ich bitte dich ....«

»Schon? Bittere Enttäuschung. Wenn ich dich darum bitte, kannst du mir nicht mal sagen, daß du mich liebst? Schöner Anfang.«

»Ich liebe dich, Renaud.«

»Es kommt schon noch. Nach und nach, aber es kommt. Du siehst: wir bringen es schon noch fertig. Wenn jeder das Seine dazu beiträgt.«

Wenn ich jetzt zu weinen anfange, ist alles verloren. Es kommt darauf an, daß der Abend glückt. Im Grunde ist er ganz einfach voll; er ist im Schwung, er redet irgendwas. Das beste ist, gar nicht hinzuhören. Ich muß ihn zu Bett bringen und ihn gehörig ausschlafen lassen. Fünf armselige Kognaks: er kann nicht viel vertragen.

»Wollen wir jetzt heimgehen, Renaud?«

»Natürlich, selbstverständlich. Wir können ebensogut zu Haus weitermachen. Aber es ist nichts zu trinken da. Vorhin hast du nicht daran gedacht.«

Er streckt die Waffen nicht.

»Wir können ja was mitnehmen.«

Endlich bringe ich ihn zum Weggehen. Ich halte ein Taxi an und lasse uns zu Dominique fahren, denn die Läden sind schon geschlossen. Ich kaufe Whisky, das ist noch das Harmloseste. Renaud nimmt die Gelegenheit wahr und trinkt am Schanktisch einen weiteren Kognak; dabei unterhält er sich mit dem Wirt. Endlich bekomme ich ihn zu fassen und ins Taxi.

»Zum Bunker!« grölt Renaud blöd.

Den Fahrer erschüttert das nicht weiter. Sie sind an Betrunkene gewöhnt. Ich nicht. Ich fühle mich ein bißchen geniert.

»Siehst du«, sagt Renaud am Bordstein, »eine Hoffnung bleibt mir noch: daß ich so weit komme, daß ich darauf pfeife, auf alles zu pfeifen.«

Ich schubse ihn ins Taxi und gebe meine richtige Adresse an.

Beim Aussteigen geht er so ziemlich ohne zu schwanken. Aber im Eingang, wo der Hall ihm anscheinend behagt, fängt er an zu singen: »Der Walfischfang, der Walfischfang – das ist 'ne Höllenarbeit!« Madame Pia! Diesmal habe ich die Achtung meiner Concierge gänzlich eingebüßt. Ich wage es nicht, meinen Namen zu sagen. Der verderbte Mensch will nicht aus dem Hauseingang weg. Ich ziehe ihn ganz behutsam mir nach, ich gewinne einen Fußbreit Boden nach dem andern, endlich sind wir in meiner Wohnung, die Tür ist wieder zu, jetzt kann er Unfug treiben soviel er will.

Aber er will nicht mehr. Er fällt über mich her. Mir bleibt kaum Zeit, die verdammte Flasche abzustellen, an die er nicht mehr zu denken scheint.

Er hat seine gewohnte Fürsorglichkeit vergessen, er wirft mich ganz einfach hin, wie es gerade kommt. Ich bin vollkommen erledigt. Alles, was mir an Kraft bleibt, setze ich ein, um die Tränen zurückzuhalten, Tränen der Erschöpfung, nicht einmal des Kummers. Ich bin fast teilnahmslos, und der teuer erkaufte Sieg, Renaud zurückgebracht zu haben, kommt mir völlig leer und sinnlos vor. Es ist mir schnuppe. Ich bescheide mich, ich bin nur die Drainage eines an mich geratenen Trunkenen; mag er doch tun, was er will. Vielleicht liebe ich ihn gar nicht mehr. Meine Nerven geben nach, und warum soll ich schließlich nicht weinen, um so schlimmer, wenn ihn das anekelt. Ist mir schnuppe. Statt der Tränen kommt brutal die Lust, wieso und woher, das weiß ich nicht. Ich schreie wie irrsinnig. Ich halte Renaud auf mir fest – »Ach! Ich liebe dich.«

Er lacht.

Es ist nicht leicht, inmitten der Lust zu leiden. Ich weiß nicht mehr, woran ich bin, die Wogen schlagen über mir zusammen.

»Na, ist dir jetzt besser?« fragt er gutmütig.

Verzweifelt sehe ich ihn an.

»Oh, warum hast du gelacht?«

Er seufzt, läßt mich, steckt eine Zigarette an.

»Das ist eben das Tragische. Verschafft ihnen den Genuß, ihr glaubt, dann sind sie zufrieden, und dann: nein! Das reinste Schauerdrama. Was für ein Aufhebens ihr doch von euern Persönchen macht! Wie lästig das ist! Schämt ihr euch nicht wenigstens dann und wann mal? Kommt ihr euch nicht ein bißchen unanständig vor?«

Dies Wort in seinem Munde, das ist ein Treffer.

»Madames Erstesmal. Das ist wichtig. Da nimmt man sich in acht. Keine Witze. Blumen mitbringen. Rote Rosen. Bitte entschuldige, ich hatte keine bei mir.«

Ich schluchze.

»Sie schluchzt. Aber mir kommt das Ganze eher lustig vor, mein Kätzchen! Ich befasse mich schon eine ganze Zeit damit und rackere mich ab; glaubst du vielleicht, das mache Spaß?«

»Aber warum hast du mich ausgelacht?«

»Ich habe dich nicht ausgelacht. Erklärung: ich habe nicht über dich gelacht, sondern über dein Vokabular. Sowas nennst du ›lieben‹.«

»Aber ich liebe dich wirklich. Kann ich was dafür? Glaub nur: wenn ich könnte, machte ich sofort Schluß damit, es ist nämlich keine Sinekure, oh, geh nicht weg, ich habe doch nichts Böses gesagt.«

»Wie blöd sie ist«, sagt er und bringt die Flasche, denn um sie zu holen, ist er weggegangen. »Mach dich von deiner ewigen Angst frei, Puppe, das wäre nicht zum Aushalten, ich habe nicht in einem fort die Hand auf dem Türdrücker. Komm, trink. Feuchte es an, das ist das Beste, was man in solchen Fällen tun kann.«

Ich trinke das große, randvolle Glas leer, das er mir eingegossen hat: er mißt mir zu wie sich selbst. Ich dränge mich an ihn. Ich küsse ihn. Ich liebe seinen Körper. Das ist neu. Darauf bin ich noch nie gekommen. Jetzt werde ich immerzu daran denken. So etwas kann man nicht vergessen, und alles übrige ist unwichtig. Die Opfer, die kleinen Ärgerlichkeiten ... Wenn er mir nur verzeiht, wieder zu mir kommt.

»Ich liebe dich. Da kannst du sagen, was du willst.«

»Eines Tages«, sagt er, »schreibe ich eine Abhandlung. Titel: ›Über die Liebe‹. Das gibt es zwar schon, aber es muß ernsthaft umgearbeitet werden. Titel also: ›Über die Liebe‹, und ich bin dagegen. Ich lege dar, daß so was wie Liebe gar nicht existiert. Und zwar auf folgende Weise: wenn man von der Liebe alles abzieht, was ihr fremd ist, dann bleibt nichts übrig. Absolut nichts.«

»Warum verabscheust du die Liebe? Was hat sie dir angetan?«

»Ach! Ach!« Er lacht. »Du bist wonnig. Der Boy-

Scout mit dem Operationsmesser, Genreszene. Die Mandarine im Bett. Der Geschlechtsgenuß stachelt die Frauen zum psychologischen Apostolat an, das habe ich schon häufig konstatiert: es ist eine noble Form der Dankbarkeit des Unterleibs, zumal bei Intellektuellen. Bei den andern heißt es immer nur: ›Liebst du mich auch wirklich?‹ Gottseidank wagen die Intellektuellen sowas nicht, sie haben Würde. Schau nicht drein wie ein Opferlamm, so weit sind wir noch nicht. Trink einen Schluck. Wir sind bei der Liebe – ob die Liebe mich verwundet hat. Antwort: nein. Kommentar: glaubst du vielleicht, meine Fresse mache ihr Angst? Im Gegenteil, diese schiefe, verquere Visage regt sie außerordentlich auf. Wie du aus eigener Erfahrung weißt. Ich bin mit Liebe förmlich überschüttet worden. Übersättigt, gebadet, ertränkt in Liebe. Rosenkränze haben sie mir um den Hals gehängt. Trink doch, dann kommst du darüber hinweg.«

Er fängt wieder an, betrunken zu werden.

»Rosenkränze aus Blei, die mich auf den Grund gezogen haben, und du kannst feststellen, daß mich das kein bißchen eitel macht, denn dazu besteht wirklich keine Veranlassung. Es gibt kaum eine Kirche, in der nicht eine Frau kniete und für mein Heil betete. Völlig vergebens im übrigen. Ich versuche in einem fort, der Liebe zu entschlüpfen, aber sie kriegt mich immer wieder zu fassen, und zwar im unwahrscheinlichsten Augenblick. Du hast es ja erlebt. Ich bin vor ihr weggelaufen und habe sterben wollen, und als ich dann tot war, was finde ich? Die Liebe. Nochmals sie. Ich wette um ein Glas Bier: wenn ich endgültig im Grabe liege, dann werde ich das Opfer einer Leichenschänderin ...«

»Renaud, still, du bist grauenhaft. Ich will nie wieder davon reden, ich sage dir nie wieder, daß ich dich liebe.«

Eher soll man mir die Zunge herausreißen!

»Oh, es kann als Begleitmusik dienen. Und anderseits weiß ich ja, daß du gut bist. Nicht wie eine gute Krankenschwester, sondern wie eine gute Suppe. Suppe klingt nicht hübsch. Wie eine gute Feige, so ist es besser ... Ich merke, daß du mich verstehst.«

Mitten in der Nacht wache ich auf. Die Lampe brennt. Ich muß gleich nach der Lust umgekippt sein. Auf diese Weise werden also wohl Kinder gemacht. Pierre traf immer Vorsichtsmaßregeln, um mir das Risiko zu ersparen; das nahm er auf sich; er meinte, das müsse er tun. Aber Pierre tat nicht, was überdies noch nötig gewesen wäre. So hat alles seinen Preis. Aber er ist nicht zu hoch.

Renaud liegt auf dem Rücken, mit leicht geöffnetem Munde. Er schnarcht; er hat zuviel getrunken. Er sieht gemein aus, fast genauso gemein wie das erste Mal im Hotel ... Aber damals schon, in jener Minute, hatte ich angefangen, ihn zu lieben. Jetzt weiß ich, warum.

Es hat nur noch meine Mutter gefehlt. Da ist sie. Um diese Tageszeit hatte ich gemeint, es sei der Gasmann, oder der Waschmaschinenverkäufer, Renauds Alpdruck. Jetzt habe ich aufgemacht, und nun ist es soweit. Sie schnuppert die von schwarzem Tabak schwere Luft.

»Na, tot bist du wenigstens nicht!« sagt sie, ohne darüber allzu erfreut zu sein.

Sie mustert mich. Mir ist, als erkenne sie mich nicht wieder. Ihre Tochter, »die man zu jeder Tagesstunde abholen kann, immer ist sie wie aus dem Ei gepellt, man ahnt nicht, wie sie das fertigbringt, sie muß tatsächlich ihre Hausarbeit im Straßenkleid machen ...« Aber ich trage mein Straßenkleid nicht mehr. Ich stehe tatsächlich, zum erstenmal, unangezogen da.

»Es war ganz richtig, daß ich mir schließlich und endlich Gedanken gemacht habe. Ich hatte abwarten wollen, aber letztlich bist du ja meine Tochter. Gestern habe ich zwanzigmal angerufen. Anscheinend ist dein Telefon kaputt. Und du weißt es nicht mal? Hör mal, wenn du krank bist, du großer Gott, warum hast du mich dann nicht benachrichtigt? Das ist doch der reinste Irrsinn!«

»Ich bin nicht krank. Ich habe ...«

»Was?« sagt sie und tritt ins Zimmer. »Was hast du?«

»Ich .... es ist ...«

»Und zu rauchen hast du auch wieder angefangen?«

»Nein ...«

»Was ist eigentlich mit dir los? Aussehen tust du wie eine Leiche, und anscheinend kommst du gerade aus dem Bett. Um zehn Uhr! Du tätest besser, mir die Wahrheit zu sagen ...«

»Das ist es ja gerade. Ich ...«

»... Du bist noch immer krank, man sieht es dir an.« Sie geht immer mehr auf das Schlafzimmer zu; ich weiß, daß Renaud völlig nackt im Bette liegt. Es ist schwierig, einer Mutter den Weg zu versperren.

»Hör mal, Mama, ich ...«, sage ich und pflanze mich vor ihr auf. »Es ist da jem ...«

Sie ist plötzlich stocktaub; und als ich das »jemand« gerade zu Ende gebracht habe, hat sie ihn gesehen. »Oh, entschuldige!« sagt sie zögernd diskret, im Besitz der Auskunft, die sie hatte haben wollen. Sie ist mir zuvorgekommen; die Verlegenheit hat mich langsam gemacht; aber ich habe die tröstliche Gewißheit: auch wenn ich schnell gewesen wäre – sie wäre noch schneller gewesen.

»Du hättest es mir vorher sagen müssen«, sagt sie. »Es ist sehr peinlich.«

Ihre Unehrlichkeit ist weltenweit.

»Was du tust, ist lediglich deine Sache, seit kein Vertrauen mehr zwischen uns besteht. Es ist also nicht Pierre?«

Instinktiv sagt sie den Namen lauter. Wenn sie wüßte, wie gänzlich schnuppe mir das ist, oder vielmehr: wie gänzlich schnuppe es Renaud ist.

»Nein, es ist nicht Pierre«, sage ich, ebenfalls sehr laut.

»Gut. Pierre oder irgendein andrer, du hast die Liebhaber, die du willst. Schließlich (leiser) hat diese Wohnung schon mancherlei erlebt ...«

Papas Ehebruch wird wieder aufs Tapet gebracht.

»Madame Pia wird sich nicht weiter wundern.«

Der Ehebruch, die Concierge, der ganze Salat.

»Du bist mündig ...«

Das Gesetz.

»Mir macht nur eins Sorge, nämlich deine Gesundheit.«

Mein Wohlergehen.

»Und so, wie ich dich hier vor mir sehe, bin ich meiner Sache nicht sicher ...«

Ein Rundblick über das Chaos in meiner Wohnung: die heilige Ordnung.

»Möchtest du eine Tasse Kaffee?«

»Nein, ich habe ohnehin schon viel zu sehr gestört. Ich gehe jetzt. Wann kann man dich mal sehen – öh, ich meine: ungestört? Denn schließlich haben wir uns ja doch wohl einiges zu sagen, und anderseits ...«

Richtig. Tante Lucie. Wieviel.

»Soll ich, öh, morgen zu dir kommen?«

Wie gräßlich ist das alles!

»Ach so, die Situation hier ist von Dauer?«

»Für den Augenblick, ja ...«

»Von Dauer für den Augenblick. Feine Sache. Nun, das geht nur dich an. Auf Wiedersehen, mein Kind, bis morgen also, bei mir, da sind wir wenigstens ungestört.«

Uff! Weg ist sie.

»Ich«, sagt Renaud, den ich in das Plumeau eingewickelt vorfinde, »ich habe meine Mutter nicht gekannt. Sie ist bei meiner Geburt gestorben. Zu spät: es war schon passiert.«

Er gießt sich Whisky ein.

»Oh, Renaud, bevor du was gegessen hast!«

»Das scheuert den Magen sauber.«

»Der reinste circulus vitiosus. Ich weiß nicht, wie du da wieder herausfinden willst!«

»Ich auch nicht, mein Herz. Deine Begegnung mit deiner Mutter war ein bißchen frostig.«

»Hoffentlich bist du wenigstens auf den Gedanken gekommen, unter die Decke zu kriechen.«

»Ich habe eine Sekunde gezögert. Mütter müßten doch wissen, woran ihre Töchter sind.«

Ich werfe ihm die Decke über.

»Dann wäre sie doch beruhigter abgezogen, nicht wahr?«

»Aber Renaud.«

»›Aber Renaud!‹« äfft er nach. »Heuchlerin! Komm ein bißchen näher, es erschreckt nur von weitem.«

»Es erschreckt nur von weitem«: Renaud findet stets die Formel, die am Platze ist. Aus der Nähe, oder vielmehr: innen – das ist ganz was anderes! Eine Bank wird gesprengt. Erst jetzt habe ich so richtig meine Jungfräulichkeit verloren. Es gibt also künftig zwei Genevièves: Mademoiselle Le Theil, ein vom Bagger ausgehobener Graben; und dann Sartis Geliebte. Die beiden kennen einander nicht, sie verachten, sie verleugnen einander. »Ich bin eine unverfälschte Frau«, sagt die eine, und die andere: »Du bist eine sexuell Besessene.«

Das ist der latente Dialog, den ich mit Claude führe, während ihr Anblick mich an meine Pflichten erinnert und gleichzeitig an das, was ich unlängst noch für meine Vorhölle gehalten hatte. Die elternlosen Kinder – freilich, die elternlosen Kinder sind jämmerlich dran, es muß etwas getan werden ... ich zwinge mich zur Anteilnahme an ihnen, aber meine Gedanken schweifen ab: arme Claude! So jungfräulich, so verschlossen; kaum, daß sie die Lippen auseinanderbekommt, und mit ihren Beinen ist es wohl genauso; sie verdorrt bei lebendigem Leibe. Nicht einmal vorstellen kann man sich, daß sie unter einem Manne aufstöhnt .... Während ich jetzt ...

»Hast du wenigstens deine Kollegs belegt?«

Ich lache. Das divergiert denn doch allzusehr. Man bedenke: Kollegs! Jura! Wie langweilig das sein muß! Aber natürlich, ich belege sie, es brennt ja nicht. Und woher soll ich die Energie nehmen, mir den Code einzuverleiben? Dabei hätte ich ihn anderseits sehr nötig ...

»Du bist augenblicklich ziemlich unvernünftig, wie? Wer hätte geglaubt, daß du dich so urplötzlich verlieben könntest! Ausgerechnet du!«

Denn diesmal habe ich mich nicht getarnt: wie hätte ich das überdies auch können? Es bricht mir aus allen Poren heraus, ich strahle vor Stolz, daß ich eine Frau bin. Wenn sie dieses Gefühl kennte, dann wollten wir schon sehen, was aus ihrer Keuschheit würde!

»Allerdings, aber da ist nichts zu machen; so ist das Leben nun mal, das könnte dir ebenfalls passieren.«

»Na, du hast ja noch eine Woche Zeit ...«

»Übrigens wünsche ich es dir. Du solltest es mal versuchen.«

»Was versuchen?«

»Dich zu verlieben.«

Sogleich wird ihr Gesicht starr und eisig. Ganz entschieden: »Geneviève denkt nur an ›das‹.« Renaud hat recht: je weiter man davon entfernt ist, desto mehr erschrickt man davor.

»Aber es ist schließlich kein Grund, alles stehn und liegen zu lassen«, sagt sie.

Ich versichere ihr, davon könne auch nicht die Rede sein, und das ist meine ehrliche Meinung. Sie verspricht mir, mich zurechtzuschütteln, wenn es sein müsse; sie will ihre wohlbekannte Autorität einsetzen. Spaßig, daß gerade sie sich für eine starke Persönlichkeit hält! Wie ironisch die Natur sein kann! Diese starke Persönlichkeit hat noch nicht mal Brüste ...

Die elternlosen, unglücklichen Kinder ... wenn Renaud wüßte, daß ich mich mit sowas befasse: mit welch einem sarkastischen Vortrag würde ich dann bedacht werden. Und dennoch: er findet die Welt so miserabel – müßte er da nicht jede Möglichkeit wahrnehmen, sie zu verbessern? Unsinn: jede Hoffnung zu verneinen, darin besteht ja gerade Renauds Koketterie. Wenn man ihm sagte: da vor dir liegt das Paradies, gehe hinein – gerade dann würde er sich umbringen. Auf diese Weise amüsiert er sich besser, der Stoff ist reichhaltiger.

»Gut, ich erwarte dich also morgen um vier in der Fakultät ... Und sag mal: was treibt ›er‹ eigentlich?«

Da haben wir's. Das fragen sie mich alle. Was er treibt. Meine Mutter hat es natürlich auch gefragt. Ich habe schamlos gelogen: wenn sie wüßte, daß ich mit der Erbschaft einen Mann aushalte, würde sie irrsinnig werden. Ich habe gesagt: er hat ein bißchen Geld. Renaud und Geld! Aber was tut man nicht um einer Mutter willen.

Und was treibt Renaud in Wahrheit?

Renaud tut nichts, absolut nichts. Wie kann er auf

solcherlei Weise leben? Kriminalromane, Whisky, Zigaretten, Beischlaf, Ausruhen. Er ist da. Warum? Das weiß man noch immer nicht. Er ist da, und unmerklich mache ich ihn bei mir heimisch: er hat jetzt sein Schubfach mit Unterwäsche und Socken, denn er besaß nur, was er in seiner Todesstunde auf dem Leibe getragen hatte. Es wird Winter, ich kleide ihn ein: Loden, Gebirglerpull, bequemes Schuhzeug. Übrigens ist er schwierig: alles oder nichts. Ich knausere nicht: es wäre mir höchst unlieb, wenn er schlecht wirkte. Gelegentlich gehen wir aus; im Kino will Renaud immer nur Kriminal- und Wildwestfilme sehen, und vor allem keine psychologischen, und am allerwenigsten »die sogenannte junge Garde mit dem sogenannten Intellektualismus«; er nennt sie die »Arrièregarde«, die Nachhut; übrigens bezeichnet er jede Avantgarde als Arrière-garde. Im Theater sind für ihn nur Boulevardstücke erträglich. Was nach »Botschaft« aussieht, kotzt ihn an. Ich versage mir in dieser Saison alles, was ich liebe; hilft nichts; denn Renaud will ich mir nicht versagen. Ich habe ihn in ein Konzert geschleppt: er hat den ganzen Beethoven verschlafen, und während der ganzen Neunten habe ich Angst gehabt, er finge an zu schnarchen. Ich tue das nicht wieder, lieber verzichte ich auf die Musik. Mag er denn nichts, gar nichts? Ich verstehe ihn nicht.

Schließlich habe ich ihm einen Wohnungsschlüssel machen lassen. Ich hatte lange Zeit Angst vor seiner Freiheit gehabt, und er hatte nie etwas verlangt. Aber wo ich nun wieder meine Vorlesungen besuche, bin ich häufig nicht daheim; ich will nicht den Anschein erwecken, ich hielte ihn hinter Schloß und Riegel.

Ich habe ihm den neuen Schlüssel mit einiger Feierlichkeit ausgehändigt: es war ein bedeutsamer Augenblick; dadurch wurde mancherlei sanktioniert, und unsere Liaison wurde sozusagen offiziell: er war jetzt daheim und nicht länger ein Teebesuch.

Er hat ihn wortlos in die Tasche gesteckt. Ich habe nicht mal herausbekommen, ob er das Ganze für selbstverständlich oder für überflüssig hielt. Ich verstehe ihn nicht. Er redet viel und gibt wenig von sich preis. Beschwert sich über nichts; nimmt alles hin, wie es kommt, läßt das übrige auf sich beruhen; hat manchmal Durst. Das ist alles. Über das, was er mir gegenüber empfindet, kann ich nur Vermutungen anstellen: vermutlich liebt er mich nicht. Aber was tut, was treibt er? Nichts.

So ist kein Mann, ausgeschlossen. Ich mag mir immer wieder sagen, er sei ein Gestorbener – das erklärt nicht alles: so tot ist man nicht, wenn man lebt! Man ist nicht so logisch, so eisig konsequent. Ich habe überlegt, ob er nicht vielleicht geisteskrank sei: aber nie habe ich den Mechanismus seines Gehirns bei einem Versagen ertappt; wenn wir diskutieren, schlägt er mich nach Belieben. Ein Geisteskranker, der bei vollem Verstande ist: gibt es sowas? Ich verstehe ihn nicht. So lebt kein Mann. Aus einem Käfig, möge er vergoldet oder »recht behaglich« sein, blickt man durch die Gitterstäbe hindurch zum Himmel auf. Für ihn gibt es keinen Himmel und keine Außenwelt. Die Zeit verrinnt nicht, die Tage folgen einander nicht; es existiert nur ein einziger, homogener Tag, der beständig andauert, eine einzige unendliche Stunde, die in dem Maße auslischt, wie sie hingeht; sein Leben hinterläßt keinerlei Spur, er stirbt unablässig und verliert sich unterwegs.

Und ich, die ich ihn andauernd habe – mir ist, als besitze ich nichts. Freilich, die Gegenwart: aber was ist die Gegenwart denn anderes – so wie Renaud es mich lehrt – als ein ewiges Sterben?

IV

Ich habe ein riesiges Loch in meinem Budget entdeckt. Das Loch, das kam vom Whisky. Ich rechnete hin und rechnete her: nichts zu machen, ich hatte diesen Monat beinahe fünfzigtausend Francs für Whisky ausgegeben.

Das kam mir absonderlich vor. Dann fielen mir die vielen Flaschen ein, die zurückgebracht werden mußten. Ich hatte den Intervallen nicht allzuviel Aufmerksamkeit gezollt. Im Rückblicken erschien es mir erschreckend.

Mußte diesem Gesamtergebnis auch noch Renauds Taschengeld zugezählt werden? Wenn ich ihm schon einen Schlüssel ausgehändigt hatte, so konnte ich ihm dessen Benutzung nicht praktisch verbieten, indem ich ihn ohne Geld ließ. Also hatte ich es mir zur Gewohnheit gemacht, »etwas Geld« in eine Tasse in der Küche zu legen, und ihn gebeten, darüber im Bedarfsfalle zu verfügen. Ich hielt dieses Geld auf einem korrekten Pegelstand von etwa zweitausend Francs. Da Renaud niemals den Wunsch kundtat, sein Gefängnis zu verlassen, erblickte ich darin lediglich ein Prinzip und die Bezeigung von Takt. Es machte mich ein bißchen betroffen, daß ich diesen Geldvorrat ziemlich oft erneuern mußte. Nun durfte ich allerdings keine Fragen nach dem Verbleib von Geld stellen, das ich ihm zur freien Verfügung hingelegt hatte. Im allgemeinen focht ich einen Gewissenskampf gegen das aus, was mir als »mein Geiz« erschien: aber hatte ich nicht vielmehr gegen meinen schlichten, gesunden Menschenverstand angekämpft?

Mir fiel ein, daß ich ihn eines Tages beim Heimkommen am Schanktisch eines in der Nähe gelegenen Cafés gesehen hatte. Er war dabei gewesen, einem Trunkenbold seine Weltanschauung darzulegen. Er hatte gezahlt und war mir mißgelaunt gefolgt.

Dieses Nachrechnen, das mich jetzt dahinbrachte, die rund fünfzehntausend Francs aus der Tasse, die ich mich entschließen mußte als Kneipen-Ausgaben anzusehen, den fünfzigtausend hinzuzufügen, war filzig. Aber wenn die Buchprüfung filzig war, so war, was sich als logischer Schluß daraus ergab, geradezu hinreißend: mit einem Verschleiß von monatlich fünfundsechzigtausend Francs ist man Alkoholiker.

Wie hatte ich beständig Renaud mit dem Glas in der Hand sehen können, ohne mir darüber Gedanken zu machen? Tägliche Gewohnheit schlägt mit Blindheit. Das Glas war stets voll: ich hatte irgendwie gemeint, er trinke es nie aus, es sei eine Art Koketterie, ein Tick. Ich hatte ihn nur einmal betrunken gesehen, und zwar nach sechs Miniaturkognaks, die mir nichts ausgemacht hätten. Ich hatte gemeint, er könne keinen Alkohol vertragen. Aber die Zahlen dachten richtiger als ich.

Meine erste Regung war tiefe Niedergeschlagenheit; ich erstarrte zu Eis, ich glaubte, meine Liebe weiche von mir. Diese Entdeckung erniedrigte unser Abenteuer; es war nur noch das meine, das meiner Illusion. Ich hatte lange versucht, mir über Renaud klar zu werden. Jetzt hatte ich die Erklärung. Sie war ohne Glanz.

Ich hatte mich gefragt, warum er bei mir bleibe; nun wußte ich es also. Hier konnte er seine Sucht befriedigen. Voller Stolz und Überheblichkeit hatte ich geglaubt, mein Körper sei das Ausschlaggebende; aber jetzt sah ich ein, daß das Ausschlaggebende mein Alkoholvorrat war. Das war eine recht armselige Geschichte. Ein Seufzer entfuhr mir, und Renaud, der für gewöhnlich so wenig auf mich achtgab, rief vom Schlafzimmer her: »Was ist denn los?« Er witterte etwas: in seiner Stimme deutete sich eine gewisse Unruhe an. Er hatte wohl schon seit langem Angst, ich würde dahinterkommen und ihn hinauswerfen, ihn aus dem Schutzwinkel vertreiben, den meine Gutgläubigkeit ihm eingeräumt hatte und dessen Unsicherheit er spüren mußte. Ihn hinauswerfen. Mitleid rang mit Enttäuschung, und beides ekelte mich.

»Nichts«, antwortete ich nach einer Pause, »ich glaube, ich bekomme einen Schnupfen.«

»Komm und wärme dich.«

Mich wärmen! Lautlos schlich ich zum Schlafzimmer.

Er süffelte in kleinen Schlucken; er glaubte sich geborgen. Jetzt sah er sich ertappt. Er lächelte; es kostete ihn einige Mühe. Wie elend war er im Grunde mit seinen unaufhörlichen kleinen Listen! Warum mußte ein solcher Mann dadurch in eine solche Würdelosigkeit abgleiten! Ein solcher Mann, ja. Ich sah ihn an. Sein Aussehen, seine stolze Überlegenheit wurden ihm nicht durch den Alkohol zuteil; der Alkohol war lediglich Ursache seiner Schwächen und seiner Verzweiflung, er hinderte ihn, zu sein, was er hätte sein können, er löste ihn auf. Ihn hinauswerfen hieße: ihn erledigen. Als ich zu ihm hintrat, beschloß ich, ihn zu nehmen, wie er war, und in mir stieg das Verlangen auf, ihn zu retten: an diesem Wendepunkt, wo ich ihrer schwerlich gewärtig war, hatte ich meine Berufung von ehedem wiedergefunden.

Ein stummes Ringen hob an; er wurde sich des Wandels sogleich bewußt. Ich merkte, daß er sich stets bemühte, sein Glas auszutrinken, wenn ich gerade nicht aufpaßte; er brachte es sogar fertig, es wieder zu füllen. Er tat das mit einer Geschicklichkeit, die nicht erklügelt sein konnte; sie war eine zweite Natur. Ich war also nicht blind gewesen, sondern ausgenutzt und mißbraucht. Selbst wenn ich genau Obacht gab, fiel es mir schwer, ihn zu ertappen. Ließ ich nicht locker, so lud er mich förmlich ein, »mit ihm zusammen einen zu zwitschern«, unter den fadenscheinigsten Vorwänden. Nach und nach lernte ich, daß ein Alkoholiker jemand ist, den man nie trinken sieht und der kaum je betrunken ist; er verfügt über die gleiche Unzahl von Kniffen und Pfiffen zur Tarnung seines Lasters wie zu seiner Befriedigung. Aber wie armselig waren diese Kniffe und Pfiffe, wenn man erst einmal Bescheid wußte! Er war nie betrunken, weil er es stets war, und ich hatte seine Delirien für einen Charakterzug gehalten! Ständige Disziplin erlaubte es ihm, ohne Schwanken zu gehen, klar zu reden, richtig zu argumentieren; nur ganz leise Anzeichen waren wahrnehmbar: Wiederholungen von Sätzen, die er als Stileffekte hinstellen wollte, Ticks, denen er den Anschein der Spielerei lieh; eine Schwäche des linken Augenlids, das sich schloß oder vielmehr plötzlich herabfiel; eine Ungeschicklichkeit beim Anzünden der Zigarette; wenn er sah, daß ich es bemerkt hatte, war er auf der Hut: so lernte ich die Strenge, die asketische Haltung der Alkoholiker kennen. Im Schlaf konnte er nicht das Gesicht bewahren: sein Schlaf war ein halber Tod mit unaufhörlichem Geröchel, das mich hin und her riß zwischen Grauen und Mitleid. Er wirkte entstellt, fast wie eine Gliederpuppe.

Man konnte machen, was man wollte: ich schüttete ein bißchen aus der Flasche in den Ausguß. Ich weigerte mich nicht mehr, mit ihm zusammen zu trinken: wenigstens das trank er dann nicht. Ich selber lief keine Gefahr, mir die Krankheit ebenfalls zuzuziehen; dazu haßte ich sie viel zu sehr. Ich streichelte mit den Blicken die Plakate des Verbands der Alkoholgegner in der Métro: die rissige Mauer – ja, so ist es! Aber leider konnten diese Plakate nur den Temperenzlern gefallen; ich war überzeugt davon, daß sie den andern nur Durst erregten; die sie entworfen hatten, hatten nie im Leben getrunken noch mit einem Süchtigen zusammengelebt. Mich jedenfalls ließen diese Produkte einer auf Moral erpichten Kunst nur das Banale, das Vulgäre meines Falles empfinden. Endlich hatte mein Feind einen Namen, aber er war weder glorreich noch originell. Meine Lebensform flößte mir tiefen Ekel ein, und selbstverständlich sprach ich mich nie mit jemandem darüber aus. Von diesem Schlendrian hing das Leben eines Mannes ab, an den zu glauben ich mich nach wie vor verbiß; ich mußte dieses stumpfsinnige Abenteuer auch weiterhin auf mich nehmen.

Ich bediente mich dieses und jenes Tricks und schämte mich deswegen: ich vergaß, die Tasse aufzufüllen, neue Flaschen mitzubringen; aber dann wurde Renaud plötzlich beflissen, erbot sich, die Besorgungen zu übernehmen: ich konnte ihm dann sämtliche Einkäufe überlassen, und überdies wolle er die Abfalleimer leeren. Aber dadurch, daß ich ihm weniger Geld gab, brachte ich es nur soweit, daß die Qualität dessen, was er trank, absank: zwischen den Unterhosen in seinem Schubfach entdeckte ich eine Flasche elend schlechten Kognaks. Er machte Ecken und Winkel ausfindig, wo er die leeren Flaschen verstecken konnte; das war in meiner Wohnung gar nicht leicht, es herrschte dort allzu große Ordnung; ich fand Flaschen unter dem Spülstein, überall; Renaud merkte, daß er in der Falle saß, und das war um so tragischer, als alles sich schweigend vollzog. Ich mußte an das schlechte Rührstück »Lost week-end« denken; leider steckten wir mitten in einem schlechten Rührstück. Der Alkohol läßt einem keine Wahl. Dieses Absinken unserer Geschichte machte mich, wie ich glaube, genauso krank wie Renaud krank war.

Der Spirituosenhändler – ich war eine seiner besten Kundinnen geworden – sagte mir eines Tages, »Monsieur« habe noch eine kleine Rechnung offenstehen. Mich überraschte das so wenig, daß ich nicht die Fassung verlor; ich tat, als sei ich im Bilde. Lieber alles ertragen, als sich das Elend anmerken lassen, das ich daheim in mich hineintrank. Ekel würgte mich. Renaud trank, aber den Kater hatte ich.

Ich mußte noch mehrmals so tun als ob. Ich konnte wirklich nicht mehr heucheln, ich sei ahnungslos, und Renaud fühlte sich durch meine Stummheit gereizt. Er wurde herausfordernd. »Was siehst du dir da an?« Ich sah mir an, wie er sich mit der heimlichen Schnelligkeit, von der ich mich so lange hatte täuschen lassen, Wein eingoß. »Deine Hände.« – »Was ist denn mit meinen Händen?« Seine Hände zitterten. »Du hast so schöne Hände«, seufzte ich, weil ich dachte: Wie schade, so schöne Hände, und sie zittern ... – »Tatsächlich?« Er folgte durchaus der ganzen Hintergründigkeit dieser Unterhaltung. Er ließ seine Hände unter meinen Rock gleiten und liebkoste mich; dann nahm er mich, brutal, in der Küche, über den Küchentisch gebogen, inmitten des schmutzigen Geschirrs: er wollte mich der Trivialität unseres Daseins einverleiben und mich in den Schauplatz hineinzwingen. Bei der Sättigung – ich konnte bei ihm nur zwischen Sättigung und latenter Trunkenheit unterscheiden – hatte er tierische Methoden und wurde eilig, ohne sich um meine Lust zu kümmern.

Ich kam fast nie mehr aus dem Ekelgefühl heraus: wenn ich ihn nach einer Flasche langen sah, wenn ich beim Weinhändler bezahlte, wenn ich eine seiner unnötigen Listen bemerkte. Ich hatte Furcht, schwanger zu sein: man weiß ja, daß »solche Menschen« zu allem Überfluß fruchtbar sind. Ich spann mich in düstere Gedanken über das Kind des Alkoholikers und der Schwindsüchtigen hinein. »Wenn die Eltern trinken, dann saufen die Kinder.« Hübsches Produkt. Hübsches Ehepaar. Ekel schüttelte mich. Ich bekam einen Leberanfall. Renaud trank, und ich hatte Leberanfälle. Ich ließ Alex Duthot kommen, der mich seit dem Tode meines Vaters behandelte; er hatte seine Praxis übernommen. Ich versuchte, dem Haus das Aussehen zu geben, das es früher stets gehabt hatte; aber das gelang mir nicht: es war von innen her verfault. Renaud fiel auf, daß ich das Fenster lange offen ließ, und knirschte: es waren seine Miasmen, die da vertrieben wurden. Aber er beförderte diskret Flasche und Glas außer Sichtweite. Er wußte, wie es um ihn bestellt war, und hielt den Arzt spontan für seinen persönlichen Feind.

Alex Duthot schnupperte dennoch beim Eintreten: »Haben Sie wieder angefangen zu rauchen?« Als er Renaud sah, wußte er Bescheid. Dennoch schnupperte er weiter; er witterte noch etwas anderes als den Tabakgeruch. – »Sie sollten bei offenen Fenstern leben; das wissen Sie doch.«

Er untersuchte mich barsch und sagte, meine Leber interessiere ihn nicht, aber sie zeige Äußerungen nervöser Verstimmungen, die nicht notwendig seien. Er fand, ich sei sehr erschöpft, verlangte, daß ich am 15. mit einer Röntgenaufnahme unterm Arm zu ihm käme, und wenn ich das nicht täte, würde er meine Mutter alarmieren. Ich protestierte: ich hätte mich immer genau an seine Vorschriften gehalten. »Na, dann bleiben Sie dabei!« bellte er. »Denn sonst wissen Sie ja, was Ihnen bevorsteht.« Er tobte hinaus. Flasche und Glas waren in Renauds Nähe nicht zu erblicken. Schließlich stöberte ich beides unter meinem Schreibtisch auf. Ich lief ins Badezimmer und erbrach mich. Dieses Sichüberschneiden von Symptomen gefiel mir nicht. Es ging mir nahe, daß unsere ganze Liebesgeschichte eine Wendung ins Physiologische nahm.

»Trink einen Schluck«, sagte Renaud. »Dann wird dir besser.«

»Nein!« schrie ich angeekelt.

Das war meine erste Anspielung; sie war mir entschlüpft. Er lächelte bitter in sich hinein. Er fühlte, daß der Wind sich gedreht hatte, daß schlimme Tage bevorstanden. Er duckte sich. War auf der Hut, in einer halben Feindseligkeit. Verkroch sich immer mehr in sich selber. Das Zählen der Flaschen, derjenigen wenigstens, die mir vor Augen kamen, enthüllte ein jähes Fortschreiten seiner Krankheit. Meine Nachsicht war schuld daran; die Schwierigkeiten halfen nach. Ich wußte nicht, wie ich mich verhalten sollte.

Eines Nachts überraschte er mich auf der Küchenschwelle dabei, wie ich die kleine Dosis in den Ausguß schütten wollte; er ging wieder ins Schlafzimmer. Ich machte mich auf die »Große Szene« gefaßt, die seit langem fällig war. Ich fand ihn auf dem Bett sitzen; er lächelte.

»Du hast den Schlag eine hübsche Weile zurückgehalten«, sagte er. »Ganz wacker für jemanden wie dich.«

Ich öffnete den Mund, um endlich zu sagen, was ich in diesem Zusammenhang zu sagen hatte. »Renaud, hör zu. –« Aber sein Blick war so klar und gleichzeitig so seltsam, daß alles, was ich mir zurechtgelegt hatte, in einen Abgrund fiel. »Du richtest dich zugrunde, du mußt unbedingt davon loskommen, ich will dir helfen ...« Das schien der reinste Hohn; denn selbstverständlich wußte er alles, was ich vorbringen konnte; ich konnte ihm nichts Neues sagen. Er drehte sich zur Wand, weit von mir weg, und rührte mich nicht an, als ich mich ins Bett legte. Das geschah nicht, um mich zu bestrafen; dergleichen Taktiken wandte Renaud nie an; es geschah, weil er keine Lust hatte. Am nächsten Tag ging ich weg, als er noch schlief oder so tat; es war schon zwölf Uhr durch. Als ich wiederkam, war er nicht daheim.

Seine Aktenmappe war da. Die Flasche war leer. Die Tasse auch. Ich richtete das Essen. Ich wurde nervös. Ich machte mich auf den Weg und durchstöberte die Bistros in der Nähe. Ich wagte es nicht, mich allzu weit zu entfernen. Um acht war er noch nicht zurück. Ich konnte nicht essen. Ich hinterließ ein paar Zeilen auf dem Bett und zog abermals los. Wohin? Es gibt viele Kneipen in Paris. Ich zitterte bei dem Gedanken, er könne inzwischen heimkommen und mich nicht vorfinden . . Nein, er war nicht da. Es war zehn. Grausige Minuten begannen. Bald mußte ich den Wecker abstellen, der allzu geräuschvoll anzeigte, wie langsam die Zeit hinging. Aus nur zu begründeter Verzweiflung versuchte ich es mit einem von Renauds Kriminalschmökern: ich begriff jetzt, wozu sie nütze waren; aber mein Feind war hitziger als seiner; Chase, Chandler und drei andere konnten gegen ihn nichts ausrichten. Ich machte gründlich das Bett; ich wusch die Küche auf, das war wirksamer; ich putzte das ganze Kupfer; ich räumte einen Schrank um ... nach und nach wurde der Druck in meinem Innern immer stärker, meine Bewegungen wurden langsamer, auf meinen Schläfen bildete sich Schweiß, mein Herz schlug allzu heftig, mir blieb nichts, als mich aufs Bett zu legen, als sei ich krank; in mir war nichts als Warten. Mein Gehör beherrschte alles: ich hörte die Schritte auf der Straße, kommen, nicht innehalten, schwächer werden. Ich mußte ganz in die Ferne lauschen, mein Gehör wurde immer schärfer. Ich versuchte noch einmal, auf die Suche zu gehen, ich machte drei Schritte und verlor den Mut. Gegen ein Uhr morgens kamen mir endlich die Tränen: das lenkte mich ab, ich versuchte, möglichst lange zu weinen; der Schmerz war mir lieber als die Leere. Ich nahm ein Bad. Ganz allmählich schritt die Nacht weiter vor – aber würde sie je enden? Die Aktentasche, die kostbare, bürgte mir dafür. Bürgte sie tatsächlich? Das hing davon ab, was darin war. Ich langte sie mir her und versuchte, sie aufzumachen – dazu trieb mich weniger die Neugier als das gräßliche Verlangen, noch ein bißchen Zeit totzuschlagen. Sie war verschlossen. Was konnte Renaud denn besitzen, das er so unbedingt verbergen wollte? Ich wandte mehrere Minuten an dieses Problem, dann fing das Sichverströmen wieder an. Ich schluchzte, den Mund im Kopfkissen. Nie zuvor hatte ich die Zeit im Reinzustand erlebt: es war ein schauerlicher Mechanismus. Ich blieb die ganze Nacht starr auf meinem Bette liegen, entrückt. Es wurde drei, vier, fünf, sechs ... ich gelangte in eine Art Resignation. Die Zeit schreitet fort. Ich war in die Dauer eingebettet.

Durch welches Wunder, welche Gnade, welches Mitleiden des Himmels bin ich schließlich eingeschlafen? Die Klingel des Telefons weckte mich, und ich wälzte mich herum. Eine mürrische Stimme fragte nach meinem Namen und meiner Adresse. Stumpfsinnig gab ich Auskunft.

»Wohnt bei Ihnen ein gewisser Jean-Renaud Sarti?«

Ich schrie »Ja«, ich fragte, was passiert sei; die Polizeiwache Jean-Bart hatte angerufen: er war betrunken aufgefunden worden, ohne Papiere, ohne zu wissen, wo er wohne; nur meinen Namen hatte er angeben können. Ich sagte, seine Papiere habe er verloren, und er leide an teilweisem Gedächtnisverlust. Es wurde gelacht. Das war mir schnuppe. Ich ging ihn holen. Ich sprang in ein Taxi, ohne mir auch nur die Zeit zu nehmen, mich zurechtzumachen. Gottseidank, er war wiedergefunden! Gottseidank, meine Nacht war zu Ende! Ich hätte den Stall des Augias gereinigt für diese Befreiung vom Schmerz, wenn es mir verheißen gewesen wäre, Renaud unter der letzten Kotschicht zu finden. Ich stand gefügig Rede bei einem langen, für meine Würde wenig schmeichelhaften Verhör, bestätigte alles, was man wollte und unterwarf mich, ohne »piep« zu sagen, der Ironie, die für gewöhnlich dem unglückseligen

Weibsvolk zuteil wird, wenn es kommt, um seine Quartalsäufer von Ehemännern abzuholen; ich war ja nichts anderes als sie. Ich ging, meinen Quartalsäufer an der Hand. Er wirkte völlig stumpf. Für den Augenblick war es mir wurst, auf welche Weise er die Nacht verbracht hatte. Die meine war vorüber, ich war aus meinem Tunnel heraus, ich konnte wieder atmen. Ich sprang in ein anderes Taxi, zerrte Renaud hinein und sagte meine Adresse.

»Avenue de Saxe 44«, sprach er mir nach, wie etwas auswendig Gelerntes.

»Hattest du sie vergessen?«

»Ich habe sie nie gewußt; ich habe niemals hingesehen.«

Ich lachte laut auf. Er war nicht heimgekommen, weil er meine Adresse nicht gewußt hatte! Gleichzeitig aber weinte ich ein bißchen, aber das machte nichts. »Avenue de Saxe 44«, sagte ich zwischen den Schluchzern. »Avenue de Saxe 44 . . .! Hast du ein Notizbuch?«

»Ein was?«

»Ich will sie dir auf die Brust tätowieren lassen! Wiederhole: Avenue de Saxe 44.«

»Scheiße!« sagte er. »Schließlich brauchst du mich nicht allzu sehr durch den Kakao zu ziehen.«

Ich tauchte in Schweigen unter. Ja. Man durfte den Bogen nicht überspannen, nicht wahr? Er war da.

Wiedergefunden. Wir wollen ihn nicht allzu arg mit Fragen bedrängen.

Sein erster Blick galt der Flasche, und diesmal unverhohlen. Sie war leer. Er machte es sich auf dem Bett be quem und wartete ab.

So müde ich war, zog ich los und kaufte Whisky. Der Händler war gerade dabei, seinen Laden aufzumachen; er mußte wohl glauben, ich hätte es sehr eilig. Aber das war es nicht. Ich war bloß verzweifelt.

Ich hatte nichts zu sagen. Er hatte mich nicht heimtückisch überfallen. Von Anfang an hatte er mir klaren Wein eingeschenkt. Der »Bunker«. Ich hatte geglaubt, er spreche in lyrischen Bildern. Aber Renaud spricht nicht in lyrischen Bildern. Er redet nie aus Freude am Reden. Bunker, Pipe-line, all das war wortwörtlich zu nehmen. »Strahlenverseucht« mußte übersetzt werden mit »Alkoholiker«. Man brauchte nur aufmerksam zuzuhören.

Ich hatte geantwortet: »Das ist mir schnuppe.« Und er: »Das sagt man so, aber wenn man drinsitzt, sagt man ›Scheiße‹.« Richtig: Scheiße, aber dann hilft es eben nichts. Ich lasse mich nicht hindern. Bunker und Pipe-line, ich mache weiter. Festhalten oder Loslassen? Ich halte fest. Du hast mir eine Herausforderung entgegengeschleudert, du hast sogar der Liebe eine Herausforderung entgegengeschleudert; ich nehme sie an. Wir werden schon sehen, ob die Liebe eine Bresche oder eine Brücke ist. »Erhebt die Herzen!«, wie Renaud wieder einmal zu allem Überfluß so schön sagt. Erhebt das Herz, was es auch kosten möge; auch das ist kein dichterisches Bild.

»Sich nichts anmerken lassen« ist meine Devise geworden. Ich schien auf den Kampf zu verzichten; ich ließ das Haltetau locker. Dennoch hatte ich nichts anderes im Sinne. Ich putzte neue Waffen. So zum Beispiel: man mußte ihn ablenken, diesen Menschen, man mußte ihn aus seiner ummauerten Welt herausziehen, in der er so gern hockte. Als erstes kaufte ich den Wagen: welcher Mann interessiert sich nicht für einen Wagen?

Renaud. Als einziger Mensch seines Jahrhunderts pfeift er darauf. Ich schleppte ihn von einer Garage zur andern; er fand, es stinke dort, und sagte: »Nimm irgendeinen, aber laß uns bloß machen, daß wir hier wegkommen.« Aber dennoch begeisterte er sich für einen Voisin-Leichenwagen Typ 1935 mit Blumenvasen, der an Nosferatu den Vampir denken ließ. Entsetzt riß ich ihn davon los. Die Vorstellung, mit diesem Katafalk, von dem er hingerissen war, durch die Straßen zu fahren, jagte mir einen Schauer über den Rücken. Als ihm auf diese Weise sein Spielzeug verweigert worden war, verfiel er in Gleichgültigkeit und tauchte erst wieder daraus hervor, als er mich für einen schnittigen, offenen Sportwagen stimmen sah. Allein schon die Bezeichnung »offen« hätte mich mißtrauisch machen müssen: er beschwor mich, wenn ich wolle, daß er je hineinsteige, auf »dieses ambulante Glasspülbecken« zu verzichten, »in dem man quasi nackt herumfahre wie ein Einsiedlerkrebs ohne Muschel.« Augenscheinlich litt er unter Platzangst. Das ließ ärgerlicherweise alle neuen Modelle ausscheiden. Im Grunde, sagte er, hätte er ganz gern einen Wagen, vorausgesetzt, daß man darin lieben und schlafen und die Fenster dicht zumachen könne; das beste sei, wenn er überhaupt keine Fenster habe; ob er laufe oder nicht, komme erst in zweiter Linie in Betracht.

Kurzum: ein Zimmer. Wir einigten uns auf einen Wagen

mit Frontantrieb. Er kam nie in Versuchung, selbst zu fahren; er ließ sich lieber fahren. »Außerdem«, sagte er, »bin ich kurzsichtig.« Das war mir bislang nicht aufgefallen. Mein Anerbieten, ihm eine Brille machen zu lassen, lehnte er ab; er wolle lieber schlecht sehen, sagte er, das sei bereits ein Vorteil.

Wir besuchten entzückende Gasthäuser in der Ile-de-France, luxuriöse und gut geheizte. Es war kaum der Mühe wert, mit Renaud aufs Land zu fahren: wir kamen samstags an, blieben nach dem Abendessen unendlich lange am Tisch sitzen und tranken, und danach liebte er mich die halbe Nacht hindurch. Das erste Frühstück wurde gegen zwei Uhr nachmittags im Bett verzehrt; dann ging es von vorn los und dauerte bis gegen Abend, bei geschlossenen Vorhängen, Liköre griffbereit. Dann kam das Abendessen, dann die Heimfahrt im Dunkel: ich hatte sozusagen kein bißchen Grün zu sehen bekommen und war erschöpft. Ich verzichtete auf diese Fahrten: wenn es nur »darauf« ankam, so war es daheim billiger, und mein Bett war besser. Ich beschränkte mich auf Fahrten innerhalb von Paris; ich tat, als verlange mich nach Menschen und danach, meine Kleider zeigen zu können. Er erwies mir die Gnade, mit denjenigen hart ins Gericht zu gehen, die ich kaufte, um glaubwürdig zu erscheinen: bei meinem Wuchs und meinem Gesicht könne ich es mir leisten, elegant aufzutreten, anstatt »provinzlerisch« zu tun. Ich mußte meinen »ewigen« Kostümen und meinem »lächerlich prätentiösen Stil« Lebewohl sagen. Auf sein Betreiben hin landete ich schließlich bei der Haute Couture, worauf Claude mich nicht mehr erkannte.

Wir besuchten ein Kabarett nach dem andern: ich mochte die Darbietungen; Renaud mochte, was es dort zu essen und zu trinken gab. So erfüllten diese Lokale zwiefach ihren Zweck, und das schuf wenigstens diesmal einen Einklang zwischen uns. Die Atmosphäre jeder Stätte, wo man trinken konnte, behagte Renaud. Seit ich dazu abgerichtet war zu schweigen, schleppte er mich in Nachtlokale, in Montparnasse und Saint-Germain, und in Bistros in der Nähe der Markthallen, wo er ehedem verkehrt hatte; er verfiel wieder in alte Gewohnheiten, nur daß er mir jetzt die Ehre erwies, mich teilnehmen zu lassen; er redete stundenlang blödes, hochtrabendes Zeug mit zweideutigen Leuten, von denen ich nicht begriff, wie er sich für sie interessieren konnte, sofern es nicht aus dem stillschweigenden Einverständnis zwischen Gescheiterten geschah: verbummelte Künstler, quasi Clochards, Vagabunden aller Klassen, mit einem Worte: Bodensatz. All das trank oder war rauschgiftsüchtig; ich spielte Statistin. Den Chauffeur. Ich wartete, bis Monsieur geneigt war heimzufahren. Ohne mich hätte er nie den Weg gefunden.

Um das Gleichgewicht wiederherzustellen, brachte ich Renaud mit meinen eigenen Bekannten zusammen und veranstaltete kleine Gesellschaften daheim. Früher hatte ich das von Zeit zu Zeit ganz nett gefunden. Aber Renaud führte einen Ton ein, der mich meinen Entschluß bedauern ließ.

Er füllte die Gläser so verschwenderisch, daß bald alles

völlig betrunken war, und er besaß die Gabe, die Mädchen zu Unanständigkeiten zu treiben. Ich vermutete, er tue es ausdrücklich, um mich zu schockieren. Er tanzte gut, aber in engster Berührung, unterschiedslos mit allen und jeden, und mit ihm als Spielleiter zeigten meine sympathischen Bekannten Vulgaritäten, die mich aufbrachten. Am Heiligen Abend – ich hatte einen Weihnachtsbaum geschmückt – fand ich ihn um vier Uhr morgens in der Küche; er war dabei, ausgiebig mit Marie-Agnès herumzutätscheln, die mit hochgehobenen Röcken auf dem Küchentisch saß.

»Ach was«, sagte er, als ich schleunigst weggehen wollte, »du bist hier nicht überflüssig, mein Herzchen, im Gegenteil!«

Ich fiel, wie ich war, auf die Fliesen. Als ich am andern Tage aufwachte, haftete dieses Bild noch immer in mir, und mir war schauderhaft schwindlig. Ich hörte Renaud im Badezimmer vor sich hinpfeifen.

»Ich habe Hunger«, sagte er, als er mich mit offenen Augen daliegen sah.

»Ich nicht.«

»Du hast einen verdammten Kater. Ein bißchen Alka-Seltzer ...«

Sicherlich meinte er, ich hätte alles vergessen.

»Wie ist das fröhliche Weihnachtsfest eigentlich zuende gegangen?« fragte ich trocken, um ihm anzudeuten, daß ich mich nur zu gut an alles erinnerte.

»Ich habe den Hausherrn gespielt«, sagte er ohne die mindeste Scham. »Coco hat sich um dich gekümmert.

Aber dein Übelbefinden hat wie ein kalter Wasserguß gewirkt, und unsere Gäste sind bald gegangen. Du bist nicht danach gebaut, viel zu trinken, du bist es nicht gewohnt . . .«

Sarkasmus um jeden Preis! Fehlte nur noch, daß er mir vorwarf, ich hätte den Abend verdorben! Im Grunde war er gemein. Sicherlich hatte er mein ihm nur zu gelegen gekommenes Übelbefinden ausgenutzt und sich Marie-Agnès auf dem Küchentisch zu Gemüte geführt. Das hätte seinen Gepflogenheiten entsprochen. Er war zu allem fähig.

»Sieh mich nicht so an«, sagte er mit träger Stimme. »Das ist vollkommen überflüssig.«

Lächelnd sagte er noch einmal: »Überflüssig«, und verschwand in der Küche. Er kam mit einer Tasse Kaffee und einem Glas Brausewasser wieder. »Trink das.« Ich trank. Der Essig tat ein übriges. Er nahm mir Tasse und Glas ab und setzte sich auf den Bettrand.

»Die Dinge sind, wie sie sind; das ist eine Wahrheit, die immer vergessen wird. Jeder muß sehen, was er will.«

Er stand auf und nahm seinen Lodenmantel.

»Oh, Renaud! Du willst fort?«

»Ich gehe ein bißchen aus.«

Das war eine Provokation. Aber was hätte ich tun können? Er lachte mich aus. Ich besaß keinerlei Macht über ihn; er war der Überlegene. Er konnte sich damit amüsieren, es zu ermessen und herauszukehren. Er gefiel sich darin zu beobachten, bis wohin die Liebe mich treiben würde. Wohin, das wußte ich selber nicht.

Ich suhlte mich in Tränen und war der Eifersucht preisgegeben. Eine zielsichere Fantasie ließ vor mir quälende Bilder erstehen, die ich nicht ertragen konnte, aber ertragen mußte. Und ich hatte es abgelehnt, zusammen mit meiner Mutter ein schönes Weihnachtsfest zu feiern! Sie hatte deswegen geweint. Jetzt war das Weinen an mir; das war die Rache.

Renaud. Komm nach Haus. Komm. Es wird Abend: wo bist du? Wie kannst du so gut ohne mich auskommen, die ich nicht ohne dich auskommen kann? Ist das gerecht? Komm wieder: ich werde kein Wort sagen.

Die Nacht rückt vor. Ich rauche Zigarette auf Zigarette. Komm, ich flehe dich an, ich zucke die Achseln über alles, was du vielleicht getan hast, ich stelle keine einzige Frage, ich lasse dich in Frieden, ich mache nicht die leiseste Anspielung. Du bist tausendmal stärker als ich.

Aber nicht stärker als meine Liebe. Ich kann nicht ohne dich auskommen: dein Preis soll der meine sein. Nichts zu machen. Ich bewahre dir den wahnwitzigen Glauben, um den du nicht gebeten hast.

Zwei Uhr. Mehr und mehr gelangte ich zu der Überzeugung, daß er sich fern von Marie-Agnès und ihresgleichen herumtrieb, irgendwo im Trüben. Schließlich kannte ich meinen Renaud besser als irgend jemand sonst. Ich kannte ihn zu gut, um ihn zu verlieren. Ich sah ihn vor mir: an einem Schanktisch lehnend, umwölkt von Tabakrauch, ein Auge halb geschlossen, mit durchtriebener Miene, als leiste er sich einen schlechten Streich und wisse genau, woran er sei, führte er große Reden über die Welt; von seinen Lippen flossen hochtrabende, scharf formulierte Phrasen auf eine Zuhörerschaft von armen Schluckern nieder, die so taten, als hörten sie zu, um ihre traurige Nacht in die Länge zu ziehen; ein Clown für Clochards; das war seine Glanzstunde. Das Bild war so überdeutlich, so überzeugend, daß ich meinen Mantel nahm, den Wagen holte und mich auf die Suche nach der Wirklichkeit machte.

Ich durchforschte verschiedene Örtlichkeiten, wo ich ihn schon einmal gesehen hatte. Mein Gedächtnis hatte dieses ganz besondere Verzeichnis getreulich registriert: den Geheimführer durch Renauds Nächte, den er vor mir aufgeschlagen hatte – ob er es vergessen hatte? Vielleicht nicht.

Ich entdeckte ihn in einem Bistro bei der Porte Saint-Martin, und zwar genauso, wie ich es erträumt hatte: der Rauch, die Pose, alles stimmte. Er sah mich hereinkommen, ohne mit der Wimper zu zucken, beendete seinen Satz über »die Menschen, die guten Willens sind, die in Bomben verwandelte Engel zu Boden strecken, während sie auf dem Wege zur Krippe sind, wo, blind noch, ihre Erlösung schlummert«. Dann sagte er mir mit der gleichen beruhigenden Handbewegung wie in andern, ebensolchen Nächten: »Ja, gewiß doch, mein Herzchen, jetzt gehen wir heim, ich komme mit.« Er hatte vergessen, daß ich gar nicht bei ihm gewesen war.

Kaum eine Stunde ließ er mich warten, so lange, bis er einen weiteren Satz zu Ende gebracht, ein weiteres Glas getrunken hatte; und dann folgte er mir, wie stets.

Die Sache war ganz einfach. Es genügte, abzuwarten, bis die Nacht weit fortgeschritten war, bis er nach seinen Irrfahrten an einem seiner Gestade gelandet war, und dann hinzugehen und ihn abzuholen. Wie das Meer seine bevorzugten Plätze hat, wo es seine Ertrunkenen an Land spült, hatte vermöge eines ähnlichen Zusammenwirkens von Strömungen die Nacht die ihrigen, wo Renaud antrieb; ich brauchte ihn nur da oder dort aufzulesen, je nach dem Grade seiner »Reife«. Kein Wesen ist unfreier als ein Alkoholiker; während er seiner frei schweifenden Laune nachzugeben glaubt, hat er seine fixen Ideen, steht er im Banne unbegreiflicher, aber unwandelbarer Anziehungskräfte von Zufluchtsstätten, außerhalb derer es um ihn geschehen ist. In der großen, bewegten Flüssigkeit, die sein Leben ist, hat er seine Häfen, seine Bojen, sein abgestecktes Fahrwasser, und man wirft nicht Anker auf offener See. Ich folgte dem allem. Auch ich gehörte zur »Großen Fahrt«: ein kleiner, zäher Schlepper, der das große, leckgeschlagene Schiff ins Trockendock bringt, wo die Havarien bis zum nächsten Auslaufen repariert werden. Sehr schnell lernte er, sich des kleinen Schleppers zu bedienen, ließ sich dabei wie auch sonst von der Fata Morgana seiner geliebten Freiheit umgaukeln, machte aus dem Schlepper ein Spielzeug, für dessen Herrn und Meister er sich hielt, und bildete sich ein, er sei es, der mein Auftauchen veranlasse. Unmerklich nahm unser nächtliches Wiederfinden den Charakter einer Verabredung an und gewann auf diese Weise einen festen Platz in der chaotischen Dramaturgie, daraus Renaud Sartis Leben bestand, und die er zu erschaffen glaubte, während er ihr Spielball war. Es war eine Commedia dell'arte, oder vielmehr eine Tragedia dell'arte, oder besser noch alles beides, er in der Komödie, ich in der Tragödie, und niemals aufeinander abgestimmt; ich trat in einer ein für allemal festgelegten Rolle auf, als Pantalon Boy-Scout, deren Text freilich auf offener Szene improvisiert werden mußte, was dann Renaud übernahm, ausgeschmückt und immer weiter ausgeschmückt je nach der Verfassung des Publikums oder Renauds Stimmung.

Boy-Scout, Schutzengel, Bernhardiner, Heilsarmee, Kindergärtnerin, Blindenhund, Bonne, Amme, Krankenpflegerin, Schwester Geneviève, Ariadne; das alles hatte ich darzustellen. »Da kommt das sanfte Lämmchen«, »Siehe da, La Fayette tritt auf«, »Ich könnte Tag und Nacht warten«, »Ich gehe bis ans Ende der Welt«, »Emilie, zieh nicht solch ein Gesicht«, das waren meine Stichworte, wenn ich hereinkam; unendliche Varianten variierten den Fortgang des Schauspiels.

Welch ein Wahnsinn hatte mich gepackt! Welch unsinnigen Entschluß hatte ich mir in den Kopf gesetzt, diesen Menschen einzuholen? Er ging viel zu schnell, er entglitt auf eine bestürzende Weise gemäß einer Schwerkraft, die nicht minder mathematisch war als die andere. Nichts holte ich ein, nichts bekam ich zu fassen; ich wohnte lediglich dem trudelnden Absinken bei, und als ob ich davon bei mir daheim nicht schon genug hätte, ging ich auch noch nach draußen und schaute zu.

Welch ein Wahnsinn! Ich hatte geglaubt, ich könnte ihn aufklauben, ich gäbe ihm eine Achse, seine Adresse, ich erinnere ihn daran, wo er hingehöre – und dabei hatte ich ihm lediglich ein weiteres Spiel beigebracht, er gab sich ihm auf perverse Weise hin, er machte daraus ein Theater, und mich grüßte er überall als seine Schöpfung, eine Gestalt, die er erfunden und statt auf der Bühne auf der Straße lanciert hatte, denn das war für ihn das gleiche.

»Seht sie euch an: betrachtet dieses Musterexemplar ...«

Er drehte mich im Kreise herum, er ließ mich vor den herumsitzenden Verkommenen schillern, und sie lachten über diese kostenlose Zirkusvorstellung.

»... dieses Musterexemplar der Treue, diese ideale Inkarnation der Liehiebe. Und sie steht fest auf beiden Beinen. Geh mal! Los, geh, Puppe!«

»Renaud ...«

»... sie kann ›Renaud‹ sagen. Sag Renaud! Zeig den Herren, wie du auf der Höhe bist, Federn in bestem Zustand. Und dies Herz erst! Dies Herz ohne Grenzen, das vor allem muß man sich ansehen. Los, zeig dein Herz!«

Er zog mich an sich und wollte mir die Bluse aufknöpfen. Es war im »Black-Out«, einem Mittelding zwischen Bar und Café, das bei geschlossenen Vorhängen Nacht spielte. Coco war da, ein verkommener Arzt – aus welchem Grunde, sagte der Name; ein ehemaliger Montparnasse-Maler, aus dem kein Modigliani geworden war; ein hinkender Päderast, der ganz sicher eine Mastdarmfistel hatte; und der »Arbeitslose«; und Gladys, die sich zwischen zwei »Verkehren« ausruhte – alles Leute, die zu kennen nichts mich bewog und mit denen ich keine unmittelbaren Beziehungen unterhielt, obwohl sie, was mich betraf, über sehr intime Informationen verfügten.

Beim zweiten Knopf sträubte ich mich. »Renaud, bitte, das nicht.« Ich krallte mich mit beiden Händen in den Stoff. Auch in der absoluten Selbstverleugnung gibt es Grenzen. Dies überschritt sie.

Er ohrfeigte mich mit dem Handrücken, kurz und trocken, ganz unvermutet. »Zeig!« Es war die Bockigkeit eines sinnlos Betrunkenen.

»Laß sie, Jean«, sagte Gladys. »Sie ist für so was nicht geschaffen, das siehst du doch.«

In seiner Wut hielt er mit der einen Hand noch den Stoff fest, als er sich nach ihr umdrehte.

»Da irrst du dich, mein Hürchen. Sie ist dazu geschaffen. Und da sagt man immer, Nutten verständen sich auf Psychologie! Literaturgeschwätz! Hör mal, mein Kätzchen«, sagte er freundlich zu mir, »wenn du gehorchst, komme ich sofort mit nach Haus. Auf der Stelle. Ohne alle Geschichten. Im Namen der Liehiebe könntest du es recht gut tun, nicht wahr? Wenn man etwas verkörpert, muß man es auch bis zur letzten Möglichkeit verkörpern.«

Er hat recht. Mein Widerstreben schmolz plötzlich hin. Etwas wurde aufgemacht, Heiterkeit brandete auf. Freilich: all das war mir völlig gleichgültig. Mag er doch anstellen, was er will. Ich kann noch weitergehen. Es gibt keine Grenzen. Ich ließ die Arme sinken. Er machte alles auf und drehte mich um, nach dem Impotenten hin, dem Senilen, dem Päderasten, dem Schwachsinnigen und der

Hure. Albert wandte sich ab und hantierte an seinen Flaschen herum: dies ging nur seine Gäste an.

»Habt ihr schon mal etwas so Schönes gesehen?« rief Renaud anpreisend. »Weiß, frisch, am Sattel baumelnde Wassersäcke bei großer Hitze ...«

»Nehmen Sie es nicht so wichtig«, sagte Gladys aus weiblicher Solidarität heraus. »Hier kommt es nicht so drauf an.«

Sie hatte Mitleid. Das war fehl am Platz. Es war mir schnuppe. Ich lächelte ins Leere.

»Zieh dich an«, sagte Renaud und ließ mich jäh los. »Wir gehen heim.«

Seine Stimme hatte ihre Überzeugungskraft eingebüßt. Ich konnte irgendwie einen geheimnisvollen Schlußpunkt feststellen.

»Und zahle«, sagte er noch, wie um auf irgendeine Weise verlorenen Boden wiederzugewinnen.

Ich habe gezahlt: für alle, glaube ich. Wir fuhren schweigend heim. Renaud schien stumm geworden zu sein. Zu Haus nahm er mich in die Arme und liebte mich, ohne dabei ein Wort zu sagen.

V

Welches war die jetzt überschrittene Grenze? Ich mußte mich auf alles und jedes gefaßt machen. Renaud, der das begriffen hatte, trieb das trübe Spiel so weit wie möglich, erzwang Kränkungen, bekämpfte wütig den stummen, gefügigen, allzu gefügigen Gegner, der unter seiner Geißel erstanden war.

»Geh. Hau ab. Hast du nicht gehört? Ich will nichts mit dir zu schaffen haben. Laß mich in Frieden. Lichte den Anker. Barca! Vade retro, äh! Sie bleibt. Klebstoff ist sie. Fliegenpapier. Der Teig am Nudelholz. Das Gladiatorennetz. Die Walharpune. Die Spinne. Die fleischfressende Drosera. Die Räude. Die Filzlaus mit dem schwarzen Kreuz. Die grüne Eidechse, die erst losläßt, wenn man ihr den Kopf abschneidet.«

»Georges, geben Sie mir bitte einen Kaffee. Und wieviel sind wir Ihnen schuldig?«

»Sie bleibt. Was muß ich eigentlich anstellen, um dich mir vom Halse zu schaffen? Seht bloß diesen Leimtopf an, der mir am Hintern baumelt! Bist du immer noch da? Tatsächlich, da ist und bleibt sie. Fest im Boden wie die Baobabwurzel. Unerschütterlich. Pflanzenhaft. Die Auster am Felsen.«

Litaneien, Litaneien. Ich mußte an die Kirche denken, die Abendandacht. Aber du besiegst mich nicht, Renaud. Ich bin traurig, ich habe unaufhörlich Schmerzen, aber damit ist es noch nicht genug. Er überlegt, was er sich überdies noch ausdenken könnte, die wirksame Parade, die Beschwörung, die mich unter die Erde bringt, die Umkehrung des Kreuzeszeichens.

»Ich liebe dich nicht.«

»Das weiß ich.«

»Du ekelst mich an, ich kann nicht mehr mit dir ...«

Das ist denn doch zuviel. Ich glaube es nicht. Ich kralle

mich an den Boden; ich gehe nicht weg, ich will nicht weinen. Manchmal rührte einen der Nachtgenossen meine Beharrlichkeit, und dann sagte er wohl, man müsse mich bewundern.

»Sie auch noch bewundern!« entgegnete mein köstlicher Liebhaber, für den jedes Wort eine Rampe zum Raketenabschuß war. »Als ob ich nicht wüßte, woraus so was besteht! Ins Bett will sie mit mir, und weiter gar nichts. Ich bringe sie auf den Höhepunkt, verstehst du? Ich habe sie ›auf den Geschmack gebracht‹. Ganz zufällig. Das verzeiht sie mir nie. ›Liebe‹ nennt sie das. Sie wartet mit einer Stutengeduld darauf, daß wir heim in den Stall gehen, um es zu tun. Nicht war, mein Kätzchen? Dergleichen Tiere sind immer rossig. Komm, wir gehen nach Haus, mein Herz, du hast es verdient, du sollst es haben.«

Sag, was du willst. Rede, rede.

Selbstverständlich hat er mich auch geschlagen. Vor allem Ohrfeigen. Richtige Prügel waren seltener. Am liebsten schlug er mich ins Gesicht, bald mit der flachen Hand, bald, in den wahrhaft schlimmen Momenten, mit dem Handrücken. Mit dem Handrücken, das tut weh. Aber man soll nicht übertreiben: weh tut es nur im ersten Augenblick, hernach bleibt nur ein blauer Fleck; objektiv betrachtet, ist eine Ohrfeige nicht schlimm, und ich wurde ja objektiv; mir blieb nichts anderes übrig. Wirklich verletzt wird nur der Stolz – aber mein Stolz ...!

Ach, ich empfand überhaupt keinen mehr. Ich fühlte nur noch, daß er es »liebte«, mich zu ohrfeigen; nicht aus Sadismus, im Gegenteil: es war eine bizarre Form der Vertraulichkeit, der Intimität. Seltsam. Aber wahr. Er wußte ganz genau, daß ich das niemandem sonst erlaubt hätte! Es war sein Privileg. Ich deckte mein Gesicht nicht einmal mehr: ich zuckte nicht mehr zusammen. Ich mußte alles über mich ergehen lassen. Es gehörte zu dem unteilbaren Gesamt der langen Blendungen durch die Lust. Ich hätte sie noch teurer bezahlt.

Alles in allem waren die Ohrfeigen noch das am wenigsten Schmerzende. Ich brauchte mich nicht anzustrengen, brauchte nichts zu überwinden: nur einfach hinzunehmen: beinahe in Ruhestellung, und danach kam das andere. Ich wurde immer unempfindlicher gegen den Schmerz; ich spürte sozusagen nichts mehr. Manchmal ging ich auf die Toilette und übergab mich ein bißchen: wie die Römer beim Festmahl, um weitere erlesene Speisen mit stets neuem Aroma gierig verschlingen zu können.

»Eins ist mir unbegreiflich bei einem Menschen wie ihm: nämlich daß er kein Rauschgift nimmt«, sagte Coco, glänzenden Auges und auf Proselytenmacherei erpicht; denn er hatte gerade eine Dosis genommen. »Ich habe es versucht: er ist unbekehrbar. Nicht, daß er davor zurückschreckte: es ist ihm vollkommen schnuppe.«

»Brauche ich nicht«, sagte Renaud. »Ich bin mit Rauschgift im Blut zur Welt gekommen.«

»Warum dann trinken?« warf ich aufs Geratewohl ein.

»Aber Trinken ist doch das Gegenteil von Rauschgiftnehmen, mein Kätzchen. Es ist Gegengift. Mein eigenes Rauschgift ist weit gefährlicher als Heroin. Es ist nicht für Menschen geschaffen, sondern für Götter. Nektar und Ambrosia. Wenn ich mich gehen ließe, prasselte ich bei gelindem Feuer zum Himmel empor, durch leuchtende Dilatationen. Das ist als sinnliche Empfindung schlechthin unerträglich, mein Küken, und dabei ist es permanent: weißt du nicht, was das ist, eine Sekunde?«

»Doch«, sagte ich, »o doch!«

»Ja: wahrscheinlich weißt du, was eine Todessekunde ist. Aber eine Lebenssekunde, davon hast du keine Ahnung. Glaub mir: man kann nicht, man muß sie töten.«

»Sie ist ein Engel«, sagte Coco. »Stellen Sie sich vor, wie ein Engel hienieden die Dinge aufnehmen würde; zum Beispiel Renaud, den Ausgespienen.«

»Ausgespienen aus Gottes Maul, wie ein Auswurf auf dem Antlitz der Erde. Flupp: da bin ich, Herr, nach deinem Bilde. Das Paradies rollt in meinen Adern so lebendig wie am ersten Tag: du Schuft von Gott, du hast es nicht fertiggebracht, mich zu vertreiben, ich klammere mich an den Felsgrat, zermalme mir getrost die Finger, und meinetwegen möge das wirbelnde Schwert deines Schutzroboters mir jedesmal durchs Herz dringen. Taufeuchte Wiesen, kühle Wasser, klare Bäche, vier Ströme durchfließen meinen Körper, und alle Feuer Skotiens können sie nicht zum Versiegen bringen. Und überdies macht Morphium impotent, und ich will mit meinem Schwanz zusammen sterben, nicht er vor mir. Nein. Sieh dir mal Coco an«, sagte er und griff nach meiner Hand, brutal, daß ich mich überzeuge, denn ich versuchte zu widerstreben, »sieh dir Coco an, der hat nichts mehr.«

»Stimmt«, sagte Coco. »Endlich davon befreit. Schlaf gut, kleiner Piepvogel.«

»Während ich –«, er führte mir die Hand mit Gewalt. »Da siehst du es. Laß doch deine Hand da, das tut mir wohl. Das hindert nicht am Reden, im Gegenteil. Halt ihn in Form, bis wir daheim sind. Sonst bekommst du nichts. Da habt ihrs: sie schluckt alles. Dies Mädchen hat einen Straußenmagen an Stelle des Herzens. Ja, mein Kind, du bekommst dein Denkmal. Das Denkmal der Liebe in Lebensgröße, von vorn bis hinten von einem schönen Pfeil durchbohrt. Du hast eine Jüngerin Jesu werden wollen? Glaubst du etwa, das sei eine Beschäftigung für Weltdamen? Alle Kronen haben ihren Preis, selbst Dornenkronen. Und hüte deinen Kopf: Köpfe enden auf Silberschüsseln. Und außerdem vergiß nie, daß bei alledem nichts herauskommt. Manchmal neigst du dazu einzuschlafen. Obacht vor Überraschungen.«

Manche Menschen haben schlechte Träume. Ich durchlebte sie. Das ist keine Metapher. Sie widerfuhren mir nachts, und es waren tatsächlich Träume, mit allen Eigenheiten der Träume: Willkür in Raum und Zeit, sich wandelnder Stoff, manchmal sternenweit ausgedehnt, manchmal dicht wie ein Atomkern; halluzinierende Wiederholungen, Aura vor dem Anbruch, Metamorphosen der

Gestalten, bis zum Gefühl der Irrealität. Ich wogte, ohne Macht über das Geschehen, das sich mir in der Form von Bildern darbot, ohne daß ich sie hätte ändern können, die ich ertragen mußte, mochten sie gleich unerträglich sein; in denen mich eine Rolle erwartete, die ich nicht ablehnen konnte, die ich spielen mußte. Immer die gleiche endlose Suche in Regen und Kälte, die gleiche aufgestoßene Tür, eine andere Tür, noch eine, bis zu der, hinter der im Rauchdunst der gefürchtete Nachtmar wartet, das Lachen Renauds, der mir das Herz zerschrotten will. Der Traum »Ich suche Renaud, ich finde ihn, er bringt mich um«, der Traum, mein Gefährte, der fast jede Nacht dasselbe Thema wiederholt: den Zug zur äußersten Grenze. Bis wohin kann mein Herz gehen, ohne zu brechen? Ich weiß es nicht. Ich werde es schon sehen. Ja, es war durchaus ein Traum: wie Träume war er einem kranken, gequälten Gehirn entstiegen; aber eben nicht meinem, sondern Renauds, der mich zwang, an seinen Albdruckvisionen teilzuhaben und sie bitter ernst durchzuspielen. So finde ich mich in einem Zimmer mit ihm und einer Hure wieder; wirr denke ich, dies sei das Letzte, weiter könnten wir nicht gehen; Renaud hat mir diese Rolle in der Hoffnung auferlegt, jetzt endlich werde ich schlappmachen, er werde über mich und meine Liebe obsiegen. Ich habe getrunken, um meinen sich sträubenden Körper willfährig zu machen, der jetzt nackt ist und erbärmlicherweise in die allzu zielsicheren Liebkosungen einer Frau einstimmt, deren Geschicklichkeit mich empört und überwältigt. Renaud sitzt angezogen am Bett und sieht mir zu. Wirklich? Ist dies der

Übergang, das völlige Preisgeben: das also willst du? Ich lasse mich gehen, macht mit mir, was ihr wollt. Ich gleite von einem Orgasmus in den andern, ich schluchze nicht um Gnade; ich taumele in die Bewußtlosigkeit wie in eine Befreiung.

»Geh runter und hol eine Flasche.«

»Gieß ihr lieber Wasser ins Gesicht.«

»Du bringst sie noch um, weißt du. Sie ist krank.«

An diesem Abend ist die Reihe an Renaud, mich heimzubringen; er ließ den Wagen stehen und nahm ein Taxi; unterwegs las er Coco auf, der ausgezeichnet Injektionen zu machen verstand und sich, so ausgestoßen er war, nach wie vor in denen auskannte, die das Herz antreiben.

Ich hustete, es ließ sich nicht abstreiten. Ich nahm mich nach Möglichkeit zusammen. Überdies war es ja Winter, alle Leute husteten. Ein schneeloser, feuchter, kalter, winddurchwehter Winter. Der eisige Nachtregen haftete mir auf der Haut, als hätte ich draußen auf der Straße geschlafen. Ich versäumte meine Vorlesungen: ich war zu erschöpft. Ich arbeitete zu Haus – in meiner Wohnung, die früher so ordentlich gewesen war und jetzt nur noch aus Schmutz und Unordnung bestand – ich war zu erschöpft. Renaud ging weg, um Fleisch einzukaufen; manchmal kam er wieder, manchmal nicht: dann machte ich meinen nächtlichen Rundgang.

Ich war zu meinem Arzt gegangen. Es handelte sich »noch« um Erschöpfungszustände. Er hatte mir sehr dringend geraten, die Weihnachtsferien auf dem Lande zu verbringen. Wie hätte ich das tun können! Die Vorstellung: Renaud vierzehn Tage auf dem Lande! Sollte er etwa Waldspaziergänge machen? Mistelzweige pflücken? Ich begnügte mich damit, Stärkungsmittel zu schlucken; wenn es bloß darum ging, etwas zu schlucken, war ich unschlagbar. Ein paar Wochen später ergab die von ihm geforderte Untersuchung abermals »noch« nichts; die Temperatur abends und morgens war fast gleich hoch: aber gab es in meinem Falle denn einen Abend und Morgen? Alex fragte, ob ich noch immer mit »diesem Menschen« zusammenlebte. Ich nahm die Gelegenheit wahr und sagte ihm, wie ich es mir seit langem vorgenommen hatte, es sei ein Alkoholiker. Damit sage ich ihm nichts Neues. Und was ich tun könne? Er ließ sich die Dosen sagen.

»Da können Sie überhaupt nichts machen«, antwortete er. »Höchstens ihn in eine Entziehungsanstalt schikken. Oder ihn zum Teufel schicken! Oder den Gashahn aufdrehen, das ist ein sanfterer Tod, als wenn man keine Lungen mehr hat.«

Das nächstemal ging ich trotz der Verabredung nicht wieder hin. Ich war zu erschöpft. Ich döste meist im Bett herum. Renaud verhielt sich seit der Nacht mit Mina verhältnismäßig anständig; er war wohl gesättigt von dieser Ausschweifung und diesem Siege. Der kleine Husten konnte ein Nachbleibsel der Grippe sein. Man braucht sich nicht für hoffnungslos tuberkulös zu halten, nur weil man es früher mal gewesen ist, und Alex neigte dazu, mich in einemfort bange zu machen. Nach jener Geschichte war ich vor allem durchgedreht, ein bißchen hysterisch. Ich forderte Renaud heraus; ich erging mich in exhibitionistischen Überspanntheiten in der Art, wie er sie mochte, und tat von mir aus dabei ein übriges. Schließlich streckte ich die Waffen: ich begehrte Mina. Ich wurde darüber schlaflos; es war die reinste Besessenheit; sie ätzte sich mir allmählich immer tiefer ins Gehirn ein, sie setzte sich darin fest, sie erschöpfte meine Kräfte; ich trieb dem Irrsinn entgegen. Ich gestand es ihm. »Ich weiß«, sagte Renaud. Er machte sich auf die Suche nach ihr. Ich fand sie schön. Ich liebte die Frauen und die Vollkommenheit einer Lust, die alles beim Partner kennt und genauso vollendet im Geben wie im Empfangen ist.

Dieser Wahnwitz fand neue Formen. Aus angeborener Neigung zum Harmonischen nahm Renaud an unsern Spielen auf gleicher Ebene teil wie an einem raffinierten Fest der Sinne – in welcher Welt, in welchem andern Leben hatte eine Geneviève Le Theil existiert, der solcherlei Dinge als widerlich erschienen waren? Hätte man mir in solchen Augenblicken das Herz geöffnet: man hätte ein kleines Mädchen vorgefunden, das im Sande spielt. Ich war heiter. Ich überraschte mich bei kindlichem Auflachen. Ich hatte mich in ein Delirium verrannt.

Mina ging frühmorgens weg. Ich bezahlte sie stets. Anfangs hatte mich das geniert, aber Renaud bestand darauf: jeder Berufstätige wird für die Ausübung seiner Funktionen bezahlt; wir beschlagnahmten einen Teil ihrer Arbeitszeit. Dieser Dogmatismus auf solch einem Gebiet versetzte mir einen Stoß: Funktionen, Arbeit! Renaud fing an zu lachen: »Der bourgeoise Geist«, sagte er, »ist das Abgefeimteste von der Welt; er macht aus dem Gefühl bis zum tiefsten Herzensgrund ein Handelsobjekt, und dann operiert er darüber hinaus mit einer entzückend dialektischen Umkehrung.« Es wunderte mich, daß er in einer Prostituierten »bourgeoisen Geist« gewahrte; er lachte abermals und sagte, freilich sei eine Prostituierte, Ausnahmen zugelassen, etwas Bourgeoises; aber er zielte damit nicht auf Mina, er sprach von mir und der Tiefe meiner Entfremdung. Diese Sprechweise war mir sibyllinisch und paradox: mir hatte geschienen, als sei er es, der aus dem Gefühl ein Handelsobjekt machte! Er stoppte die Auseinandersetzung ab, sagte mir, in meiner Bildung klafften riesige Lücken, und die Arbeit, sie auszufüllen, sei für einen Nichtstuer gleich ihm allzu gigantisch; übrigens komme nichts dabei heraus, mitten im zwanzigsten Jahrhundert damit anzufangen, Marxistin zu werden; jene Lehre sei überholt, freilich durch keine andere. Kurzum: ich bezahlte Mina die gewerkschaftlich festgesetzte Taxe und sie steckte das Geld ohne sich zu zieren ein. Das Geld lag immer im Flur bereit; sie nahm es beim Weggehen, und es war nicht mehr die Rede davon. Der Gedanke daran hatte mir Unbehagen gemacht, aber mit der Tatsache wurde ich tadellos fertig; unsere Beziehungen wurden dadurch erleichtert, was mir wirklich sonderbar vorkam. Bei dieser Gelegenheit lachte Renaud mich abermals aus. Unsere politischen Unterhaltungen waren Kostbarkeiten an Albernheit: nach zwei Repliken verloren wir den Faden so sehr, daß wir gar nicht mehr wußten, was wir eigentlich hatten demonstrieren wollen. Aber auf die Politik kam nur wenig an, und es war mir völlig schnuppe, ob wir darüber verschiedener Meinung waren oder daß ich sogar nicht mal wußte, was und wie wir darüber dachten. Übrigens konnte ich nicht mehr denken.

Mina ging morgens weg. Renaud war schweigsam und brachte es nicht über sich, zu Bett zu gehen. Er drehte sich um und ging auf und ab. Er sah durchs Fenster: endlich, verspätet, war Schnee gefallen; mein Rasen war weiß, und mein Baum beladen. Ich trat zu Renaud. Er fuhr fort, durchs Fenster zu schauen.

»Mir ist nicht wohl«, sagte er.

Es war seine erste Klage. »Was ist denn, Renaud?«

»Ich kann absolut nicht mehr.«

»Sag mir doch ...« Ich legte ihm die Hand auf den Arm.

»Sagen. Beim Sagen kommt nichts heraus. Nie. Erklären, das gibt es nicht. Nur Sehen. Oder nicht Sehen. Du bist nett. Aber mir ist nicht wohl. Letztlich kannst du nichts. Du bist zu nichts nütze.«

Jetzt war es bei mir, Unbehagen zu empfinden. Was brach plötzlich über mich herein?

Nichts brach über mich herein, und vor allem nicht plötzlich; nur daß ich mich durch das Gemisch von Genuß und Schmerz in eine Art Gewohnheit hatte lullen lassen, so unbequem sie auch sein mochte; wiederum hatte ich Grenzen überschritten; und dadurch, daß ich es getan hatte, glaubte ich ihrer los und ledig zu sein, wie ein Katholik durch die Sonntagsmesse. Ich hatte unterwegs vergessen, was ich beim Aufbruch noch gewußt hatte: daß all das unnütz sei. Aber mit Renaud zu schlafen ist nicht leicht; er erwacht mit einem Brandmal: während ich ihm alles geopfert hatte, taumelte er weiter in den Untergang, wie wenn ich ihm nichts geopfert hätte.

Ich gewann aus diesem »Nichts-mehr-zu-verlierenhaben« die Kühnheit, die mir seit langem fehlte. Zitternd sagte ich: »Warum versuchst du es nicht mit einer Entziehungskur?« Danach war ich darauf gefaßt, daß er seine Zahnbürste nahm und mich verließ.

»Schön, der Schnee«, sagte er. »Ganz weiß. Ihr alle seid mir die Rechten. Als ob der Alkohol eine Ursache wäre: man sperrt ihn dem guten Mann, und damit fertig. Und was glaubst du, daß man dann vorfindet? Einen guten Mann, der wieder von vorn mit dem Trinken anfängt, oder sein Phantom. Sei doch logisch. Bring mich in den Leib meiner Mutter zurück. Ich gehe daraus ganz rein und ganz weiß wieder hervor wie beim erstenmal. Ich wandere. Ich sehe die Welt. Also. Aber ihr anderen: ihr gehabt euch, als sei die ganze Sache ein Unglücksfall; die Gelegenheit, das Training: man hat den Ärmsten in einen Bottich geschubst, und seitdem ... Ich bin an jenem gewissen Tage allein gewesen, mein Kätzchen, allein wie ein Laternenpfahl, und gesunden Geistes. Im vollen Besitz aller meiner Fähigkeiten, und die sind groß, wie du weißt. Es war der klarste Tag meines Lebens. Wie heute. Es hat nicht geschneit; es war herrlicher, strahlender Sonnenschein. Und glaub mir nur: ich bedaure nicht mal: wie könnte einem die Logik leid tun? Ich habe die

Augen aufgemacht. Seither versuche ich, sie wieder zuzumachen. Ich kann es nicht. Ich brauche keine Entziehungskur, die Augen müssen mir ausgestochen werden. Du siehst: ich gebe dir sogar die Gebrauchsanweisung.«

»Das geht nicht. Ich will es nicht! Ich will nicht, daß du so zugrunde gehst. Ich will dich schon daran hindern!«

Wut überkommt mich. Schwachsinnige Wut. Aber wenn schon bei Intelligenz nichts herauskommt! Ich lange mir die Flasche und schmeiße sie gegen die Badezimmertür. Das Glas auch; alle Gläser, deren ich habhaft werden kann, schmeiße ich zu Boden. Ich mache mich an die Flaschen heran, als seien es ebenso viele Feinde. Ich zerschmeiße die Eau de Cologne-, die Ätherflaschen. Diesmal ist es richtiger Wahnsinn, ich kann keine Flasche mit irgendwelcher Flüssigkeit mehr ertragen, ich hasse sie schon allzu lange. Renaud sieht mir in aller Ruhe zu, und als ich fertig bin, sagt er:

»Du bist ein Loch. Ein Loch und unnütz. Verloren sind wir, alle. Nichtverlorensein ist noch dümmer. Du zum Beispiel bist nicht verloren. Du findest dich immer wieder: du genießt unerschütterlich. Ich habe unrecht, wenn ich sage, es sei zu nichts nütze: es ist dazu nütze, dir den Genuß zu verschaffen. Du bist bloß ein Loch, ganz wie ich gesagt habe, ein richtig niedliches Loch, eins, das sich gern belecken läßt. Es hat genügt, die Hemmung auszuschalten, Madames Puritanertum, das die Öffnung blokkierte, den keuschen Gangstein um den Diamanten aufzubrechen, und schon war die Schatzhöhle offen, erfüllt von Lustschreien und üppigen Flüssigkeiten. Ich habe ein Loch reingefegt und ausgeschürft, was, unter uns, vernünftiger ist als eine Himalajabesteigung, da mag man sagen, was man wolle; ich habe mein schönes Banner hineingepflanzt, das genausoviel wert ist wie das einer Nation, geschmückt mit meinem Wappen, schwarze Rute auf Löchergrund, und was habe ich nach getaner Arbeit erobert? Ein Loch. Und wer hat dabei gewonnen? Du: du magst ›das‹ nun mal, und es verlangt dich sogar immer wieder danach. Eine schöne Eroberung habe ich da gemacht! Der Kerl, der seine acht Kilometer in die Höhe geklettert ist, fühlt sich allein schon bereichert durch seine miserable Eitelkeit, und er braucht wirklich nichts zu tun, als seine acht Kilometer wieder hinunterzuklettern und es den andern zu sagen: acht weniger acht sind null. Aber ich armer Kerl bringe nicht mal die Eitelkeit auf, Spaß an der Sache zu haben, und also halte ich den Mund: worauf habe ich mich da bloß eingelassen? Wo bin ich, in was für einer Gesellschaft? Ich bin allein, allein. Allein auf der Welt.«

»Aber ich liebe dich doch! Du bist nicht allein, Renaud!«

»Das hat nicht das mindeste damit zu tun. Ich bin allein.«

»Ach, wenn du dich selber nur ein bißchen gernhaben könntest, dann wärst du nicht so allein, da kannst du sicher sein! Du . . .«

»Ja, wenn ich ein bißchen schlafen könnte – lieben, schlafen, nur das, und mit einer kleinen Liebe Schluß machen mit allem, was mich am sterblichen Leben ankotzt und quält. Vielleicht träumen? Aber was für Träume denn jetzt noch, da ist der Haken. Scheiße. Ich wünsche mir meine Träume nicht. In dem Lärm und Durcheinander der Schmerzen wirkt die Liebe wie ein Schmetterlingsflügel, frrr, frrr ... Ihr kotzt mich an mit euern kleinen persönlichen Geschichten: ich, du. Und das Schlimmste, die Zusammenfassung alles Gräßlichen: Wir. Puah! Gib mir was zu trinken. Ach ja, richtig, es ist ja nichts mehr da, du hast alles zerdeppert.«

»Das war idiotisch, ich weiß, entschuldige bitte.«

»Nicht so wichtig. Leicht zu reparieren.«

Er fing an, seine Schuhe zuzuschnüren.

»O Renaud! Was könnte dich zum Aufhören bringen?«

»Vielleicht: leben. Wer weiß?«

»Aber wie?«

»Ja, das ist die Frage. Wie leben? Darauf beruht alles. Im Grunde würde ich ganz gern leben, davon bin ich überzeugt. Wenn du eine Idee hast ...«

Ich zerschmolz in Tränen. Ich wußte nicht mehr ein noch aus. Er langte sich meine Handtasche, was er nie zuvor getan hatte, und nahm mehrere Geldscheine heraus; letztlich beschäftigte ihn nur die Wiederbeschaffung des Alkoholvorrats auf schnellstem Wege, alles übrige war Geschwätz. Was er da tat, gab mir einen grausigen Stoß; schließlich nahm er sich allzu viel heraus. Aber ich blieb passiv: im Grunde lag die Schuld bei mir; ich hatte eine Dummheit begangen, er ließ sie mich bezahlen, und zwar in bar: Renaud, wie er im Buche stand.

»Renaud ...!«

Er stand schon in der Tür. Er winkte mir freundlich

zu und verschwand in aller Ruhe. Kein bißchen wütend. Ich dürfe dieses Bild nie vergessen, sagte ich mir aus einer verworrenen Intuition heraus. Aber ich befand mich in einem Zustand tiefer Betäubung, aller Initiative beraubt, völlig gedankenleer, und grauenhaft erschöpft. Er hatte mir einen Keulenschlag versetzt, mich zerschmettert, ich erinnerte mich keines seiner Worte mehr, nur daß ich erbärmlich verprügelt worden war.

Ich verblieb in verzweifelter Stumpfheit, ohne nachdenken zu können. Er kam mit den Flaschen nicht wieder. Mochte er doch wegbleiben: es ging jetzt tatsächlich alles über meine Kräfte, und ich begriff nichts davon, meinetwegen, bis auf das eine: er liebte mich nicht, und ich war außerstande, etwas zu tun. Dazu hätte es einer übermenschlichen Kraft bedurft: und die besaß ich nun mal nicht – das war es. »Du bist zu nichts nütze.« Ach, endlich fiel mir einer seiner Sätze wieder ein. Er war recht deprimierend. »Im Grunde kannst du nicht das mindeste.« Das war der zweite Satz: ich danke! Es stimmte schon: ich konnte nichts und hatte nie etwas gekonnt, die Liebe hatte Pleite gemacht. Mochte er doch wegbleiben. Ich fühlte, wie ich auf alles verzichtete.

Mechanisch zog ich mich an. Ich ging, ich kaufte Whisky, und mittels eines Rezeptes von Alex, das ich um Renauds willen niemals benutzt hatte, ein Schlafmittel. Ich wollte keinen Handschlag mehr tun. Schnöde Müdigkeit. Es war draußen sehr kalt, ich hätte nicht weggehen sollen, beim Heimkommen hatte ich einen heftigen Hustenanfall. Ich klapperte vor Kälte. Ich trank ein großes Glas Whisky, das macht warm – nicht wahr? Was also mußte Renaud empfinden? Ich trank ein zweites Glas, und in meinem Kopfe drehte sich alles: ich legte mich hin, da wurde es noch schlimmer, mir wurde schlecht, und ich mußte mich sofort übergeben. Ich hatte keine Anlagen zum Trinken. Ach, und ich konnte den Geschmack nicht mehr ertragen und den Geruch, der schon die ganze Wohnung durchstank; ich verbannte die Flasche in die Küche und taumelte wieder ins Bett; ich hatte es falsch angefangen; ich stürzte in Verzweiflung: wenn dies die absolute Finsternis war, die einem durch den Alkohol zuteil wurde, dann lohnte es sich tatsächlich, sie sich zu verschaffen! Ich weinte lange und ausgiebig, und immer und immer wieder wurde mir klar, daß das Ganze eine absurde Komödie ohne jeden Sinn sei, und ich fragte mich, ob ich denn letztlich Renaud wahrhaft liebte, oder ob die ganze Geschichte nicht vielleicht von Anfang an ein Delirium romantischer Interpretation sei, ausgelöst durch die Umstände, den pathetischen Selbstmord, die Heimatlosigkeit, den ungemeinen Zauber Renauds, das schlichte Brechen mit allen meinen Gewohnheiten; durch die Neuartigkeit also, naja. Diese These war umso verführerischer, als mein Herz gegenwärtig leer und kalt war; es nahm sie ohne Empörung hin. Nichts sprach dafür, daß ich nicht einfach ein Gänschen sei, dessen Naivität sich durch die schönen Worte eines Angebers, wie es so viele gibt, hatte nasführen lassen; denn was war Renaud Sarti im Grunde? Was leistete er im Leben, was sprach für ihn? Nichts. Er redete, freilich, er redete und konnte im Netz seiner vergoldeten Worte viele Vögelchen gleich mir fangen; man kann tagtäglich in den Zeitungen Geschichten dieser Art lesen, die noch weit schlimmer ausgingen als die meine: eines Tages haut der Liebhaber mit dem ganzen Zaster ab – er jedoch hatte nur meine Handtasche geplündert. Ich hatte mich hinters Licht führen lassen. Ich mußte mein Leben auf dem Nullpunkt wieder von vorn anfangen, als hätte er nie existiert. Ich war für solcherlei Dinge nicht geschaffen und empfand daran nicht das mindeste Reizvolle; ich war dazu geschaffen, meinen Frieden zu haben und mußte ihn mir gewinnen. Ich rang mich so weit zum Bewußtsein durch, daß ich mir ein juristisches Lehrbuch vornahm: die Buchstaben tanzten mir vor den Augen. Und wenn ich ehrlich war, hielt ich die Juristerei für einen absurden Trall, die Psychologie übrigens ebenfalls. Alles war ein absurder Trall. Ich faßte den heroischen Entschluß, in das nächstgelegene Kino zu gehen, wo stets gute Filme gespielt werden, Filme der Art, wie Renaud der Prächtige sie nicht ausstehen kann. Toll, wie man um seinetwillen seine Kultur vernachlässigen kann. Und wenn er während meiner Abwesenheit wiederkommen sollte, mag ihm das zur Lehre dienen. Ich begab mich zu dieser »literarischen Veranstaltung« auf einem Watteteppich, Schnee auf dem Erdboden, Lethargie im Leib. Es kam darauf an, bis Mitternacht durchzuhalten. Denn ich hatte beschlossen, mich um Mitternacht schlafen zu legen; heute wollte ich nicht auf die Suche nach Renaud gehen. »Ein Loch und überflüssig«: dieser letzte Guß hatte das Gefäß, in das schon soviel hineingeschüttet worden war, zum Überlaufen gebracht. Durch diesen Satz hatte Renaud mich verworfen, ausgelöscht, zunichte gemacht: warum, zum Teufel, sollte ich mich also zu Tode schinden? Ich war ohnehin schon nicht mehr ganz auf der Höhe: Temperatur so um 38; er hatte sich nie darum gekümmert; es war also an der Zeit, von mir aus daran zu denken.

Ich fühlte mich ihm sehr fern. Ich nahm zwei Schlaftabletten und versteckte die flachen Packungen zwischen »L'Imaginaire« und »L'Être et le Néant«; dort würde Renaud sie niemals vermuten.

Ich wachte um zwei Uhr nachmittags auf, nach wie vor allein, nach wie vor in einem befremdlichen Zustand. Ich war völlig leer. Mochte er doch stumpfsinnig umherirren und endlose Stunden und stundenlang dem Auswurf der Menschheit hochtrabendes Zeug vorreden; demgegenüber es ihm wohl nicht schwer fiel, sich ohne allzu große Unkosten als der Überlegene zu fühlen: »Du mußt wissen, ich brauche menschliche Wärme.« Was war denn das im Grunde für eine Wärme! Doch nur die, die in Abfalleimern beim Verfaulen der Materie frei wird ... Spei du getrost auf die Liebe, wo du doch eine menschliche Wärme besserer Art fändest! Du willst Wärme, und gleichzeitig weist du sie zurück, du weißt nicht, was du willst; doch, du willst wie ein Herr wirken: aber wie eisig ist die Welt dort oben, mein Lieber. »Eure kleinen, persönlichen Geschichten« – und du, was bist du? Ich taumelte abermals in ungestalte Verzweiflung voller Widersprüche; ich gewann daraus keine logische Schlußfolgerung, Renaud stieg aus dem Schmutz auf ein Piedestal und stürzte wieder hinab, Hitze und Kälte schlugen einander ergebnislos den Ball zu, und mein Denken widersetzte sich rationalem Funktionieren, mein Gehirn produzierte Blasen, die eine nach der anderen platzten ... Jämmerliches, langsames Versinken. Ich wollte schlafen und nahm noch eine Tablette.

Diesmal wachte ich mitten in der Nacht auf: das war idiotisch; keinesfalls hätte ich am Nachmittag eine Tablette schlucken dürfen. Es war idiotisch von Anfang an; ich hatte zuviel eingenommen wie eine Schwachsinnige. Was sollte dieser jähe Aufschwung von Stolz, nachdem so viele Monate mit seiner Ausmerzung vertan worden waren? Da ich angefangen hatte, mußte ich fortfahren: man darf keinen andern Weg einschlagen, selbst wenn der Weg schlecht ist. Du mußt aufstehen und Renaud suchen gehen wie bisher; er wartet auf dich, dies ist gerade seine Stunde, du weißt es genau, er sitzt jetzt tief unten in seinem Schlund und wird immer ungeduldiger, du machst ihn bloß wütend. Renaud suchen; das ist mein Los auf dieser Welt, meine armselige Suche nach dem Gral, der mit Alkohol und Essig gefüllt ist; jeder hat den Gral, den er verdient, würde Renaud sagen.

»Ich darf nicht haltmachen. Ich stehe auf ...« Ich sprach zu mir selbst, aber ich stand nicht auf. Irgend etwas hielt mich auf dem Bette fest; mein eigenes Gewicht. Ich war sehr schwer geworden. Das kommt von dem Schlafmittel, sagte ich mir. Schlaf ein bißchen. Aber ich konnte nicht schlafen. Ich wurde immer nervöser, ich wälzte mich im Bette hin und her. Ich zwang mich, die Füße auf den Boden zu stellen, mich aufzurichten. Ich sank um. Mein Haar war schweißverklebt, mein Gesicht feucht – ich maß meine Temperatur: 39,2. Ich blieb kraftlos im Bette. Diesmal wurde ich meiner Schwachheit inne. Da hatten wir es. Ich schleppte mich bis zum Telefon, ich trug es ans Bett und rief Alex Duthot an. Jetzt brauchte ich nur noch den Schlüssel von außen ins Schloß zu stecken; sehr langsam kam ich damit zustande.

Er kam fast auf der Stelle, untersuchte mich sehr hastig, schnupperte im Zimmer herum und fragte, ob ich jetzt Äther tränke. Ich sagte, mir seien ein paar Flaschen zerbrochen. Er fragte, wo mein Alkoholiker sei. Ich sagte, er gehe spazieren. Wann er wiederkomme? Keine Ahnung! Er verordnete mir Bettruhe und sagte beim Abschied, er werde wieder vorsprechen.

Also konnte ich nicht auf die Suche nach Renaud gehen. Einmal hatte ich es nicht gewollt, und nun konnte ich es nicht mehr. Wäre ich gestern losgezogen, so wäre er jetzt hier, davon war ich überzeugt. Ich hatte ihn aus freien Stücken im Stich gelassen, und jetzt wurde ich dafür bestraft: ich mußte ihn gegen meinen Willen im Stich lassen.

»Armes Mädchen! Du und deine Illusionen! Mich im Stich lassen! Hört euch das an! Was bildest du dir eigentlich ein? Hier oder anderswo, mit dir oder ohne dich, das ist alles ein und dasselbe. Letztlich kannst du nichts und bist zu nichts nütze. Mir ist nicht wohl, und du bist zu nichts nütze.« Ich habe nichts fertiggebracht. Ich habe dir Gesellschaft geleistet. Ich habe dir beim Abwärtsgleiten zugesehen. Weiter nichts. Ich habe es nicht gekonnt. Ich bin gescheitert.

Ich rutschte aus einem langen Weinkrampf in eine Betäubung, aus der ich erst ums Morgengrauen auftauchte. Ich war allein. Ich fühlte mich sehr schlecht. Nochmals versuchte ich erfolglos aufzustehen. Ich bekam einen Hustenanfall, aber es war kein Blut im Auswurf. Die Brust brannte mir. Vielleicht hatte ich doch bloß eine Bronchitis; auch bei schlechten Lungen kommt das vor. Duthot hatte mir nichts zum Einnehmen verschrieben, das war recht merkwürdig. War er einfach wütend gewesen, daß ich ihn mitten in der Nacht um nichts und wieder nichts aus dem Bette geholt hatte?

Das Telefon klingelte, mich durchzuckte eine irre Hoffnung, aber Renaud telefonierte nie; wahrscheinlich kannte er meine Nummer gar nicht; vielleicht konnte er auch nicht telefonieren. Es war der Arzt. Er fragte, ob ich allein sei. Gut. Er hängte ein.

Ja, ich war allein. Ich hatte Renaud im Stich gelassen.

Der Schlüssel drehte sich, Alex kam herein und sagte mir nicht mal Guten Tag.

»Entschuldigen Sie bitte, daß ich Sie diese Nacht gestört habe ...«

»Tatsächlich«, sagte er, »das war ein recht komischer Einfall.«

Er sah das Fieberthermometer an, legte mir die Hand auf die Stirn, ließ mich in seiner Gegenwart ein Beruhigungsmittel schlucken. Er setzte sich an den Bettrand.

»Wo steckt er?«

»Ich weiß nicht.«

»Endgültig abgehauen?«

»Nein ... wenigstens glaube ich es nicht ...«

»Gut«, sagt er. Er hat recht. »Geneviève, Kindchen, ich muß Sie vorbereiten.«

Schüchtern und beinahe schamhaft erschien Claude in der Schlafzimmertür; Alex hatte sie mitgebracht.

»Was? Wieso denn?«

»Sie werden weggebracht. Der Krankenwagen muß jeden Augenblick da sein.«

»Aber das ist ja eine Überrumpelung!«

»Allerdings. Sie sind verrückt, Kindchen, und ich behandle Sie dementsprechend. Sie entwischen mir nicht. Übrigens wäre das blöd. Sie können mir nicht mal entwischen, dazu haben Sie keine Kraft.«

»Bitte, bitte ... lassen Sie mir ein bißchen Zeit. Jetzt geht es nicht, ich will noch ein bißchen warten. Ich kann jetzt nicht weg. Ich muß doch wenigstens damit einverstanden sein, wenn ich weggebracht werde!«

»Kommt gar nicht in Frage. Ich stelle Ihnen eine Bescheinigung aus, Ihre Internierung sei notwendig, wenn es sein muß, und stecke Sie in die Zwangsjacke.«

»Sie brauchen eine Vollmacht.«

»Die habe ich. Geneviève, reden Sie nicht lange hin und her. Ich habe Sie in Ruhe gelassen, solange ich geglaubt habe, Sie seien im Besitz Ihrer Vernunft; danach ist es aus und vorbei. Sagen Sie Claude, wo Sie Ihre Sachen liegen haben; sie wird das erledigen. Er hat die Chance wiederzukommen, ehe der Krankenwagen vorgefahren ist; er braucht sie bloß wahrzunehmen.«

Und warum sollte er gerade jetzt kommen statt vorher, statt morgen, statt nie? Ich gab nach.

»Geht es mir denn so schlecht?«

»Ja. Jedenfalls können Sie für niemanden mehr was tun, nur allenfalls für sich selber.«

Alex ist seinen Patienten gegenüber Verfechter der Wahrheit.

»Ich hätte so gern ... auf Wiedersehen gesagt ... weiter nichts.«

»Schreiben Sie einen Brief. Ganz kurz.«

»Wohin soll ich denn gebracht werden?«

»Nach Assy.«

Ich schrieb, ich müsse unbedingt sofort nach Assy transportiert werden. Ich würde alles regeln, wenn er komme. Ich bedauere, daß ich mich nicht von ihm hätte verabschieden können. Und zu nichts nütze gewesen zu sein. Geneviève.

Die Kälte meines Briefes machte mich bestürzt. Aber mir fiel nichts anderes ein. Schließlich war es ein Brief an einen Mann, der mich nicht liebte; was hätte ich ihm sagen können? Ich versuchte, mir ein Postscriptum auszudenken: Ich habe dich sehr lieb gehabt. Lächerlich. Und unnötig. Wie alles übrige. Statt dessen schob ich, als Claude gerade nicht hersah – Alex war mir gleichgültig – einen Barscheck in den Umschlag, für die Fahrkarte und den Lebensunterhalt für ein paar Tage.

»Fertig? Ziehen Sie sich rasch an.«

Ich konnte mich nicht auf den Beinen halten. Claude mußte mich anziehen.

»Naja!«, sagte Duthot. »Merken Sie es jetzt?«

Schließlich schob meine Mutter, die unumgängliche Ergänzung des Bildes, ihre trauergewandete Gestalt in die

Türöffnung. Sie hatten sie nur für die letzten Augenblicke herbeordert.

»Mein kleines Mädchen ...«

»Reden Sie nicht mit ihr«, fiel Alex ihr ins Wort; er kannte sich seit zehn Jahren in ihrer Fähigkeit aus, die Leute zum Rasen zu bringen.

Sie drehte und wendete sich und verkroch sich unter seinen Blicken. Ihre Augen promenierten durch das Zimmer, sahen den Schmutz, das zerwühlte Bett, die Zigarettenstummel; ihre Nase schnüffelte den Gestank meiner Generalzerdepperung, der entsetzlich sein mußte – ich hatte mich daran gewöhnt.

Sie nickte vor sich hin und begann stumm in sich hineinzuschluchzen, als sei ich bereits tot und werde in gerade dieser Minute eingesargt. Claude machte den Koffer zu. Ich hörte den Krankenwagen vorfahren. Ich verlor den Kopf, redete wild durcheinander von den Zählern, von etwas, das ich vergessen hätte. »Das werde ich schon erledigen«, sagte meine Mutter.

»Nein!« schrie ich. »Wenn noch etwas zu erledigen ist, dann übernimmt Claude das. Hier hast du meinen Schlüssel, Claude.«

Meine Mutter kniff die Lippen zusammen, sie waren ohnehin schon schmal. Der Krankenträger kam herein, wickelte mich in eine Decke und trug mich hinunter. Madame Pia sah uns vorbeiziehen, mit mitleidsvoller Miene, die trächtig war mit einem »So hatte es ja kommen müssen; das hatte ich mir gleich gedacht ...«

Naja, Renaud, jetzt hast du es. Diesmal lasse ich dich

tatsächlich im Stich; aber irgendwie mit den Füßen voran. Ich habe dir weder Gutes noch Böses angetan, und ich habe mich zugrundegerichtet, ohne dich zu retten. Ich habe dich am Sterben gehindert: du hättest über meine Leiche hinwegschreiten müssen, damit das gelinge. Nun, das hast du getan, ohne es zu merken, unschuldig wie stets. Natürlich habe ich dich deswegen nicht weniger lieb. Wieso auch? Hattest du mir nicht alles im voraus gesagt? Der Bunker? Die Strahlenverseuchten? »Sterbliche für ihresgleichen, die nicht einmal die Liebe beschützt, Geneviève.« Und um sicher zu gehen, daß ich es auch bebegriffen hätte, hast du geschrien: »Hast du verstanden? Nicht beschützt!« Ja, mein Geliebter, ich begreife alles, was du mir sagst, stets zu spät. »Hast du verstanden?«

Ach ja, jetzt habe ich verstanden, Renaud. Das Ärgerliche ist nur, daß wir uns jeder nach einem andern Friedhof hinbewegen.

Zweiter Teil

I

Ich brauchte bloß darauf zu achten, wie die Stimmen der Krankenschwestern klangen, dann wußte ich, woran ich war. Alte Gewohnheit. Nie zuvor waren sie so zart und weich gewesen; nie hatte es so schlecht um mich gestanden. Naja! Da ich nicht gern Unordnung hinter mir lasse, raffte ich alle mir verbliebene Kraft zusammen und forderte von meinem Notar meine Abrechnungen an. Ich hatte seit November große Ausgaben gehabt. Renaud hatte ein gehöriges Stück Geld gekostet. Aber damit war es jetzt aus, die Rechnung war endgültig abgeschlossen. Ich machte mein Testament: ich hinterließ alles Claude Amyot, unter der Maßgabe, daß sie für die Verwirklichung meiner alten Pläne sorgte; vielleicht lagen sie mir weniger am Herzen als ehedem; aber wenn es denn mit mir aus war, dann konnte ich genausogut Gutes tun als nichts. Des weiteren sollte es Claude obliegen, Monsieur Sarti eine Monatsrente zu zahlen, auf Lebenszeit; damit war es bei seiner Lebensweise schwerlich weit her; vielleicht gelang es ihm sogar, von sich aus Schluß zu machen, ohne daß abermals eine Närrin dazwischentrat. Ich vermachte ihm auch die Wohnung, an die ihn vielleicht nicht

Erinnerungen, wohl aber Gewohnheiten banden, und zudem ein ihm entsprechendes Bett. Wenn ich droben meinem Vater wiederbegegnete – ich war nicht absolut sicher, daß das unmöglich sei – würde ich ihm erzählen, was für eine Art Mann jetzt in seinem Bette schlafe; vielleicht würde er seinen Spaß daran haben. Meiner Mutter hinterließ ich nichts; das hatte von vornherein festgestanden. Es darf nicht alles den gleichen Weg gehen, und ich hatte Gerechtigkeitssinn.

Ebensowenig bedachte ich den Verband der Alkoholgegner, dessen Nutzen mir nicht ganz klar war. Übrigens kam mir jeder Kampf gegen eine Verwirrung, die so logisch war und die die Welt und die Menschen wohl verdienten, sinnlos vor. Ich haßte Welt und Menschen und empfand nicht den mindesten Schmerz, sie zu verlassen. Ich wartete friedlich, völlig befriedet, das Ende dieser unnützen Reise ab. Ich war eine Niete gewesen. Ich hatte mich, wie ich war, auf die Schale der Waage gelegt, ohne daß sie auch nur um einen Millimeter herabgesunken wäre: ich war nichts. Lediglich ein Loch, im doppelten Sinne, na und? Nach ein paar letzten jämmerlichen Grübeleien mußten beide Ichs gemeinsam sterben, und, wie Renaud zu sagen pflegte: ob man am 1. Mai oder am 14. Juli stirbt, was macht das schon aus, da man letztlich doch nicht das mindeste zustande gebracht hat?

Ich überlegte: wo ist er wohl? Was tut und treibt er? Es geschah mehr, um mir die Freude zu bereiten, mich mit ihm zu beschäftigen, als aus Besorgnis. Er war irgendwo auf der runden Erde und trieb es wie gewöhnlich.

Trotz meiner Bitten berichtete mir Claude nichts über ihn; sie wagte wohl nicht, mir zu schreiben, daß er nie wiedergekehrt sei . . . Ihr Götter! Ich hatte recht daran getan, krank zu werden; denn sonst wäre ich statt dessen verrückt geworden. Während jetzt alles seinen normalen Verlauf nahm; es war nur eine Frage der Zeit. Ich ließ teilnahmslos die Behandlung über mich ergehen; die Güte, mit der man mich umhegte, roch nach Entsagung; die Krankheit war mir mehr, lästig, als daß ich darunter litt: leiden tut man nur, wenn man im Leben steht, weil der Schmerz einen aus dem Leben herausreißt, einem die Lebenskraft entzieht. Das Versagen schmerzt am meisten. Ich zuckte darüber die Achseln. Das alles waren nur kleine Verdrießlichkeiten, Störungen meiner Trägheit.

Ich bekam Besuch. Ich gewahrte meine Mutter, Claude, und sogar Pierre; sein Anblick war mir noch nachträglich peinlich. Sein Gesicht, seine Gesten, seine Worte trugen den Stempel der Bedeutungslosigkeit; keinesfalls konnte ich, wenn ich unglückseligerweise weiterlebte, je wieder mit Menschen dieser Art umgehen: also mit wem dann? Gut, es war also alles in Ordnung. Er flehte mich an, ich solle doch alles daransetzen, um am Leben zu bleiben. Er sagte, er liebe mich. Ach, ach. Was verstand er denn unter Liebe, wenn Renaud, der mich nicht liebte, mich tausendmal besser »liebte«! Ich dachte über die Liebe nach, über das, was man gemeinhin als Liebe bezeichnete, über die Nichtliebe, die mehr wert ist, über das, was die Liebe sein muß, wenn sie Liebe ist – aber wenn ich sage, ich hätte nachgedacht, dann übertreibe ich. Ich ließ mich in Vorstellungen, in Gedankenbildern von der Liebe dahintreiben. Mit dem Nachdenken war es für mich zu Ende.

Indessen brachte ich wider alles Vermuten die Kraft auf, an Renaud zu schreiben: einen Abschiedsbrief, den ich geschlossen an Claude schickte, damit sie ihn ihm gäbe, und ich fügte eine Liste der Kalvarien-Stationen des Trunksüchtigen bei.

Ich schrieb in jenem Brief von dem japanischen Bunker, es hätte mich wohl diesmal geschnappt; aber dennoch: wenn es mich sofort geschnappt hätte, dann hätte ich dasselbe getan. Vielleicht hätte ich ein bißchen mehr Rücksicht auf meine Gesundheit genommen, wodurch Zeit gewonnen worden wäre, aber ein bißchen mehr Zeit oder weniger Zeit, ohne voranzukommen? Was heiße schon »vorankommen«? Es sei also alles gut. Ich teilte ihm mit, es beruhige mich komischerweise mehr, sterben zu müssen, als leben zu müssen. »Gottseidank, ich ziehe mich aus der Schlinge! Du Ärmster, du bleibst da. Du wirst meinen, es gebe keine Gerechtigkeit, weil ich, die ich nicht verloren bin, überdies noch gerettet werde: so daß, jaja, alles Glück bei mir liegt. Da ich dich liebe, bin ich tief traurig, daß ich dich lebend zurücklasse.« Ich dankte ihm, daß er »es« mich so schön habe genießen lassen, sozusagen bis auf die Neige. Ganz offen vertraute ich ihm an, es sei das Letzte, was mir noch immer geblieben sei, obwohl, wie gesagt werden müsse, unter recht inferioren Bedingungen. Aber es sei nach wie vor ihm geweiht. Ich bat ihn, auch Mina zu danken für den Anteil, den sie daran gehabt habe.

Ich schloß: »Dein Wohl!«, und ich unterschrieb schmählicherweise: »Dein niedliches Loch. Unnützerweise die Deine.«

Es war ein unwürdiger Brief, ganz abgesehen davon, daß er wirr bis zur Zusammenhanglosigkeit war; ich hatte ihn im Fieberwahn geschrieben; mehrmals, aber stets im Fieberwahn.

Sicherlich aus einer glücklichen Eingebung heraus ließ ich eine Kiste »Black and White« an Monsieur Jean-Renaud Sarti, per Adresse »Black-Out«, Rue Delambre, schicken. Und nun komme, was da wolle, ich konnte abhauen.

Daran wurde ich noch eine Weile durch meinen verdammten Arzt gehindert, dessen Anschnauzer mir ein letztes Aufflackern bescherte: ich sei mehr übergeschnappt als bazillenverseucht, sagte er, ich sei nicht erledigt und dennoch sei ich drauf und dran, ins Gras zu beißen; ich gehörte nach Villejuif, wenn ich es nicht so weit getrieben hätte, daß ich hart an eine hoffnungslose Krankheit herangekommen sei, aber nur um dadurch einer psychiatrischen Behandlung zu entschlüpfen, die ich im Grunde nötig hätte. Für ihn sei ich ein demütigender und lächerlicher Fehlschlag gewesen. Bei psychosomatischer Behandlung hätte ich längst gesund sein können.

Durch diese Schimpferei, und sicherlich war die Logik in mir dasjenige, was am langsamsten starb, gewann ich genügend Gelassenheit, um zu behaupten, das sei falsch, ich hätte nicht längst gesund sein können. In Villejuif behandle man subjektive Fälle, aber ich hätte nie davon gehört, daß dort auch objektive Fälle behandelt würden und daß mir von dort ein liebender, von der Trunksucht geheilter Sarti zurückerstattet werden könne. Ich weiß nicht mehr, was er antwortete, und ich sank wieder in meinen Nebel zurück, der übrigens weich und angenehm war; er wurde kaum beeinträchtigt durch das von mir nur undeutlich wahrgenommene Schluchzen meiner Mutter, die hinweggeführt wurde. Diesmal war es so weit, Renaud, adieu.

– – – – – –

»Küken, ich sitze bis zum Hals drin. Ich bin gegen unnützen Mord, ich will nicht, daß du stirbst.« Oh, diese lebendige Stimme, lebendig unter tausenden. Renaud, der Tote, lebendiger als alle Lebenden – so also steht es um Renaud, er ist lebendig, und eben deshalb habe ich ihn geliebt, ich brauche nicht weiter nachzuforschen. »Und außerdem habe ich genug davon gehabt, daß du nie kamst und mich holtest – du kannst dir nicht vorstellen, wie traurig die Nächte waren, die nie mit der berühmten Nummer ›Erscheinung des Engels‹ endeten: die Nächte verkümmerten und mündeten in eine Leere, in der ich noch verlorener war als vorher, und dabei war ich vorher ohnehin schon verloren genug. Ach, die erste Nacht ohne dich, ich konnte mich nicht mehr zurechtfinden! Ich kann mich zwar nie zurechtfinden, aber jetzt konnte ich mich nicht mal damit zurechtfinden, daß ich mich nicht zurechtfinden konnte. Und dabei war ich in einem idealen Lokal, wo du immer hinkommst, im ›Black-Out‹, und ich war trauriger denn je, und entschlossen, dir eine gräßliche Szene zu machen, die du nicht ertragen hättest... da bin ich denn meinerseits von einem Bistro ins andere gezogen und habe dich gesucht, dich gesucht, wie du mich suchtest, und ich habe dich nicht gefunden, ich war verrückt vor Wut auf dich, du hattest mich verraten, ich habe dich gehaßt, es war beinahe Liebe...«

»Jetzt aber Schluß, Monsieur«, sagt eine harte Stimme, die der Madame Charron, »es greift sie zu sehr an.«

»In ihrem jetzigen Zustand kommt es doch nicht mehr drauf an, ob sie etwas angreift oder nicht!«

»Sie sind verrückt. Kommen Sie. Gehen Sie jetzt.«

»Nein«, sagt er bekümmert. »Ich bin nicht verrückt und ich gehe nicht.«

»Dann muß ich Herrn Doktor holen.«

»Tun Sie das bitte«, sagt er und bleibt auf seinem Stuhl sitzen.

Auf seinem Stuhl. Da Madame Charron in meinen Fieberphantasien für mich nicht vorhanden war, hatte ich beim Klang seiner Stimme die Augen geöffnet, und meine Augen sahen Renaud unmittelbar vor mir auf einem Stuhl sitzen. Renaud, wie er leibte und lebte.

»Diese Arschlöcher«, sagte er. »Mit ihren Schutzmaßnahmen. Der richtige Augenblick für Schutzmaßnahmen, wenn nichts mehr zu verlieren ist... Kurz und gut, mein Kind, ich brauche dich, durch dich habe ich eine Daseinsnotwendigkeit, eine irdische, eine menschliche Notwendigkeit. Eine Bindung. Das ist alles, was ich dir zu sagen hatte. Ich folge Ihnen«, sagte er zu dem Assistenzarzt, der mit Madame Charron und einem Krankenwärter hereinstürzte. »Ich bin fertig. Ich wohne im Dorf, Geneviève, und bin ganz der Deine. Bis morgen. Bitte mach mir keine Dummheiten.«

»Renaud ...«

»Sei still. Ich weiß ganz genau, was du sagen möchtest. Bis morgen.«

Er küßte mir die Hand und ging würdig zwischen den Sbirren hinaus. Ich schellte sofort nach Madame Charron, und als sie in der Tür erschien, warf ich ihr die Nachttischuhr mitten ins Gesicht.

In den folgenden Tagen söhnte Madame Charron sich mit mir aus, als sie merkte, daß ich nicht einging; dann vertrug sie sich sogar mit Renaud, der sich getreulich in den Besuchsstunden einstellte; freilich behielt sie ihn im Auge und ließ uns nie ganz und gar in Ruhe; aber das war gleichgültig: Renaud hätte seine intimsten Mitteilungen auch vor einer Volksversammlung gemacht, wenn er es als notwendig erachtet hätte. Ich sprach mit dem Arzt. Aber das Wichtige war, daß seit Renauds Wiederauftauchen die Behandlung, der ich widerstrebt hatte, sich normal auswirkte. Das war kein Wunder: die Ärzte machten mich gesund, sobald ich es ihnen erlaubte. Sobald die Besserung offiziell festgestellt worden war, schrieb ich an Alex, es werde eine Kur mit »objektiven Fakten« durchgeführt, die bemerkenswerte Ergebnisse erziele.

Als meine Mutter mir gemeldet wurde, weigerte ich

mich, sie zu sehen. Ich ließ sie heimschicken. Es blieb ihr nichts übrig, als wieder in den Zug zu steigen; denn beim bloßen Gedanken an ihre Nähe war meine Temperatur gestiegen. Ich beschwor den Arzt, ihr in meinem Interesse von weiteren Besuchen abzuraten.

Renaud hatte gewartet, bis ich wieder bei Kräften war, ehe er mir das Rührstück erzählte, das sich während meiner Abwesenheit in Paris abgespielt hatte.

»Nachdem ich drei Nächte lang auf dich gewartet hatte . . .«, so erklärte er die Sache, jawohl. Tatsächlich, er hatte vor nichts Angst. »Ich habe mir schließlich keine Sorgen mehr gemacht und bin zum Schlupfloch gegangen. Schon beim Hereinkommen stieg mir ein fürchterlicher Gestank nach Eau de Javel und Chlorophyll in die Nase. Chlorophyll mag ich draußen in der freien Natur ganz gern, aber im Haus ist es nicht am Platze. Ich hatte Lokalitäten den Rücken gekehrt, die schön nach Schnaps, Tabak, synthetischem Lavendelwasser und Schwefeläther rochen. Ich kam also nach der Desinfektion heim. Ich habe mir gesagt: diesmal hat sie tatsächlich die Nase voll gehabt. Ich will mich nicht genauer ausdrücken: du warst nicht da. Lach nicht, ich erzähle dir, wie so was sich einem darstellt, der nicht im Bilde ist. Ich halte überall Umschau. Nichts. Gräßliche Einzelheiten: das Bett war gemacht, aber nicht bezogen; meine Zahnbürste lag einsam und verlassen auf dem Glasbrett; die Vorhänge waren zugezogen, und die Sessel hatten monströse Überzüge.«

»Überzüge?«

»Überzüge. Graue.«

»Also hatten sie mich schon beerdigt!«

»Das habe ich nicht gewußt. Alles zeugte im Gegenteil für eine Abreise aus freien Stücken, und ich sagte mir: ›Diesmal hat sie tatsächlich die Nase vollgehabt; das sieht dem Mädchen so richtig ähnlich: impulsive sentimentale Entschlüsse unter dem Deckmantel des Vernunftgemäßen. Ich übergehe, was ich damals darüber gedacht habe; es ist nicht weit her damit. Wie dem auch sein mochte, ich fühlte mich verabschiedet, und da ich nicht danach geschaffen bin, mich an etwas zu klammern, habe ich meine Zahnbürste und meinen Don Quijote genommen und bin weggegangen. Bitte entschuldige, daß ich den Lodenmantel anbehalten habe; es war eine Hundekälte.«

»Und mein Brief? Und mein Scheck?«

»Was für ein Brief?«

»Diese Idiotinnen! Diese Schweine! Sie haben ihn an sich genommen!«

»Da bin ich mir mit einemmal sehr einsam vorgekommen. Das habe ich dir schon erklärt, aber da warst du nicht ganz bei dir, also will ich es nochmal tun. Auch mit dir zusammen habe ich mich recht einsam gefühlt – nichts zu machen, die Wahrheit ist heilig, davon gehe ich nicht ab: ich bin mit dir zusammen einsam gewesen, wie ich mit mir allein einsam bin, oder mit jemandem andern einsam, kurz und gut: einsam wie stets, einsam wie wenn man zum erstenmal die Augen aufschlägt. Man ist einsam, weil alle Welt nur mit sich beschäftigt ist. In dieser Beziehung bist du typisch, mein Herz: du bist gräßlich mit dir beschäftigt. So ist es nun mal. Deine Liebe: das bist auch nur du. Also: durch welche schlammige psychische Regung fühlte ich mich ›noch viel mehr‹ einsam ohne dich? Antwort: ich war nicht so aus einem Stück, wie ich glaubte, ich hatte mir eine Abhängigkeit zugezogen, ich hatte mich geschwächt. Auch in mir steckte ein Kind, das sich verlaufen hatte. Ich war nicht gerade stolz; aber es ist mein Grundsatz, mir die Tatsachen anzusehen, ehe ich darauf reagiere. Tatsache war, daß ich unter deinem Fernsein litt; dieses Leiden wurde noch verschärft durch das Verlangen nach Alkohol. Ich litt unter Mangelerscheinungen – du weißt ja, zu was für einem gräßlichen Alkoholiker du mich gemacht hattest ...«

»Was?«

»Aber gewiß doch, mein Engel; vorher war ich immer durch Geldnöte in Schach gehalten worden. Arbeiten, um mich vollaufen lassen zu können: das ging mir wider den Strich. Ich war in der Zwickmühle zwischen meiner Faulheit und meinem Durst. Aber bei dir hatte ich alles überreichlich ...«

»Scheiße. Scheiße. Scheiße.«

»Unterbrich den Erzähler nicht. Mein Verlangen nach dir wurde gestört durch das Verlangen, zu trinken, und zwar in einem Maße, daß ich manchmal beides kaum auseinanderhalten konnte. Daraus ergab sich, hör mir genau zu, eine wechselseitige Ansteckung zweier Vergiftungen, siehe Pawlow; ich hörte die Glocke und hatte Hunger – ich hatte Durst und suchte Geneviève, ich wollte Geneviève und ging Trinken. Komischer Kniff, ziemlich interessant, wäre nicht etwas Peinliches dabei gewesen. In meinem Irrsinn ließ ich es mir einfallen, eine demütigende Anfrage an deine Concierge zu richten. Sie sah mich tief angeekelt an, übrigens war ich schmutzig, und teilte mir mit, Mademoiselle Le Theil sei abgereist. Ich erniedrigte mich noch um eine Stufe mehr und fragte, wohin. Die Dame wußte es nicht. Ich muß zugeben, daß mich das schmerzte. Sie lächelte höhnisch, beugte sich vor, und dann, der Himmel sei gepriesen, überkam sie Gehässigkeit, so daß sie außerstande war, den Mund zu halten. Bevor sie die Tür zuknallte, schleuderte sie mir entgegen: ›Im Krankenwagen, Monsieur!‹

Mein Engel, das hat mich wieder zu mir gebracht. Ob du mir wohl glauben kannst? In diesem Augenblick ist mir das Herz geschmolzen.«

Ihm glauben ... Er ließ den Kopf auf den Bettrand sinken, wühlte ihn in die Decke, und ich sah seinen Nakken beben. Jean-Renaud weinte. Ich streichelte ihm das Haar. »Das hätte ich nie geglaubt, mein Herz.«

Er richtete sich rasch auf, lächelte, als ob ich nichts von alledem hätte sehen dürfen – »Menschliche Schwachheit«, sagte er. »Du mußt bedenken, daß ich ganz besonders übel dran war, praktisch völlig ausgehöhlt, des Alkoholmangels wegen. Du warst also nicht aus freien Stücken weggegangen, sondern gezwungen; du hattest die Wohnung nicht so jämmerlich zugerichtet, mit dem Ziel, mich in die Flucht zu schlagen. Andere hatten das getan: ich sah deine Mutter mit drei schwerbewaffneten Dienstmädchen anrücken, weniger hätten nicht gelangt; das entsprach meinem flüchtigen Eindruck von ihrem Gesicht; hätte ich ihre Adresse gehabt, so hätte ich sie der Folter unterworfen. Anderseits warst du krank – du siehst: ich konnte klar denken. Vielleicht tot: die Möbelüberzüge. Wenn du tot warst, dann war dein Mörder nicht weit; er lief in meiner Haut herum. Das kotzte mich an. Meine Verantwortlichkeit lag offen zutage. Ich hatte dich, verdammt noch mal, husten hören, dazu die regelmäßigen Arztbesuche, die Röntgenaufnahme und all das, und Mina hatte mir gesagt, du müssest tuberkulös sein. Aber ob tuberkulös oder nicht: meiner Meinung nach warst du volljährig und tatest, was du wolltest, du nahmst alle Gefahr auf dich, das ging mich nichts an. Hör mir gut zu, mein Herz; denn daraus kannst du das Abrollen des Gedankengangs eines gesunden Menschen ersehen, und ich bin kein gesunder Mensch mehr; diese Art, die Dinge zu betrachten, ist die einzig gesunde, ich verliere sie nicht aus den Augen, obwohl ich davon abgekommen bin: niemand ist für niemanden verantwortlich, ich hatte damals recht, und heute habe ich unrecht. Aber das Leben, mein Geliebtes, besteht aus Fehlleistungen. Du stirbst mit der Vernunft; mit der Blödheit bleibst du am Leben. Ich weiß, das ist gräßlich. Aber so ist tatsächlich das Leben.«

Das alles erzählte er mir bruchstückweise, je nachdem, was ich ertragen konnte. Renaud legte lange, nachdenkliche Schweigepausen ein. Vielleicht machte auch er einen Gesundungsprozeß durch. Ich lag jetzt manchmal auf der Terrasse; ich war in die Liegestuhlperiode gelangt. Ich blickte auf die Berge, wo mit dem Nahen des Frühlings der Schnee von Tag zu Tag mehr hinschwand. Ich hatte Renaud bei mir, still, beruhigt, bedachtsam. Das war mir genug. Ich verfügte nicht über allzu beträchtliche Energien; dieses Glück reichte für meine Kräfte hin.

»Wir waren bei dem Zeitpunkt stehengeblieben, da das Gefühl persönlicher Verantwortung, ein niedriges Gefühl, das kein wahrhafter Mann in sich beherbergen, das er vielmehr um der unpersönlichen Verantwortung willen zurückdämmen sollte; die sollte er, dieser Mann, zu jeder Stunde seines Lebens bei sich haben ... aber ich gerate durcheinander ...«

Renaud verhaspelte sich oft, und von etwas Besonderem schwang er über ins Allgemeine, griff zurück, kehrte wieder um. Ich war daran gewöhnt, und außerdem liebte ich den Klang seiner Stimme, er mochte sagen, was er wollte, ich wäre nie müde geworden.

»... Wo also das Gefühl persönlicher Verantwortung mir ins Herz drang. Es war unnütz und stupid, daß du um eines Phantoms willen eingingst, das seinerseits bereits tot war. Ich verdiente das nicht, objektiv betrachtet; so hochmütig ich auch bin: ich habe meine Grenzen stets gekannt. Das hatte ich nicht gewollt, wie die Heerführer immer sagen. Ich hatte dich platt auf den Bauch legen wollen, nicht ins Grab. Platt auf den Bauch, jawohl: der liberale Puritanismus, an dem wir sänftiglich eingehen, macht mir Leibkneifen und bringt mich buchstäblich zum Kotzen: ein Gör mit einem so niedlichen Popo und eine so schuftige Krankheit, puh! Ich hatte deine Blusen mit dem weißen Kragen bis in die letzten Tiefen aufknöpfen wollen, mein Kind, und dir die imaginären Schlüpfer deiner schlecht begossenen Seele ausziehen. Ich habe dich nicht geliebt, ich habe dich nicht einmal begehrt – abgesehen von dem Maße, und das ist groß, in dem ich alles begehre, was sich erniedrigt und stets bereit ist – ich habe den bösen Geist verjagt, ich war der Erzengel Michael, ich habe ihn aufgestöbert und ihn mit meinem stahlharten Schwert durchbohrt, wie du weißt. Ich hatte eins, ich hätte ihn nie laufen lassen, ohne ihn aufgespießt zu haben: die aufgetane Puritanerin, die irre Vernunft – endlich warst du frei, du schriest die Bedeutsamkeit deines Popos laut heraus, und er ist bei dir ja auch wichtiger als alles übrige, nicht wahr, das meinst du doch auch?«

»Na, weißt du ...«

»Heuchlerin! Was alles hast du versteckt unter deinem weißen Kragen und deinem glattgestrichenen Haar! Natürlich bist du nur eine unter Millionen, ich hatte es nicht nur mit dir zu tun, du bist keine Ausnahme, du bist der Allgemeinfall. Das nun aber hasse ich. Und als es aus war, da habe ich mir gesagt: das war mir das Rechte! Wie wenn man Läuse hat: man weiß, man kann sie nicht alle knacken, aber man freut sich doch, wenn man eine knackt. Danach bin ich mir leer vorgekommen: ich hatte nichts mehr. Denn, siehst du, für mich ist das Geschlechtliche nicht so wichtig. Mach kein so erstauntes Gesicht, es ist tatsächlich so. Wenn irgend etwas nicht in mir ist, dann der Sexualismus; darauf pfeife ich. Es kommt bei der Orgie immer auf den Gott an, nicht auf die Lust, und der Gott war stets ebenfalls nie da, aber ich schweife schon wieder ab ...

Ich habe gesagt, ich hätte den bösen Geist aus dir verjagen wollen – nicht dich zugleich mit ihm töten. Das war blöd. Und mein Verlangen nach dir, der mir Notwendigen: wenn du tot warst, was sollte ich dann damit anfangen? Ich hielt mich für erledigt. Erledigt und verantwortlich, mit anderen Worten: ich war kein Mann mehr, ich war ein Gefallener. Dies war mein Sturz. Bis dahin hatte ich alle Güter dieser Welt bespien, ich war rein gewesen – im Himmel, einem Himmel, der nirgendwo existiert, aber dennoch war ich darin gewesen, im Widerspruch zu allem, aber ich habe nicht davon abgelassen. Aber jetzt hatte ich davon abgelassen. Meine Zähne hatten das Stückchen Paradies losgelassen; das schwingende Schwert war mir mitten durchs Herz gedrungen – und diesmal war es verwundet worden. Ich war gefallen. Ich hatte meine schwache Stelle herausgefunden, meine Sünde, meinen Feind, meinen Versucher: die persönliche Liebe. Die Erde hatte mich gehabt, das Zeitliche hatte mich gehabt, hielt mich fest, zerrte in meinen Kaldaunen, zog mich nieder, ich taumelte im freien Fall, aus der Höhe, aus sehr großer Höhe – du weißt ja nicht, wie hoch ich gewesen war – in freiem Fall stürzte ich nieder, krank vor Schauder, in panischem Entsetzen habe ich sämtliche Pariser Krankenhäuser angerufen. Ich kam aus der Puste bei all den Kliniken, es sind zu viele. Von deinen Freundinnen hatte ich nur Marie-Agnès' Adresse ...«

»Siehe da ...«

»... aber mit der verkehrtest du ja nicht mehr. Und den schwachen Hinweis auf Claude Amyot, Medizinstudentin. Ich fing an, in dieser trübseligen Örtlichkeit, der Medizinischen Fakultät, herumzuirren, und was ich da an Blödheiten zu hören bekommen habe ... Nach zwei Wochen habe ich sie aufgetrieben, ihr Gesicht verzerrte sich vor Entsetzen, aber sie beherrschte sich sofort. Ich zog sie in eine Ecke, blies ihr meinen nach Alkohol stinkenden Atem ins Gesicht, was ihr einen wohlerzogenen Ekel einflößte: ›Ich zerquetsche Sie zu Mus‹, habe ich sie angefahren, ›wenn Sie mir nicht sagen, wo meine Frau ist.‹ Es war falsch, ihr Angst einzujagen; das hat ihr Mut gemacht, ich hatte Jeanne d'Arc, Hachette, Bayard, Du Guesclin und Turenne erweckt; sie sah uns herausfordernd von oben bis unten an, meinen Atem und mich, und erklärte uns nobel: ›Tun Sie das; ich sage es Ihnen nicht.‹ Folgte ein Fritz-Lang-Film: hager, abgezehrt, mit fieberbrennenden Augen und einem Kinn wie ein Reibeisen verfolgte ich das Mädchen; aber sie umgab sich stets mit hochanständigen Kommilitonen. Ich pürschte ihr nach, bis ich sie eines Abends zu fassen bekam, als sie ohne Begleitung heimging; ich hatte meine Methode gewechselt, ich präsentierte mich ihr als ein flehender Bittsteller, engelhaft und verstört. Aber diese Heroine der Freundschaft gab Bitten genausowenig nach wie Drohungen: sie gab nicht mal genaue Auskunft, ob du tot oder lebendig seiest; diese überspannten Moralistinnen sind auf eine überspannte Weise grausam; das ist ihre Art zu genießen. Ich behauptete, ich hätte seit drei Tagen nichts gegessen und beschwor sie, mich zu irgend etwas einzuladen. Ich hatte einen idiotischen Plan, aber ich war damals außer Rand und Band: war ich erst mal in ihrer Wohnung, so wollte ich ihr ihre Jungfernschaft gegen deine Adresse abhandeln; die Wut hätte mir Kraft gegeben, wie es Männern häufig geschieht; im Falle ihrer Weigerung hätte ich ihr ein lebenslanges sexuelles Trauma beigebracht. Sie hat mich mit der Gewandtheit der Heiligen mattgesetzt: ›Hier, mein Bester!‹, hat sie gesagt, ihre Handtasche aufgemacht und mir tausend Francs gegeben. Ich habe sie genommen und die offene Hand ausgestreckt: ›Wenn ich schon esse‹, habe ich gesagt, ›dann esse ich bei Lipp.‹ Sie hat mir einen zweiten Tausender gegeben und dabei das Gesicht verzogen: die Sache kam sie teuer zu stehen. ›Und hören Sie mit Ihren Belästigungen auf‹, hat sie noch gesagt, ›ich habe nämlich die Polizei benachrichtigt; das ist Ihnen sicherlich nicht ganz lieb.‹ Das stimmte: keine Papiere, keine feste Wohnung, keine Existenzmittel, seit ich dich verloren hatte. Es war eine Freude, mitanzusehen, wie wohlanständig sie sich vorkam; da habe ich ihr zwei Ohrfeigen mitten ins Gesicht geknallt, und zwar von anderm Kaliber als die freundschaftlichen Klapse, mit denen ich dich hin und wieder bedacht habe.

Die Sache war mehr wert als zweitausend Francs, dies Mädchen ist knickerig. Dennoch war diese milde Gabe von Nutzen: ich begab mich sofort an eine teure Stätte, nach der ich Heimweh verspürte und von der meine Mittellosigkeit mich seit längerer Zeit ferngehalten hatte, weil sie nämlich recht kostspielig ist: ich meine das ›Black-

Out‹, und jetzt hast du wohl das Gefühl, daß meine Geschichte sich ihrem Ende nähert. Dort wartete meiner seit einer Woche eine Kiste Whisky mit der Visitenkarte Geneviève Le Theils und dem Poststempel Assy. Ich habe den ersten Morgenzug genommen.«

»Aber wovon denn? Du hattest doch nicht genug Geld?«

»Ich habe den Whisky verscheuert.«

»Diese Geschichte strotzt von delikaten moralischen Nutzanwendungen: es geht daraus hervor, daß deine Concierge mich zu Boden schmettern will und mich rettet; daß deine Mutter mich von dir trennen will und mich an dich heftet; daß deine Freundin, die mir Geld gibt, um mich in die Irre zu führen, mich auf den rechten Weg bringt. Und daß deine einzige teuflische Tat wider mich sich in eine Wohltat wandelt, Amen. Frag deinen Arzt, wann du entlassen werden und dir einen Liebhaber nehmen kannst. Ich bin ganz der Deine.«

Wie meiner Mutter ließ ich Claude Amyot mein Zimmer verbieten. Als Vorwand mußte meine Mattigkeit herhalten: das war weniger kränkend und schuf zugleich mehr Besorgnis. Ich lechzte nach Rache und absolvierte einen Lehrgang in Grausamkeit. Die beiden Frauen sollten völlig den Kopf verlieren. Ich bat Alex inständig, er möge in seinen Auskünften genauso unklar sein wie ich;

wenn er mir eine Freude machen und also mir bei der Gesundung helfen wolle; ich trieb mein Spiel mit meiner Hysterie wie mit einer Erpressung – sobald ich deren Macht durchschaut hatte, begann ich zu lernen, wie man so etwas in die Wege leitet. Übrigens war Alex ein Mann von Geschmack und Takt; er schrieb mir, er sei selber wütend über die schwachsinnigen Maßnahmen meiner Mutter, und wenn er zufällig dem durch die Straßen schwankenden Sarti begegnet wäre, hätte er ihn beim Schlafittchen gepackt und zu mir gebracht. Gottseidank hatte ich einen Arzt, der mit Psychosomatik geimpft war.

Ich setzte einen Brief an Mademoiselle Amyot auf: ich bedankte mich bei ihr dafür, daß sie Monsieur Sarti meine Adresse gegeben habe; ihre großzügig gespendeten zweitausend Francs hätten mir das Leben gerettet; schade für sie, denn ich hätte sie als Erbin eingesetzt, und jetzt sei das Testament null und nichtig. Die unglücklichen Kinder möchten sehen, wie sie fertig würden: nachdem ich gesehen hätte, was sie unter dem Wohl der Menschen verstehe, hätte ich eingesehen, daß es für die Kleinen besser sei, mit blauen Striemen herumzulaufen, als in die Hände einer Frau zu geraten, die den Geschlechtsgenuß ablehne.

Die Niederschrift hatte mich besänftigt; ich schickte den Brief nicht ab; mein Schweigen und ihre Zweifel erschienen mir als befriedigender. Ich ließ ihre Briefe ohne Antwort; sie regte sich schrecklich auf, wollte spitzeln, daß man es förmlich roch, schrieb, diesmal ohne zu lügen, es gelinge ihr nicht, Renauds habhaft zu werden: meinen in Todesnöten geschriebenen Brief in der Hand (»Ich danke dir, daß du ›es‹ mich hast genießen lassen« – es war köstlich, sich diesen Schrieb in den Fingern einer Jungfrau vorzustellen!) machte sie gewissenhaft die Runde durch alle Lasterhöhlen, in Blusen, die noch weißer waren als die meinen und die, wie Renaud eingehend schilderte, nur recht karge Schätze bargen. »Sie hat armselige Brüste und gefühllose Schenkel.« Abscheulich, ich ließ mir ihre Briefe durch Renaud vorlesen. Voller Begeisterung schrieb er Postkarten an die »Prominenz« seiner Raststätten, um ihnen ganz besonders ein so und so aussehendes Mädchen ans Herz zu legen, mit weißem Kragen und einer Reinheitsmiene, das nach ihm fragen würde. Coco hatte einen genialen Einfall: er zog sie ins Hinterzimmer, unter dem Vorwand, er wolle ihr Auskünfte über Monsieur Sarti erteilen, und während er ihr irgendeine Adresse diktierte, verabfolgte er sich vor ihren Augen eine Injektion. Unsere Mina machte ihr unzüchtige Anträge, denen sie ganz öffentlich eine gepfefferte Hurenszene folgen ließ, und schickte sie in die Santé, um dort nach Renaud zu forschen. Paluche, Gelegenheitsarbeiter in den Markthallen, tat, als wolle er sie zu Renaud führen, machte sich daran, sie in einem Haustor zu vergewaltigen, im Kehrichtkasten, und dann, nachdem er ihr erklärt hatte, sie rege ihn nicht genug auf, ließ er sie laufen, den Hintern mit Melonenkernen beklebt. Sie wagte es nicht, mir von alledem zu erzählen; aber sie glaubte fest ans »Milieu«.

Diese intellektuelle Belustigung beanspruchte die letzte Zeit. Renaud blieb da; das war ihm lieber: was hätte er noch in Paris zu suchen gehabt? Er hatte Angst zu verkommen; in einem Dorf war die Gefahr weniger groß. Die Kosten in der Kneipe beglich ich. Womit vertrieb er sich die Zeit? Assy ist keine Wüste, es herrscht dort ein besonderes Fieber, und ich konnte mir vorstellen, womit er sich abends befaßte. Ich dachte so wenig wie möglich darüber nach, Renaud ließ nichts davon verlauten, er war engelsmilde, er war nur für mich da, und der Rest war schließlich nur eine Ausscheidung schlechter Stoffe. Dennoch gelangte ich gleichzeitig wieder zum Leben und zur Vernunft, das versteht sich von selbst, und Renaud, ein instinktives Manometer, wurde immer weniger zurückhaltend in seinen Äußerungen, je mehr ich gesund genug war, sie zu schlucken. Er begann, meine Brüste zu mustern, die sich daraufhin aufrichteten. Ganz entschieden ging es mir besser. Und dieses Ungeheuer an Systematik – wie brachte er es nur fertig, im Glühen systematisch zu sein? – sah beim Kommen meine Fieberkurve an, um festzustellen, wie weit er gehen könne. »Gräßlich«, sagte er, »je mehr deine Temperatur abnimmt, desto mehr steigt meine.« Ich hatte alle Ursache, nicht daran zu zweifeln. »In diesem Durcheinander steht eins als Tatsache fest: du bist aufregend; selbst ohne bösen Geist; du bist genauso beschlafbar geworden wie eine Hure.« Dergleichen Erklärungen brachten mich nur allzusehr wieder in die Höhe. Er fuhr mit vollen Segeln los, wohin? und überließ mich den gräßlichen einsamen Kompensationen, deren ich mich schämte.

»Ich glaube, das Vernünftigste wäre, ich ließe mich jetzt entlassen«, sagte ich schließlich. »Ich mache mich nervös ... Unnützerweise ...«

»Ja, allerdings«, sagte er, sogleich auf der richtigen Fährte. »Du mußt dich unbedingt von mir lieben lassen. Um deinetwillen. Es wird hohe Zeit.«

Ich bekam den Entlassungsschein. Der Arzt besprach sich mit Renaud, der all die weisen Ratschläge, die er bekommen hatte, an mich weitergab. Ich bezweifelte, daß er sie befolgen werde. Aber er setzte mich in Erstaunen: woher nahm dieser grobe Klotz seinen Vorrat an schonender Güte, woher dieser Gleichgültige soviel Altruismus? Ich durchlebte im Dorf eine Spanne so großen Glücks, daß ich fast immer den Tränen nahe war. Renaud schien sich darein geschickt zu haben, still und friedlich zu leben; er trank beinahe ununterbrochen freundlich und gefügig in seiner Ecke. Er stillte gemeinsam sein Verlangen nach Alkohol und das mir eingestandene nach meiner Nähe. Er pflegte mich. Er dachte an alles, ließ mich ins Haus gehen, sobald es kühl wurde, nahm stets eine Decke mit, und wußte, ohne mich je danach zu fragen, wie ich mich befand. In Paris übernahm er meine Besorgungen, holte für mich Taxis herbei; er engagierte eine Zugehfrau; er ging ans Telefon. »Erlaubst du?« fragte er mich jedesmal. Als ob es dazu meiner Erlaubnis bedurft hätte! Welche Geheimnisse hätte ich ihm gegenüber gehabt? Im Gegenteil, ich war gespannt, wann meine Mörderinnen, die mittlerweile wohl erfahren hatten, ich hätte das Sanatorium verlassen, und zwar nicht mit den Füßen voran, neue Rettungsaktionen unternehmen würden. Meine Mutter war die erste.

»Nein, Madame, sie ist nicht hier. Das ahne ich nicht, Madame. Nein, ich weiß es nicht. Aber Sie wissen doch, Madame, daß ich seit Februar ohne jede Nachricht bin. Vielleicht ist sie tot. Nein? Versuchen Sie es doch mal postlagernd. Ja, ich wohne hier ... selbstverständlich bin ich dazu ermächtigt. Durch wen? Durch das Recht des Stärkeren, und wenn Sie es versuchen, trete ich Ihnen in den Hintern. Das wäre alles. Beste Empfehlungen, Madame ...« Damit hängte er ein. »Sie hat mich Zuhälter genannt. Das ist eine Ungehörigkeit; ich schicke dich nicht auf den Strich. Übrigens hat es dein Arzt verboten.«

Als Claude anrief, hörte ich mit.

»Geneviève ist wieder da, nicht wahr?«

»Wer ist am Apparat?«

»Claude Amyot. Geneviève ...«

»Hier Sarti. Guten Tag, wie geht's Ihnen?«

»Ich bin nicht zu Scherzen aufgelegt. Geben Sie mir Geneviève.«

»Aber die ist doch gar nicht hier.«

»Wo ist sie denn?«

»Aber das müssen Sie doch besser wissen als ich.«

»Sie ist aus dem Sanatorium entlassen worden, ich bin überzeugt, daß sie hier ist.«

»Sanatorium? Was für ein Sanatorium denn? Ist sie im Sanatorium gewesen? Das hatten Sie mir nicht gesagt, als ich Sie darum bat.«

»Damit Sie sie fertigmachten? Danke bestens! Sie haben

ihr schon genug angetan, Sie haben sie hineingebracht. Bitte sagen Sie mir, wo sie ist.«

»Sie können mich mal, Sie kleines Miststück«, sagte Renaud in aller Ruhe. »Lassen Sie sich erst mal entjungfern.«

»Ihre Schmutzereien lassen mich kalt. Zum letztenmal: geben Sie mir Geneviève. Sie ist da, ich weiß es, sie ist bei der Rückkehr gesehen worden.«

»Aber, Verehrteste, wenn sie da wäre, dann wäre sie längst an den Apparat gehüpft und hätte mit ihrer besten Freundin gesprochen. Geneviève, deine beste Freundin ist am Apparat! Komm, red ein bißchen mit ihr. Sie kommt nicht. Also ist sie nicht da. Syllogismus ohne Gußnaht.«

»Ich werde meinen Kopf durchsetzen.«

»Tun Sie das«, sagte Renaud, »einen Hintern haben Sie ja doch nicht, aber seien Sie sich klar darüber: wenn Sie hierherkommen, vergewaltige ich Sie im Flur.«

Sie sagte, er sei ein Schwein, und versprach, die Polizei zu benachrichtigen. »Schon wieder mal!« sagte Renaud und hängte ein.

»Guter Gedanke!« sagte ich. »Jetzt glaubt sie, ich sei nicht da. Daß du in meiner Gegenwart sagen könntest, du wolltest sie vergewaltigen: das geht über ihren Horizont.«

»Aber es stimmt doch, mein Herz! Ich vergewaltige sie, und noch dazu im Flur, und vor deinen Augen, und zwar so, daß es tatsächlich über ihren Horizont geht. Und die Art und Weise, mit der ich es tue, macht dich ganz bestimmt nicht eifersüchtig, darauf kannst du dich verlassen. Ich will ihr ihr Trauma schon beibringen!«

»Man könnte beinahe meinen, du seiest scharf darauf ...«

»Wenn ein Mann wütend ist, mein Kätzchen, bedient er sich seiner besten Waffe, und meine beste Waffe kennst du ja: groß wie bei einem Elefanten, lieblich wie ein Schmetterling, glatt wie ein Fisch, und stets gebrauchsfertig. Scheiße, ich hätte davon nicht reden dürfen. Jedenfalls nicht am Nachmittag. Ich bin kein Mann für Lungenleidende, ich bin eine Reinkarnation des Großen Pan, mir steht es bis zum Halse, Geneviève, geh und hol Streichhölzer im Tabaktrafik an der Ecke.«

»Streichhölzer haben wir haufenweise im Hause.«

»Und jetzt zieht sie sich aus! Was soll ich tun?«

»So wie die Dinge jetzt liegen, würde es mir weit mehr schaden, wenn ich nicht ...«

»Du bringst mich außer mir. Man müßte nicht in einem fort daran denken«, sagte er, als er sich den Gürtel aufschnallte. »Aber wie? Tintin kaufen. Genügt nicht. Die Bibel. Verteufelt aufregend. Den heiligen Paulus vielleicht? Unsinn, der redet immerzu von seinem Fleische, der ist ein verhindertes Schwein. Bleibt nur noch Heidegger. Und selbst dann! Ich sage dir, ich bin kein Mann für dich, schließlich mache ich dich doch noch kaputt.«

»Pech!« sage ich.

»Stimmt«, sagt er. »Entweder mache ich dich kaputt, oder du mich. Das kommt bei der Liebe der Menschen heraus. Wir können nicht beide erlöst werden, das steht fest. Inzwischen genieße deine Jugend, gib deinen Leib der Freude preis, solange du jung bist, ehe der Staub zur Erde zurückkehrt und der Geist zu Gott, denn es ist alles eitel.«

Er umfing mich, daß mir die Luft wegblieb.

»Wir wollen versuchen zu vergessen«, sagte er.

II

Er hatte also seine Grenzen. Vor dem Tode hatte er haltgemacht. So stark bin ich denn doch nicht, wie er immer sagte. Ich kam wieder zu Atem. Und er ebenfalls, ein Schiffbrüchiger, der mitten im Meer eine verfaulte Planke entdeckt hat; der weiß, daß sie verfault ist, sich dennoch daran klammert und sich mit der Hoffnung auf ihre Verläßlichkeit schmeichelt: er klammerte sich an meine Mikroben. Heilbringende Mikroben: aber ich war nicht gerade heikel, was die Mittel betraf.

»Zieh ein Trikot an. Ich will dich keine Minute länger nackt sehen als notwendig. Ich mache dich kaputt, schon gut, aber wir wollen uns Zeit lassen.«

Renaud als Krankenpfleger. Unglaublich.

»Ich habe alle möglichen Ratschläge bekommen. Nicht täglich. Nicht nachmittags. Keine Kinder. Wenn einer deiner verdammten Ärzte mich sieht, bekommt er das Zittern. Dein Duthot haßt mich: er läuft vor mir davon wie vor einem Mörder. Bin ich ja auch.«

Das war natürlich falsch. Die Sympathie meines Arztes für meinen Mörder sprang einem in die Augen. Er unterlag Renauds Zauber, und darüber hinaus dem Reiz des

»Falles«. Unser schiefgefugtes Miteinander, darin Physiologisches und Psychologisches bald zum Guten, bald zum Schlimmen interferierten, ließ Heilungsmöglichkeiten erkennen, die die Praxis noch nicht erprobt hatte: was wird bei der Geschichte herauskommen? fragte er sich unverkennbar; wer von den beiden wird den andern umbringen, oder wer von den beiden wird den andern retten? Ich spürte, wie er immerfort auf dem Sprunge war, sich auf jede Gelegenheit zu stürzen, die der Erhellung durch die exakten Wissenschaften bedurfte. Er folgte uns mit dem Mikroskop, rettete beiläufig einiges Mobiliar, dämmte Verheerungen ein, ließ brennen, was nicht zu retten war, aber verfolgte dabei eine genau festgelegte Linie; ohne etwas verlauten zu lassen, ganz heimlich und unter mannigfachen Vorwänden, hielt er Ausschau nach einer Lebensform für Renaud, einem Klima, einer Umwelt, und wohl gar nach einer Tätigkeit. Das System der Beschäftigungstherapie hatte sich bei Unbotmäßigen mannigfach bewährt; in aller Stille suchte Alex eine Beschäftigung für den unbotmäßigen und überdies abgefeimten Renaud. Nach und nach führte er uns in seinen Freundeskreis ein, und unsere Beziehungen wurden enger; so hatte er uns in der Hand.

Sein Schwager war der Verleger de Royer, bekannt durch den Eklektizismus seiner Produktion und seiner Sitten. Alex praktizierte Rue de Verneuil, und behandelte durch eine Verkettung von Umständen die Intelligentsia jener Stadtgegend, die »früher versumpft, heute äthylisch war«. Sein Freund, der Psychoanalytiker B... und er selber, der in Anbetracht des spezifischen Charakters der Leiden, über die man auf diesem Seineufer klagte, sich auf die psychosomatische Behandlung umgestellt hatte, teilten sich in die Defekte, die sich aus dem überschwenglichen Geistesgewucher jener Örtlichkeit ergaben. Mehrere Genies, »die eigentlich in irgendeinem Rodez hätten verfaulen müssen, dankten es B. . ., daß sie heute eine Frau hätten und Kinder mit der gleichen Befähigung machen und ernähren könnten«, sagte Renaud.

»Ach so, Sie beschäftigen sich damit, Rimbauds abzutreiben? Da haben Sie recht; kein Bedarf mehr an Rimbauds.«

»Sind Sie einer?« gab B . . . zurück; er ließ sich von keinem Intellektuellen ins Bockshorn jagen.

»Ja«, sagte Renaud einfach. »Aber regen Sie sich nicht auf. Ich habe mich bereits selber abgetrieben.« »Man soll mir ruhig meine gewohnte sensitive Lepra lassen«, deklamierte er, »was auch geschehen möge – laßt mich leiden, wenn ihr wollt, aber laßt mich – den vom Schlummer Erwachten . . .«

»Ist das von Ihnen?« fragte Royer.

»Nein. Von einem Dichter, einem wahren.«

»Wo ist er?«

»Gestorben.«

»Woran?«

»An Müdigkeit.«

Renaud besaß die Gabe, einen ganzen Kreis zu zwingen, ihm zuzuhören. Das wunderte mich nicht weiter; ich hatte ja bereits monatelang an seinen Lippen gehangen. Er wußte eine lärmende Schar zum Schweigen zu bringen und ließ in die Stille entscheidende, endgültige Sätze fallen. »Und das mag er sogar«, flüsterte Alex sarkastisch. »Er ist gar nicht so ... losgelöst und gleichgültig, wie er immer tut. Es muß in ihm ganz tief verborgen ein Wille zur Macht stecken.« Alex, der Besessene, suchte nach der schwachen Stelle im Panzer.

Da man ihm in Literatenkreisen begegnete, in denen er großartig zu reden und zuzuhören verstand, hielt jedermann Renaud ohne weiteres für einen Schriftsteller. Seine Art und Weise, es abzuleugnen, machte das Geheimnis nur desto undurchdringlicher. Die Frauen, überempfindliche Eisenfeilspäne, stellten sich sofort darauf ein; er wurde gefragt, was er denn schreibe. Er schreibe nichts. – »Sind Sie denn keiner von Royers Autoren?« – »Ich bin ein Autor, der nicht schreibt.« Sie sperrten Mund und Nase auf. Seine Erhabenheit über alles, seine Wortgewandtheit, die Gunst der Frauen schufen ihm einen Ruf, der in nichts Feststellbarem begründet war, und den das dithyrambische Lärmen eines Jugendgefährten noch steigerte, den er in der Brühe wieder aufgefischt hatte, der aber besser als er zu schwimmen verstand. Clément Bertil hatte zwei Bücher veröffentlicht; ich las diese reinen, subtilen Erzählungen, die erfüllt von Liebe waren, aber unter Umgehung des Bettes, und Renaud ließ mich sogleich wissen, die mit weiblichen Vornamen bekleideten Gestalten seien in Wahrheit Jungen. Ich war naiv: als Clément beim Wiedersehen Renaud in einer Leidenschaftsaufwallung umarmt hatte, da hatte ich mir gesagt: »Welch eine schöne Freundschaft ist das!«

»Wo hast du die ganzen Jahre über gesteckt? Bei den Trappisten?« Und, zu der ganzen Gesellschaft: »Er ist nämlich meine große Jugendliebe, müßt ihr wissen!«

Renaud hatte dem »Hirten« in aller Ruhe die Hand auf den Nacken gelegt und gesagt, er sei in der Tat bei den Trappisten gewesen, oder vielmehr: in der Versenkung verschwunden.

»Und wo du Gottseidank wieder heraus bist: was tust und treibst du?«

»Nichts.«

»Nichts?«

»Nichts.«

Clément verstummte betroffen, mit der Miene eines enttäuschten Knaben, und sah mich an – ohne Haß, wie ich gestehen muß.

»Ich glaube dir nicht. Mit zwanzig war Jean-Renaud eine Sonne. Er strahlte aus. Wir erwarteten, er werde die Welt blenden oder verrückt werden. Behaupte bitte nicht, du habest weder dies noch jenes getan; ich glaube dir nicht.«

»Irgend jemand ist mir beim Blenden der Welt zuvorgekommen«, sagte Renaud, »mir bleibt nichts mehr zu tun.«

»Nein. Das stimmt nicht. Man hätte davon gehört. Wer denn?«

»Tibbets.«

Niemand fragte, wer dieser blendende Tibbets sei. Sie mußten es alle wissen, und abermals empfand ich, daß ich in allem Literarischen eine Null sei; die eifrige Lektüre der Zeitschriften hatte dem nicht abhelfen können; während Renaud, der nie etwas Ernsthaftes las, überall durch ein profundes Unterrichtetsein aus geheimnisvollen Quellen glänzte, mit Namen um sich warf, die ich nie gehört hatte, Namen von Dichtern, die er übrigens grausam verspottete, ohne die Scham, die er doch eigentlich um der Tatsache willen hätte verspüren müssen, daß er selber ihnen nichts entgegensetzen konnte.

»Tibbets oder nicht«, sagte Clément, »es ist ein Skandal, daß du nicht mehr schreibst.«

Renaud hatte es nicht für angebracht gehalten, mir anzuvertrauen, daß er es je getan habe.

»Ich war überzeugt davon!« sagte Simone de Royer in jäher Erleuchtung, die um so lebhafter war, als sie Renaud zu gefallen suchte, was ihr vielleicht sogar gelungen war – auch darüber war mir nichts gesagt worden.

»Was hat er denn geschrieben?« fragte Royer, in dem sofort der berufliche Jägerinstinkt erwacht war.

»Aufregende Dinge. Direkt perkutierend.«

»Welcher Art?«

»Aller Art.«

»Ich bewundere Ihre Freundschaft mehr als Ihre Präzision im Ausdruck, mein Lieber. Vielleicht könnte uns Renaud besser Auskunft darüber geben, als ostentativ zu tun, als handele es sich gar nicht um ihn. Na, Renaud?«

»Es handelt sich ja auch gar nicht um mich.«

»Wann ist er endlich mal ernst, Geneviève?«

»Aber ich bin es doch in einem fort.«

»Wo sind denn die berühmten Manuskripte?«

»Im Scheißhaus«, sagte Renaud. »Da herrscht manchmal Papierknappheit.«

»Ein Skandal ist das«, sagte Clément. »Dazu hast du kein Recht. Deine Werke gehören nicht dir.«

»Stimmt, du Fischotter«, sagte Renaud. »Aber wem gehören sie? Eigentümer unauffindbar. Übrigens habe ich mich selber nie wiederlesen können. Und schließlich habe ich in der Folgezeit einen definitiven Roman geschrieben, der alles Frühere annulliert.«

»Her damit«, sagte Royer. »Dafür bezahle ich meine Lektoren.«

»Er ist langweilig und zum Kotzen wie der Tod.«

»Das gefällt den Leuten«, sagte Royer. »Sie sind ganz der Typ, den man lancieren müßte. Ich habe es satt, es immer wieder zu erleben, daß große Persönlichkeiten, die ich meiner Nachwuchsautoren wegen einlade, sich von ihnen abwenden um eines unproduktiven Elementes willen, dessen delirierendem Einherreden ich keine Daseinsberechtigung zuerkennen kann. Jedermann fragt mich: ›Wer ist eigentlich der lange Kerl da in der Ecke?‹ Ich muß antworten: ›Ein Freund des Hauses.‹ Das ist auf die Dauer idiotisch. Einer, dem ich Sie vorhin vorgestellt habe, hat mich sofort gefragt: ›Jean-Renaud Sarti, der Name sagt mir irgend etwas, was hat er gemacht?‹ Das ist ein Sturmzeichen. Und es war ein Akademiker. Und ein Goncourtpreisträger. Man könnte Sie notfalls sogar als Lyriker lancieren.«

»Ich bin nicht mehr acht Jahre«, gab Renaud würdevoll zurück.

»Na gut, dann schreiben Sie eben Prosa.«

»Ich habe nichts zu sagen.«

»Großartig! Nichts schlägt besser ein als ein absolut leerer Roman.«

»Ich schreibe wie ein Schwein.«

»Wir haben rewriters.«

»Meine Handschrift ist unleserlich, ich habe Rheumatismus im rechten Arm und kann keinen Federhalter halten.«

»Dann kaufen Sie sich eben ein Magnetophon!«, brüllte Royer. »Denn reden – das können Sie!«

»Und was in aller Welt soll ich denn schreiben?«

»Wollen Sie etwa, daß ich Ihnen auch noch diktiere?«

»Von einer Koketterie ist er!« sagte Alex. »Im Grunde ist er eine waschechte Hure.«

»Ich bin hingerissen, wenn man mir die Stiefel leckt«, erklärte Renaud. »Wenn ich an all die armen Kerle denke, die mit Manuskripten unterm Arm von Tür zu Tür gehen und die Verleger bezahlen, nur um gedruckt zu werden, dann finde ich meine Lage bezaubernd. Ich bin heilsfroh, daß ich keine Manuskripte habe.«

»Da sehen Sie, wie er mit sich zufrieden ist«, flüsterte Alex mir zu.

Im Grunde fand es Renaud über die Maßen amüsant, die Rolle des leeren Genies zu spielen, und auf dem Drahtseil heimlicher Arbeit, das kein Werk straffte, vollführte er waghalsige Gauklerkunststücke ohne Netz.

»Ich hätte Lust, diesen definitiven Roman zu lesen«, sagte Simone mit einem Lächeln, das wie gespreizte Schenkel war – und ich dachte, daß es mir, alles in allem, lieber wäre, mit den Huren der Porte Saint-Martin betrogen zu werden.

»Wenn eine Frau darum bittet, dann ist das ganz was anderes«, sagte Renaud. »Dann ist es keine Literatur mehr, sondern das geringste, was man tun kann.«

Man denke! Als ich daheim zusah, wie Renaud ohne Schlüssel (war ich wahnsinnig gewesen vor Ungeschicklichkeit in der Nacht, da es mir mißlungen war?) die berühmte Aktentasche öffnete, packte mich die Wut, daß es für eine andere und nicht für mich geschah.

»Darf ich vielleicht ebenfalls lesen, obwohl ich nicht Simone de Royer bin?«

Er nahm ein Blatt heraus.

»Du dreckiges, blödes kleines Loch«, sagte er lächelnd. »Du greifst stets ein bißchen daneben. Komm her. Bezahl die Buße, die das in Kraft befindliche Gesetz für das Delikt ›Eifersucht mit Szene‹ vorsieht, wie sehr in Kraft befindlich, das kannst du sehen. Hierher, noch näher. Und auf die Knie, ohne Pardon. Da! Und bemühe dich, richtige Verzeihung zu erlangen. Währenddessen will ich dir den Roman vorlesen, auf diese Weise wird keine Minute vergeudet.

Am 6. August, 8 Uhr 17 morgens, bei herrlichem Sonnenschein, wusch sich der in Honolulu auf Ferienbesuch weilende Graham van Catin in seinem Schwimmbecken die Füße und las dabei die Petroleumnachrichten in der Finanzbeilage des ›Superman‹; in Douglas hatte eine glückliche Bauersfrau gerade Drillinge zur Welt gebracht, und der Vater der drei kleinen Todgeweihten weinte bei dem Gedanken an die Geldzuwendungen vor Freude; in London wartete ein ebenfalls zum Tode Verurteilter, ohne ein Auge schließen zu können, auf das Morgengrauen, das ihn gehenkt sehen würde; in Kayamayana wurde ein neunjähriges Mädchen mit seinem Großvater verheiratet, wie es dem Brauche entsprach, damit die Rasse ewig daure; in Paris sagte jemand zu jemandem ›Ich liebe dich‹, und ich begab mich fröhlich zu meiner Zellenversammlung. Die Hand auf dem Türgriff, blickte ich zum Himmel auf; die Sterne schienen, denn es war August; einer fiel sogar vor meiner Nase. Es ging zu schnell, als daß ich mir etwas hätte wünschen können; was übrigens? Ich war jemand, der sich mit seinem Schicksal, das der Welt eingeschlossen, eigenhändig befaßte, oder umgekehrt, ganz nach Belieben, das lief auf dasselbe hinaus, ich war Monist. Dennoch drückte ich die Türklinke nicht nieder, die in singende Folgetage führte: plötzlich hörte ich keinen Folgetag mehr singen, die Folgetage waren verstummt, und eine Kraft, die nicht war, ich schwöre es, Mac Carthy, lähmte meinen rechten Arm. Es war der erste Rheumatismusanfall, der mich heimsuchte. Er trieb mich zunächst ins nächste Bistro, wo ich einen Schnaps bestellte. Es war mein erster. Ihm folgte ein zweiter, dann kamen hundert, tausend, hunderttausend andere, und so stehe ich jetzt da, o Herr ... Puppe, mir scheint, du bist nicht bei der Sache!«

»Wie soll ich denn zweierlei zugleich tun?« wagte ich zu fragen.

»Diese Bemerkung verdient eine Milderung der Strafe in Vierteilung.«

»Und wie geht es weiter?«

»Was?«

»Der Roman. Ich bin gespannt.«

»Ich auch, mein Engel, ich bin ebenfalls gespannt.«

»Aber du hast doch aufgehört bei: ›und so stehe ich jetzt da, o Herr‹!«

»Na, und? So stehe ich jetzt da.«

André de Royer wandte das Blatt um:

»Und die Fortsetzung?«

»Gibt es nicht. Können Sie, zum Teufel, mir sagen, was nach alledem noch passieren könnte?«

»Das klingt recht dunkel.«

»Nichts war je lichtvoller. Es liegt nur daran, daß Sie keine Daten behalten können.«

»Sie sind ein Witzbold.«

»Ich bin ein altmodischer Amüseur«, sagte er, »und mir meines Anachronismus bewußt. Gießen Sie mir noch ein bißchen zusätzliches Gift ein. Sie können es nicht wissen, wie hart es für einen Menschen meiner Epoche ist, unter euch zu leben. Ich trinke einzig und allein, weil ich nicht alle Welt umbringen kann; darin besteht das berühmte Geheimnis; ich werde es mit ins Grab nehmen.«

In diesem Kreise war er nicht mehr ein getarnter, liederlicher Trinker, sondern ein offiziell anerkannter Alkoholiker von Rang und Ansehen; hätte er Visitenkarten gehabt, so hätte er darauf drucken lassen können: »Jean-Renaud Sarti, Alkoholiker.« Kleine Einschaltung: ich hatte fest angenommen, sein Laster werde wohlerzogenen, gebildeten Leuten als etwas Skandalöses erscheinen; das Gegenteil war der Fall; es gehörte zum guten Ton. Nach und nach stellte ich fest, daß alle in unterschiedlichen Graden davon gepackt waren, und daß Renaud im Grunde als ein Meister betrachtet wurde, umkleidet mit der Aureole dessen, der es weitergebracht hat als die andern; es wurde in diesen Kreisen kein allzu genauer Unterschied gemacht, ob jemand es nach oben oder nach unten weitergebracht habe; vielleicht wußte man gar nicht, wo oben und wo unten war. Und überdies brauchten nicht sie ihm im Notfalle beim Heimkommen den Kopf zu halten; sie bekamen nur die Glanzseite zu sehen, und die Plakate in der Métro waren nicht für diese Leute bestimmt. Geschah es nicht sogar mir, daß ich mich verleiten ließ, ein paar dieser eleganten Gläser leerzutrinken, in die ich hineingespuckt hätte, wäre der Schauplatz die Gegend der Markthallen gewesen? Das nämlich war ganz was anderes; ich mußte es tun, um aus demselben Loche zu pfeifen; andernfalls hätte ich als nichtig und belanglos gewirkt und Monsieur Sarti zur Unehre gereicht. Das gab mir den traurigen Mut, den Männern zuzuhören, die mir den Hof machten – das heißt: die versuchten, mit mir zu schlafen – während Renaud das gleiche mit den Frauen tat, auf eine empörende Weise, ganz wie es hier üblich war; der Alkohol betäubte ein wenig den unerträglichen Schmerz, den dies alles mir bereitete, und dabei war es doch so banal, der Meinung der andern nach. Ich trank, weil die Umstände es mit sich brachten, nicht jedoch wie Monsieur Sarti, »aus innerer Notwendigkeit«. Der Alpdruck hatte die Behausung gewechselt; ich hatte lediglich neue Methoden gelernt, unter geringeren Unkosten darein einzugehen: er hatte weniger unflätige, weniger düstere Farben angenommen; es war nicht mehr Winter, es geschah nicht mehr in Straßenkneipen, sondern in gut beleuchteten Wohnräumen oder gar in sehr hübschen Landhäusern; nicht mehr in Bistros, sondern in eleganten Kellerlokalen; es war ein schillernder, schäumender Luxusalpdruck im Seidengewande; wir waren aus der üblen Gegend rings um die Porte Saint-Martin aufgestiegen zur Zwanglosigkeit der Parties. Ich hatte zu wählen wie ein Kaninchen: entweder zu Ragout verarbeitet oder gebraten zu werden: der Braten ist nobler. Das Tier an sich war zugerichtet, und ich war nun mal beim Mitmachen; es waren mir kleine, episodische Darbietungen am Rande der Bühne zugebilligt worden, untergeordnete Rollen, während der Held anderweitig beschäftigt war, und wenn ich sie ablehnte, so hatte ich selber schuld. Niemand hätte mich beispielsweise daran gehindert, mich mit André de Royer zu amüsieren, einem gutaussehenden Manne, nur zu gern bereit, mich abzulenken, während Renaud seine Frau ablenkte: eine unverblümte Redeweise, wie Renaud sie allzugut gelehrt und wie der Whisky sie hatte entschlüpfen lassen, verhieß, sofern ich einverstanden war, Vergnügungen zu viert. Aber ich tat, als nehme ich es nicht ernst. Ich konnte nicht. Ich kann mich einem Manne nur aus Liebe schenken; der Akt ist kein Amüsement. Ich ertrug es, mich dadurch lächerlich zu machen, daß ich nur die Frau eines einzigen Mannes war, mochte er auch untreu sein, mochte ich auch als dumm und zurückgeblieben bezeichnet werden: ich sah nicht ein, wieso er mich weniger betrogen hätte, wenn ich das gleiche getan hätte. »Sie meinen alle, du hättest einen Geilheitskater«, berichtete mir Renaud. Um so schlimmer; mochten sie von mir denken, was sie wollten. Im Grunde meines Herzens verachtete ich dergleichen Libertinagen; ich wußte, daß sie leer und enttäuschend waren: was hatte denn Renaud selber davon? Am andern Tage hatte er die Korridor-Idyllen vergessen; wie hätte er sich übrigens daran erinnern können, da er doch jeden Abend beim Einschlafen sich selber verlor? Mir erlegte er es auf, ihn morgens wieder zu sich zu bringen, ihn quasi aus seiner Mutter Leib zu holen, die Nabelschnur der Nacht zu durchschneiden, ihn zu schütteln, um ihm den ersten Schrei zu entlocken, einen Schmerzensschrei wie den ursprünglich ersten, nur daß er jetzt wissend war und ihn artikulierte: »Scheiße.«

Renauds Erwachen! Dazu war ich jetzt ausgebildet. Es war meine durch Übung erlangte Fertigkeit. Er macht ein Auge auf, zunächst nur eins, vorsichtigerweise – dann schließt er es entsetzt wieder und rollt sich brummend in seiner Gebärmutter zusammen, die Decke über den Kopf gezogen. Unnütz, mit dem Wecken fortzufahren; er sagt »Scheiße« und kriecht noch tiefer in sich hinein.

Ach, und dann kommt der Augenblick, da der Schlummer

nicht länger mitmachen will, die Mutter Nacht stößt ihn aus; er stöhnt, er klammert sich an, seine Glieder werden schwach. Ich gieße ihm seinen Kaffee auf – meinen habe ich schon vor Stunden getrunken; die Zugehfrau, für die dies die einzig mögliche Zeitspanne ist, ist gekommen und wieder gegangen. – Zweite Episode: ich komme mit dem Tablett; ich werde gepackt und ins Bett gezerrt; oder die Flasche wird gepackt: vorher kann er nicht die Augen aufbekommen, es ist die unentbehrliche Rastpause zwischen dem Frieden des Nichts und dem Grauen des Tages. Hat er den ersten Schluck getrunken, fährt er auf wie der Teufel, noch ganz benommen, aber schon wachen Blicks, und fordert seinen Kaffee, der inzwischen kalt geworden ist. Der Tag beginnt, der erste der Schöpfung wie alle vorhergegangenen; er weiß nicht das mindeste davon; ich bringe ihn ihm gleichzeitig mit dem Tablett und dem aufgewärmten Kaffee dar, ich schiebe den Vortag beiseite, ich stelle ihm seine Kontinuität wieder her. »Du bist auf zwölf mit Clément verabredet.« – »Zwölf? Gräßliche Zeit! Warum hast du die Verabredung so früh gelegt?« – »Das hast du doch getan.« – »Ach so, ja! Na, ich gehe einfach nicht hin.« – »Er will dich mit Naudin bekannt machen, und der möchte dich an seiner Zeitung als Literaturkritiker mitarbeiten lassen.« – »Wer?« – »Yves Naudin, du weißt es doch ganz genau . . .« Nein, er weiß es nicht, er weiß nicht das mindeste, und das schlimmste ist, daß er nicht nur so tut. »Ich soll gesagt haben, ich wolle Literaturkritiken schreiben? Aber ich lese doch nie!« Nein, er weiß nicht, wer wer ist, welche blöden Verpflichtungen der Renaud Sarti von gestern hat eingehen können, die zu halten der von heute sich keinerlei Sorgen macht. Und was die Frauen betrifft, mit denen er zufällig mal geschlafen hat, so würde er nicht mal unter der Folter die Kinder anerkennen, die er ihnen vielleicht gemacht hat. Um ihretwillen brauche ich mir keinerlei trübe Gedanken zu machen.

Mit mir ist es ganz was anderes, ich bin immer vorhanden, mich findet man morgens wieder vor, und mit mir beginnt man einen völlig neuen, jungen Tag: wie könnte man mich vergessen?

Dieses System der Permanenz brachte es mit sich, daß er gefügig mit mir in die Ferien fuhr: eines Morgens standen die Koffer gepackt da, seine Garderobe war in Ordnung, der Wagen wartete vor der Tür. »Wohin wollen wir denn?« – »In die Schweiz.« – »Gut, dann fahren wir eben in die Schweiz.« Er folgt mir in die Schweiz. Er wäre mir auch nach China gefolgt, wenn es sich nur um das Folgen gehandelt hätte.

Ich wäre lieber an die französische Südküste gefahren, wohin alle fuhren; aber Alex hatte mir nur nacheinander die Schweiz, Norditalien und dann, wenn ich mich genügend erholt hätte, das Innere der Provence erlaubt.

Ich hätte Ascona reizend gefunden und den See herrlich, wenn ich mit Renaud auch nur das mindeste von allem hätte teilen können, was mich entzückte. Auf der

Ferienreise stellte er dauernd ein Problem dar: er verabscheute das Bridge und konnte Karo und Coeur nicht auseinanderhalten; er behauptete, das liege an seiner Kurzsichtigkeit; er ekelte sich davor, ein Ruder oder einen Tennisschläger anzufassen, und überhaupt irgendein Sportgerät; er wollte nicht in den See hinein, denn »Seen saugen einen ein«; er wollte auch nicht ins Gebirge, denn »da geht es bergauf«. Alles Gehen machte ihn müde, und seiner Meinung nach war es im Wagen dasselbe. Also blieb er im Zimmer. Er ging nachts aus, wenn man nicht mehr sehen konnte, und dann ruhten wir uns in einer Bar von den Anstrengungen des Tages aus.

Wohl lediglich verzweifelte Langeweile flößte ihm den perversen Wunsch ein, eine in weißen Musselin gekleidete, grauenerregend geschminkte Frau zu verführen, die annähernd sechzig war und in unserm Hotel wohnte; als er erfuhr, daß es sich um eine Dichterin handelte, war er nicht mehr zu halten; er wollte Verse hören; es kam zu schrecklichen Szenen, in deren Verlauf Renaud auf Puffs saß und sich verzückt die Gedichte anhörte, in denen die Liebe sich mit der Botanik verkoppelte, und zwar in Gestalt des Irisduftes, mit dem die Autorin zu allem Überfluß parfümiert war. Die Idylle vollendete sich in einem für die Schweiz ungemäßen Skandal, indem das Scheusal Renaud nächtlicherweile in das Schlafzimmer der alten Dame eindrang, in der offenbaren Absicht, sie zu vergewaltigen: wenigstens glaubte sie das, und er ließ sie in diesem Glauben, wobei er »aus Versehen« auf die Klingelknöpfe für den Kellner, das Zimmermädchen und den

Hausdiener gleichzeitig drückte. Daraufhin blieb uns nur schleunige Abreise als »unsaubere Leute«, der allgemeinen Schande preisgegeben, was Renaud eitel Honig dünkte: er hatte die Schweiz skandalisiert; er hatte sich dort einen soliden Haß zugezogen, eine Angina, Rheumatismus, und unbegreiflicherweise Frostbeulen. Er hatte zwei Armbanduhren gekauft, »um dem Lande Ehre zu erweisen«. Er trug an jedem Handgelenk eine, sie waren bei der Abreise genau gestellt worden, zeigten jedoch nie wieder die gleiche Stunde an: sogar die Schweizer Uhrenindustrie hatte er besiegt.

Wir versuchten zu reisen; Renaud behauptete, die Natur lasse ihn kalt und fand die italienische Initiative ausgezeichnet, sie längs der Autobahnen hinter »wundervollen Reklametafeln« zu verbergen, »die den Menschen unaufhörlich daran erinnerten, daß er sich in einer Welt der Hüte und des Käses befinde«. Dennoch fesselte Florenz ihn für mehrere Tage. Beileibe nicht durch seine Kunstschätze: diesmal hatte er sich in ein noch nicht mannbares Mädchen verschossen, das am Palazzo Vecchio Eis verkaufte. Die Furcht vor dem Gesetz hinderte ihn daran, ein Unterfangen, zu dem die Kleine durchaus geneigt schien und das er vor meinen Augen ohne die mindeste Heuchelei durchgeführt hätte, über ein zweideutiges Lächeln hinauszutreiben. Das Kind war tatsächlich schön und würde später nie wieder genauso schön sein. »Jetzt müßte man sie nehmen«, sagte Renaud; aber der Papa an der Espressomaschine und die Mama an der Kasse hatten die Augen offen, trotz aller offenkundigen

Geneigtheit der Tochter. »Ich habe noch nie ein ganz kleines Mädchen gehabt«, seufzte Renaud. »Wenn ich sage ›gehabt‹, so meine ich damit sehr viel weniger; ich bin nicht danach gebaut, kleine Mädchen zu ›haben‹, ich würde sie dabei ganz sicher umbringen, und das möchte ich nicht. Es ist schwierig, ein kleines Mädchen zu bekommen, nicht mal auf die armselige Weise, auf die ich aus bin: sie werden so sehr bewacht! Es bedarf dafür einer solchen Fülle günstiger Umstände, und dergleichen findet sich nur im Familienkreise ...« Mich schockieren, meine Eifersucht anstacheln, mich zwingen, so zu tun, als sei ich im Bunde: das gehörte zu seinem Vergnügen. »Wir« umbalzten also Silvana, die ihrem Liebhaber die Gunstbezeigungen einer Ballettratte zuteilwerden ließ und ihm verheißungsvolle Blicke zuwarf.

Mit Silvana aufnehmen konnte es nur das Kloster San Marco, wo Renaud stundenlang zu verweilen vermochte. Ich ließ ihn ruhig dort, um meinerseits – denn schließlich war ich in Florenz – in die Accademia und die Uffizien zu gehen: ihn machten die Museen müde; er hätte sie nur ertragen, wenn nur ein einziges Werk darin und wenn sie schlecht erleuchtet gewesen wären. In diesem Falle flößten das betreffende Gemälde, oder die Stille, oder das Halbdunkel nicht ästhetische Genüsse, sondern fleischliche Gelüste ein. In Kirchen empfand er keinerlei Hemmungen; nicht, daß er auf Gotteslästerung erpicht gewesen wäre – war er sich überhaupt bewußt, daß er sich in einer Kirche befand? Ich glaube vielmehr, daß das goldene und blutrote Licht der Glasgemälde die Ursache war; es mußte sich um nichts Geringeres als einen Tropismus handeln; die Farben erregten ihn, und die Schönheit teilte sich ohne den Umweg über das Bewußtsein unmittelbar als Nervenreiz seinen Sinnen mit. In Assisi ließen die Fresken ihn gleichgültig; er ging lediglich um eines fünfzehnjährigen Mönches willen mehrmals in die Kirche, und auf den Landstraßen Umbriens war er blind für die Schwingungen der Hügel, sondern interessierte sich für einen dunkelhäutigen, bärtigen Ziegenhirten, mit dem er den Fiasco teilte, den wir stets mit uns führten. Der Mann ging weg, um von seinem Käse zu holen. Wir aßen im leichten Schatten der Olivenbäume, angesichts eines köstlichen Fernblicks; ich glaubte schon, er habe endlich Sinn für die Natur bekommen, als ich erkannte, welchen abscheulichen Wunschträumen er für sich allein nachhing. Zum Glück war der Ziegenhirt eine einfältige Seele, aß Käse und glaubte an Gott, soweit ich der Unterhaltung entnehmen konnte, die auf Italienisch geführt wurde; zu meiner Überraschung sprach Renaud es fließend, sobald er sich auf italienischem Boden befand. Kurzum: wir überließen den keuschen Hirten seinen Ziegen, Renaud kam um die Früchte seiner Wunschträume. Welch sonderbares Wesen schleppte ich durch die Schöpfungen des menschlichen Genius und die Wunderwerke der Natur! Italien regte ihn auf. Viele Dinge regten Renaud auf; aber Italien war für ihn die reinste Krankheit. Er magerte ab wie ein Bock zur Paarungszeit. Das Bild, das er mir nackt bot, war unverwüstlich. Mich packte eine Anbetung, die wahrscheinlich götzendienerisch war; er merkte sie sofort und machte sie sich zunutze: mußte ich ihm in Fiesole nicht eines nachmittags Kränze flechten? Sicherlich war er ohne sein Wissen vom Genius loci besessen. Er hatte mich zur Genüge geschult, als daß die Rolle der Vestalin, darin ich gescheitert war, mir noch als etwas Natürliches erschienen wäre. Ich liebte ihn toll und tat, was er wollte. Es wunderte mich, daß er mich nicht tiefer in die Libertinage und den erotischen Wahnwitz hineinriß: er behielt die Zügel in der Hand, hier und auf andern Gebieten.

Nie ließ er mich länger als zwei Stunden hintereinander fahren. »Du bist müde und ich habe Durst«, sagte er. »Ich sehe da hinten ein reizendes Albergo; bremse.« Er besaß keinerlei Zeitsinn, konnte indessen zwei Fahrtstunden abschätzen und kannte die schlechtesten Minuten des Tages; dann richtete er es stets ein, daß wir Rast machten; er witterte die Mittagsstunde wie der Zeiger einer Sonnenuhr und spürte den Nebel schon eine Stunde im voraus aufsteigen. Sah er mich in der Sonne gehen, so riß er mich heraus und zwang mich in den Schatten.

»Sobald ich dich im vollen Sonnenschein sehe, tut mir was weh«, sagte er und drängte mich an einen Baum. »Es ist, als bekäme ich einen Stockhieb. Es ist bei mir zu einem Reflex geworden. Ich will nicht, daß dir was passiert. Ich weiß nicht, was ich habe.«

Er fing an, mich wütend zu küssen.

»Du großer Gott«, sagte er, »vielleicht liebe ich dich. Es ist gräßlich.«

Ich schloß die Augen. Die Erde drehte sich. Ich wäre

umgesunken, hätte er mich nicht so fest an den gepriesenen Baum gepreßt. Eine Pinie. Seine mich umschlingenden Arme zitterten. Alles, was ich eingesetzt hatte, wurde mir hundertfach zurückerstattet. Immer würde ich Italien vergöttern. Wir mußten es verlassen, aber ich würde es mit mir nehmen und ihm in meinem Herzen einen Altar errichten. Jedesmal, wenn ich den Namen dieses Landes vernähme, wenn ich ein Plakat in einer Bahnhofshalle erblickte, wenn ich ein Wort mit der Endung »i«, »o« oder »a« läse, würde mich eine Glückswelle durchfluten – Gelati Silvana Borsalino.

Beim Abendessen trank Renaud sehr viel Wein. Er sah mich nachdenklich und bekümmert an und trank Glas auf Glas. Wir waren in Lucca, auf einem kleinen Platz, und am Rande eines Gebüschs zelebrierte ein Gitarrespieler. Der Mann, den unser Schweigen und unsere Blicke nur bestärken konnten, kam mit helfershelferischen Tremoli heran.

Renaud schlug auf den Tisch.

»Nein! Das geht denn doch nicht!« brüllte er zur allgemeinen Empörung. »Hau ab, Mensch!« Dann plötzlich nahm er sich zusammen: »Entschuldigen Sie bitte, Signore, das Lied erinnert mich an etwas. Der Krieg.« Das konnte sogar ein Straßensänger verstehen; er lächelte, nahm die beiden Hundertlirescheine, die Renaud ihm reichte, und begann an einem andern Tische ein anderes Lied. Renaud goß sein Glas hinunter, schenkte sich ein weiteres ein und trank es aus, ohne mich anzusehen. Ich tat wie er; ich war traurig. Dann kamen Grappa dran, und er betrank sich so, daß er in sein Schlaf-Koma fiel, sobald ich ihn zu Bett gebracht hatte. Und was hatte ich mir von gerade dieser Nacht erhofft! Am anderen Morgen, nach dem traditionellen Zeremoniell des Aufwachens, nach »Scheiße«, nach dem ersten Glase und allem übrigen, bekam ich meinen bebenden, aufmerksamen Renaud wieder: woran erinnerte er sich? Woran unter allem am Abend zuvor Geschehenen erinnerte er sich nicht? Geheimnis. Wußte er, welches verhängnisvolle Wort seinen Lippen entschlüpft war? Hatten sie es wieder zurückgeholt? Mit ihm war nichts fester Besitz, das bleute er mir unablässig ein.

Als wir der Grenze entgegenrollten, in den Alpen – die Riviera hatte Renaud mir verweigert – wußte ich nicht mehr, ob ich Italien liebte.

Auf der letzten Paßhöhe stoppte ich, stieg aus dem Wagen und wollte unbedingt der Lombardischen Ebene einen letzten Blick weihen; ich konnte sie übrigens nicht sehen, weil wir in den Wolken waren. Der Wind warf mir dicke Tropfen ins Gesicht. Renaud sprang herzu, packte mich brutal an einem Arm, knallte mir zwei Ohrfeigen und verstaute mich im Wagen, dessen Fenster er hochdrehte. Die Mixtur war mir so überhastet verabfolgt worden, daß ich mir nicht recht über die Bestandteile klarwerden konnte, deren Gesamt eine solche Wut ergab. Mir brannten die Backen, und das war köstlich, denn zweifellos war einer der Bestandteile Liebe. »Hure«, sagte er, ohne mich anzusehen; ich glaubte, er habe es getan, weil ich mich der Kälte ausgesetzt hatte; aber das war es nicht. Er legte den Kopf auf meine Knie. »Hure, warum tust du mir das an?« stöhnte er, aber dann inspirierte ihn seine Stellung und er wechselte zu etwas anderem über: er schob meinen Rock beiseite, und was ihn sonst noch hinderte. Es war sehr eng, aber das machte nichts; ich malte mir aus, daß ich einen anderen Wagen kaufen müsse, einen geräumigeren, ich hatte an dieses und jenes nicht gedacht. Es regnete jetzt in Strömen, die seltenen Autofahrer, die vorbeikamen, konnten schwerlich hereinsehen, der Regen trommelte gräßlich auf das Dach, und Renaud liebte mich.

»Fahr weiter«, sagte er, als ich ihn bemitleidete, »es ist nun mal so, dazu bin ich geschaffen. Los, heraus aus dieser Eselspisse. Lohnt nicht, daß du deinen Schlüpfer erst anziehst, du kannst auch ohne ihn steuern, oder etwa nicht? Hure! Warum fange ich jetzt an, mich in dich zu verlieben? Scheiße, Scheiße, Scheiße, Scheiße! Beschissene Scheiße! Ich bin ein Arschloch.«

Auf der andern Paßseite hatte es nicht geregnet. Ein großer Lärchenwald erstreckte sich zu beiden Seiten der Straße, durchstochen vom Sonnenlicht. »Komm«, sagte Renaud, »und laß uns Steine unter die Räder legen; es kann nämlich lange dauern. Ach, wenn ich es doch endlich mal satt hätte!«

Liebte ich Italien? Liebte ich es nicht?

Beim Grenzübertritt packte mich Angst. Wie idiotisch, sagte ich mir, in diesem Zusammenhang sentimental zu sein, abergläubische Erwägungen anzustellen und unter dem Vorwand, ich sei in Italien verliebt, Furcht vor Frankreich zu haben. Dieser bedrohliche Eindruck rührte vielleicht daher, daß wir von dem der Sonne ausgesetzten Osthang auf den düsteren Westhang gelangt waren; der Osthang lag jetzt in den Wolken. Kurzum: ich verhielt mich wie der Zugführer, der, wenn die Notbremse gezogen wird, denkt: Was ist denn das nun wieder für ein schlechter Scherz?

III

Ich hatte Station in der »Colombe« in Saint-Paul gemacht, das in aller Munde war. Es kam darauf an, glücklich zu sein, und ich, die mit einem Hang für das Verläßliche und genau Berechnete Geborene, hatte Geschmack am Provisorischen gefunden. Ich wußte jetzt: wenn man stirbt, bereut man nichts von allem Guten und Kostspieligen, das man genossen hat, und den Rest des Kapitals möge der Teufel holen.

Die Royers waren in Gassin, andere Bekannte in Biot, in Tourette und sonstwo. Die Côte-d'Azur wimmelte von Freunden und Freunden von Freunden; es bestand für uns keinerlei Gefahr, uns einsam zu fühlen, und wir brauchten nur die Straßen zu durchschlendern: dann konnten wir meinen, wir seien in Paris. Alex war in Antibes, von wo er zu uns heraufkam, »um mir die Mühe des Hinabsteigens zu ersparen«; es war ihm unlieb, mich in der Nähe des Meeres zu wissen, dem entgegenzueilen ich nur zu große

Lust verspürte. Ich hatte, als Willkommensgruß und weil ich mich besonders gut fühlte, ein Anrecht auf ein Bad in La Garoupe; hinterher wickelte Renaud mich in einen Bademantel und schleppte mich unter die Bäume.

»Dein Scheusal sorgt gut für dich!« flüsterte Alex mir zwischen Tür und Angel im Hotel zu, wohin er zum Abendessen gekommen war.

»Er ist jetzt wundervoll. Das war nicht vorauszusehen; aber es ist nun mal so.«

»Vielleicht liebt er dich dennoch.«

Ich senkte den Kopf; ich war abscheulich rot geworden.

»Es sieht ganz danach aus«, sagte Alex. »Diese Art Type, wenn die die Liebe überkommt, dann sind sie oft die Anfälligsten. Vielleicht bringt ihn das übern Berg.«

Wir gingen auf die Terrasse zu Renaud. Er saß am Tisch vor einem Anisschnaps mit Wasser, einem Pastis, oder vielmehr: er stellte sich zur Schau. Er war vom Valpolicella-mit-Grappa zum Rosé-mit-Pastis übergegangen: was Alkoholisches betraf, so besaß er ein unendliches Aneignungsvermögen. Hätte er es auf das Leben angewandt, so wäre er innerhalb eines halben Jahres Millionär geworden. Abermals bewunderte ich die erstaunliche Disposition seiner Glieder, seine spontane Kunst des Erhabenseins, seine Eigenart, sich völlig behaglich zu fühlen – in einer Welt, wo er sich durchaus nicht behaglich fühlte – und zugleich mit sich selbst belastet zu sein. Ich hatte diese Kombination nie zuvor bei jemandem beobachtet.

Und da, im gleichen Augenblick, da ich über Renauds

Einzigartigkeit nachdachte, stellte ich an einem Mädchen, das zwei Tische entfernt hinter seinem Rücken saß, ein ähnliches Gehaben fest. Sie saß wohlig in ihrem Korbsessel und ließ die Arme an beiden Seiten niederhängen; die in einer engen grauen Barchenthose steckenden Beine ruhten ausgestreckt unter dem Tisch. Beider Haltung war genau die gleiche, ohne daß sie einander hätten sehen können. Das Mädchen war kein in die Augen fallendes Pin-up-girl, hatte aber einen merkwürdigen Kopf: kastanienbraunes Haar, sehr kurz, bis auf eine Strähne oder einen Tuff vorn, der ihr gewissermaßen auf die Nase niederfiel, eine ziemlich lange Nase. Mit ein wenig geneigtem Kopf betrachtete sie die Umsitzenden mit aufmerksamer Gleichgültigkeit und derselben Ziegenmiene wie Renaud. Kleine Brüste spitzten sich unter einem Herrenhemd; es war so weit offen, daß man sehen konnte: sie trug keinen Büstenhalter. Lässig hob sie die Zigarette zum Munde.

Es gibt viele ungenierte Mädchen an der Côte; oder solche, die so tun. Aber die hier war frei von aller Künstelei; sie war das, was die Gattung schafft, nicht das, was sie übernimmt: ein Prototyp. Sie zog die Beine an, schlug sie übereinander, ungezwungen wie ein Junge, das Fußgelenk auf dem Schenkel, und bei dieser Bewegung stellte ich die geschmeidige Anmut ihrer Hüften fest.

Es dunkelte. Mir krampfte sich der Magen zusammen, wie als müsse gleich etwas geschehen.

»Was willst du trinken, Küken?«

»Pastis.«

»Noch einen? Du hast schon unten einen gehabt.«

»Ich will einen Pastis.«

»Hör mal . . .«

Alex fing an zu lachen.

»Ja, ich weiß«, sagte Renaud, »paßt schlecht zu mir. Aber sie ist nicht ich, und keiner ist wie der andere. Renée, noch drei, einen davon ganz schwach.«

»Es kommt mir so vor, als ob deine Augen ziemlich glänzten«, sagte Alex zu mir. »Wahrscheinlich hast du vom Baden Fieber.«

»Sie ist heute abend schön«, sagte Renaud. »Übrigens ist sie immer schön«, sagte er traurig. »Das ist eine Falle. Eines Tages heirate ich sie schließlich, dein Mädchen. Ja, so tief sinke ich herab. Vielleicht in zwanzig Jahren. Oder vielleicht auch nie. Im Grunde nehme ich zurück, was ich da gesagt habe, es war nur so in die Luft gesprochen. Die Gegend hier macht mich sentimental, aber das ist nur oberflächlich, es dürfte verschwinden, wie es gekommen ist. Es ist so schön – nicht wahr, Küken? Nicht, es ist doch schön?«

Sei auf der Hut, mein Geliebter; tritt auf der Stelle den Rückzug an. Ja, es ist dir nur so entschlüpft, eine unbesonnene Äußerung. Ich süffele meinen Pastis und zwinge mich, gleichgültig zu wirken. Der Augenblick ist nicht danach angetan, ihn mit schwimmenden Augen anzuschauen.

»Ja, es ist wirklich schön«, sagte ich, dem Anschein nach von den Umsitzenden gefesselt. Der Tischgenosse des Mädchens, eine Art Riese, beugte sich zu ihr hin und flüsterte ihr etwas zu, wahrscheinlich über das offenstehende Hemd, weil sie darauf niederblickte. Sie tat eine unbestimmte Geste. Der Mann, der hinter sich Männerstimmen hörte, ereiferte sich. Er war wohl eifersüchtig.

»Essen wir einen Happen?« fragte Alex.

»Wir wollen hier draußen zu Abend essen«, sagte ich.

»Kommt nicht in Frage«, sagte Alex. »Drinnen.«

»Aber ich möchte noch ein bißchen hier bleiben. Ich fühle mich tadellos.«

»Sie hat heute abend ihren Kopf für sich«, sagte Renaud.

Alex, der schon aufgestanden war, wollte sich gerade wieder hinsetzen, als der Mann, offenbar beunruhigt, sich umwandte. – »Katow!« Und Alex trat mit ausgestreckter Hand auf ihn zu. Beide freuten sich, einander getroffen zu haben. In diesem Lande kennt jeder jeden. Alex brachte die beiden an unsern Tisch, das Mädchen, das wie ein Junge aussah, und ihren Riesen. Unter so viel Männern warf er einen verzweifelten Blick auf das Hemd seiner Freundin; nichts zu machen, der betreffende Knopf war ab. Rafaele setzte sich neben Renaud und nahm die gleiche Haltung an wie zuvor, die gleiche wie er. Von weitem sah sie wie ein Halbwüchsiger aus; sie mochte sechsundzwanzig oder siebenundzwanzig sein, wirkte aber nach wie vor kindlich. Ich kam mir viel erwachsener vor als sie. Ihr Haar reichte ihr nicht mal bis über die Ohren, und dann und wann schüttelte sie die gar nicht rebellische Strähne. Ungeachtet der Mode war es eine merkwürdige Frisur und ein merkwürdiges Mädchen. Sie nahm eine Zigarette aus der Tasche; Renaud gab ihr

Feuer, die Hände hohl zusammengelegt; beide nahmen ihre Haltung wieder ein, gelöst, dargeboten; Rafaele schloß kurz die Augen. Jede ihrer Gesten schien mir einen bestimmten Sinn zu haben, warum, das weiß ich nicht, und abermals krampfte sich mir der Magen zusammen; ich verspürte leichten Schweiß auf den Lippen.

»Es wird bei kleinem kühl«, sagte Alex. »Kommt, wir wollen hineingehen. Dich hat eben schon gefröstelt. Bleibt doch und eßt mit uns zu Abend, wenn ihr nichts anderes vorhabt. In Paris hat man kaum je Zeit, mal beisammen zu sein.«

Sie wohnten in Saint-Paul. Katow, ein abstrakter Maler mit Kurswert, hatte dort ein Haus, Typ restaurierte Ruine. Sehr hübsch, er wolle es uns zeigen.

Renaud, der sich ungewöhnlich lange Zeit stumm verhalten hatte, wachte beim Rosé auf und schoß einen Pfeil auf die Malerei ab, und wie glücklich die Maler dran seien, zumal die Abstrakten, nicht zu wissen, was sie täten.

»Wir dagegen, die wir mit der Schreiberei zu tun haben ...«

Alex und ich machten große Augen: Renaud, Schreiberei? Was fiel ihm plötzlich ein?

»... wir müssen leider wissen, worauf wir hinauswollen.«

»Und die automatische Niederschrift?« fragte Katow. »Das ist doch das Abstrakte in der Literatur.«

»Die automatische Niederschrift an sich ist Quatsch. Vom Inhalt her ist der Surrealismus geschaffen worden. Sehen Sie: jetzt, wo es unter den Künstlern keine offizielle politische Stellungnahme mehr gibt, mit andern Worten: wo sie alle offiziös zu Bourgeois geworden sind, ist die automatische Niederschrift bloß eine Blähung. Das Gute daran war die Revolte. Und jetzt ist Revolte etwas Hoffnungsloses.«

»Hoffnungslos oder nicht«, sagte Rafaele, deren Stimme zum erstenmal vernehmlich wurde, »was hat das mit dem zu tun, was man zu tun hat?«

Renaud sah zu ihr hin, machte den Mund auf, blieb stumm. Es entstand eine Schweigepause. Überdies wurden die Barben serviert. Wir machten uns an die Arbeit.

»Sind Sie Kommunist?« nahm Katow die Unterhaltung wieder auf.

Renaud und Kommunist, komische Frage. Wie etwa: Renaud und Päderast.

»Ja«, sagte Renaud. »So, wie man gegenwärtig Kommunist sein kann. Wie man gegenwärtig alles und jedes sein kann, außer Bourgeois und Faschist wie jedermann und ein Arschloch wie jedermann. Was besagen soll: wie ein Toter.«

»Ich will mir die Hände waschen«, fiel Rafaele ein; sie hatte ihre Barbengräte mit den Fingern abgeknabbert und schien an andern Dingen uninteressiert zu sein.

Renaud verfolgte das Thema nicht weiter. Katow gab zu, daß es in einer Epoche wie der unsrigen tatsächlich weit angenehmer sei, ein blinder Kunsthandwerker zu sein, der nicht wisse, was er tue.

»Ich bin ein relativ glücklicher Mensch«, sagte er, langte beiläufig nach der wiederkommenden Rafaele und zog sie an sich.

Wir wurden eingeladen, den schwarzen Kaffee bei ihm daheim zu trinken. Das schmale Haus hatte nach dem Gäßchen zu eine so gut wie fensterlose Fassade und hinter einer hohen Mauer einen Garten, von dem aus man das Tal überblicken konnte. Keine Nachbarn. Am Hang Orangenbäume. Leuchtkäfer flogen. Tiefster Friede.

»Oh!« sagte Renaud hingerissen. »Ein Kloster, das ist der Lebensgefährte, den ich brauche.«

Ich beschloß sofort, solch ein Haus zu kaufen, mit dikken Mauern und Stille, irgendwo hier in der Gegend. Dort würde er glücklich sein.

»Kennst du den Gartentest? Du bist doch Psychiater«, fragte Renaud Alex, der ganz und gar kein Psychiater war. »Dies hier ist mein Garten.«

»Ein Spatz in der Hand ...«, spottete Rafaele.

»Und wo sind die Spatzen vom vorigen Jahr?« parodierte Renaud.

»Die hat es nie gegeben«, sagte sie, »man hat sie sich immer erschaffen müssen, das ist nichts Neues.«

»Was für ein Test?« fragte Katow. »Ich schwärme für Tests.«

»Wenn Sie sich einen Schlüssel vorstellen«, sagte ich, denn ich wollte mich schließlich auch mal vernehmlich machen, da ich etwas beizusteuern hatte und Psychologie ja eigentlich mein Spezialfach war, »wenn Sie sich einen Becher vorstellen, wenn ...«

»Keinen Becher«, sagte Renaud pedantisch, »einen Koffer.«

»Das ist dasselbe. Bei uns mußte es immer ein Becher sein.«

»Bei mir«, sagte Renaud, »mußte es immer ein Koffer sein. Und sogar mehrere. Ein großer Raum ganz voll von Koffern, man konnte kaum durchkommen.«

Zu idiotisch von ihm. Ich spürte in seiner Stimme eine stumme Feindseligkeit. Seit kurzem hatte er etwas gegen mich. Schließlich bekam ich heraus, daß es die Rückwirkung seines Heiratsantrages war; nun war er dennoch hineingeraten, trotz meiner guten Haltung im Feuer. Er konnte in der Liebe keinen Schritt vorwärts tun, ohne zwei zurückzuweichen, und nichts Freundliches erweisen, ohne den Preis zu fordern. Ich mußte mir darüber klar sein: jetzt wurde ich auf unbestimmte Zeit schlecht behandelt, solange, bis er seine Güte verdaut hatte. Dem sah ich tapfer entgegen. Er mochte anstellen, was er wollte: was er gesagt hatte, konnte er dadurch nicht auslöschen.

»Ach, ich möchte es so gern verstehen«, sagte Katow, »und ihr alle sprecht in Rätseln. Wir wollen es tun. Kommt hinein, ihr habt euch meinen Garten lange genug angeschaut, jetzt will ich eure sehen. Rafi, mach uns einen guten Kaffee, ja?«

Er nahm den zerbrechlichen Nacken in seine dicke Pranke und schob die Freundin vor sich her. Sie wirkte wie ein von einem Bären geschubstes Zicklein.

Das Zicklein verschwand in einem Viereck, das in einen großen quadratischen Raum hineinragte und ihn in zwei Flügel teilte. Sicherlich waren Küche und Spülstein später eingebaut worden. Der Flügel, in dem wir uns befanden, war eine Art Wohnraum mit einem riesigen

Kamin und zwei Couches. Ein netzartiger Vorhang trennte den andern Teil ab; dort standen die Staffelei, inmitten ihr entsprechender Unordnung, und ein großer Flügel. Eine offene Treppe schien zu einem oder zwei Schlafzimmern zu führen. Es war ideal. Wenn es mir nur gelänge, etwas ebenso Geeignetes ausfindig zu machen, selbst ohne Einrichtung . . . Solche Gedanken durchzucken einen stets, wenn man in ein unbekanntes Haus kommt. Ich habe eine Schwäche für Häuser, nichts zu machen. Ich bin vernarrt in Häuser. Und überdies würde es Renaud so gut tun; hier schien es ihm zu gefallen.

Katow bat uns, wir möchten uns setzen, und reichte uns Gläser mit Whisky. »Du kannst gleich Eis mitbringen, Kleines.« Nach dem Viereck hin, von wo aus Geklirr von Tassen und Wasserrauschen zu hören waren, warf er einen der unwillkürlichen Blicke, die von einem stark ausgeprägten Besitzgefühl zeugen.

»Soll ich Ihnen helfen?« rief ich, weil mir plötzlich eingefallen war, daß es zum guten Ton gehöre, in die Küche zu gehen und der Hausherrin behilflich zu sein, oder doch wenigstens die Bereitwilligkeit dazu zu bekunden.

»Nein, nein«, sagte sie, »es geht schon.«

Dennoch ging ich hin. Sie wirkte anziehend auf mich.

»Sehen Sie sich nicht um, es herrscht eine schauderhafte Wirtschaft.«

»Ich achte nicht darauf, und außerdem ist es mir schnuppe, und wenn Sie bei mir hereinschauten . . .«

Das stimmte gar nicht. Ich log ihr zu Gefallen.

»Muß er gemahlen werden?«

»Ich kaufe immer Gemahlenen.«

»Der ist weniger gut.«

»Ach, ich bin nun mal faul.«

Diese Unterhaltung war alles andere als hochgeistig; war dies das eben noch so sicher auftretende Mädchen, dem es gelungen war, Renaud den Schnabel zu stopfen? Sie nahm die Eiswürfel aus dem Kühlschrank. Die Tassen standen auf einem Tablett. Der Kaffee wurde gefiltert. Rafaele kümmerte sich nicht um mich; anscheinend hatte sie mir nichts zu sagen. Man konnte tatsächlich ihre Brüstchen sehen, Katow hatte recht gehabt, und ich überlegte, ob mein Angezogensein nicht einfach Begehren sei. Nach einem Mädchen, das wäre das Rechte. Freilich, Mina. Aber Mina, das war etwas anderes, das war Zwischenspiel gewesen. Wenn ich jetzt darauf verfiele, Frauen zu lieben, wohin kämen wir dann?

»Wohnen Sie für gewöhnlich in Paris?«

Ich klopfte auf den Busch.

»Kommt drauf an, bald hier, bald dort.«

»Und wo sind Sie lieber?«

Papa oder Mama? Am liebsten Bonbons. Sie mußte mich für schwachsinnig halten.

»Ich weiß nicht, je nachdem. Die Erde ist rund. Hier, wenn Sie sich schon nützlich machen wollen, dann nehmen Sie doch den Eiseimer; auf dem Tablett ist kein Platz mehr.«

Gehorsam nahm ich ihn und verteilte die Würfel. Als Katow sah, wie Rafaele sich beim Hinstellen der Tassen vorbeugte, gab es ihm einen Ruck; er faßte sie an einem

Ohrläppchen und flüsterte ihr etwas zu. Sie stieg die Treppe hinauf und kam in einem weiten Seemannspullover aus verschossener blauer Baumwolle wieder herunter, der aufgeweitete Rollkragen lieh ihr das Aussehen eines sehr jungen Ritters, der sich noch nicht den Helm aufgesetzt hat. Katow musterte sie mit der Genugtuung eines beruhigten Besitzers. Ob sie ihn liebte? Dieses Wesen wirkte eher, als sei es geschaffen, sich lieben zu lassen. Außerdem nicht von jedem, der da wollte; dazu geschaffen, sich lieben zu lassen, aber nach ihrem Belieben. Vielleicht ein bißchen ohne Herz ...? Ihre Züge waren mir vertraut ... Freilich, Renaud, natürlich! Deshalb also interessierte dieses Mädchen mich: sie ähnelte ihm wie eine Schwester. Mein Herz, denn ich hatte ja ein Herz, zog sich ein wenig zusammen. Welche Freiheit gibt einem doch das Nichtvorhandensein des Herzens! Welche Pein war das Erwachen für Renauds Herz gewesen, und wie teuer ließ er es sich bezahlen, wenn er zufällig ein Stückchen davon abtrat! Gut, ich würde zahlen. Auch ich war stark, weil ich, im Gegensatz zu ihm, alles eingesetzt hatte.

»Einen Kellerschlüssel!« erklärte Katow in aller Unschuld. Sie hatten, während ich in mich hineingrübelte, mit dem Test angefangen. »Oder vielleicht einen am Gürtel hängenden Gefängnisschlüssel. Einen großen.«

Kurzer Blick auf Rafaele, die neben ihm auf einer der Couches saß. Ich saß auf der andern, gegenüber, zwischen Renaud, der halb lag, und Alex, der an der Wand lehnte. Alex dachte tief nach und sagte: »Ich möchte einen hübschen, feinen, kunstvoll gearbeiteten, nach Toledaner Art; er müßte ein Boudoir aufschließen können, oder einen Damenschreibtisch mit Briefen.«

»Du liest Laclos«, sagte Renaud, »oder Sade, oder Restif, oder dergleichen.«

»Na, das ist schließlich kein Verbrechen. Laß doch deinen mal sehen!«

»Oh!« sagte Renaud schockiert.

»Ich meine: beschreib ihn.«

»Ich habe mehrere«, sagte Renaud.

»Gemogelt!« sagte Rafaele. »Selbst Gott hat nur einen.«

»Das ist dann sicher einer, der in jedes Schloß paßt.«

»Einen Hakenschnabel«, spottete sie. »Statt der Taube auf dem Dach?«

Er sah sie an, es fiel ihm nichts ein, wütend wandte er sich mir zu. »Na, und du?«

»Ich kenne die Interpretation, also habe ich Hemmungen . . .«

»Und wieso hindert dich das, dir deinen Schlüssel auszudenken? Ich bin ganz unbesorgt, daß du einen hast«, sagte er mit einer Aggressivität, die mich an die Zeiten erinnerte, da er aller Welt meine Brüste zeigen wollte. Ich nahm mich zusammen.

»Wenn ich einen habe, dann öffnet er jedenfalls nur eine einzige Tür. Aber er ist aus Gold!«

»Davon war ich überzeugt«, sagte er sarkastisch.

»Ich möchte einen eisernen«, sagte Rafaele. »Alt und verrostet. Viel benutzt, und lange außer Gebrauch. Er ist für einen Garten. Ein Schlüssel zum Hinausgehen, nicht zum Hereinkommen.«

Es war das erste Mal, daß ich eine Antwort dieser Art hörte. Fluchtwunsch? Aber man war schon bei den Koffern; Katow hatte sich in den seinen verwühlt, einen Piratenkoffer, überquellend von kostbaren Stoffen; Alex schlug Sandel und Perlen vor, was banal und logisch war; bei mir war es übrigens dasselbe: ein mit rotem Samt bespannter, und als ich ihn geöffnet hatte, fand ich darin nur einen glatten Ring, dem Anschein nach einen goldenen; ich hütete mich, damit herauszurücken und behauptete, es seien nur alte Briefe darin; ein Ring, der hätte sich bei Renauds gegenwärtiger Stimmung schön ausgenommen! Renaud führte uns jetzt in seinem mit Koffern vollgestopften großen Raum herum.

»Manche sind schäbig, verstaubt, voller mottenzerfressener Lumpen, oder billigem Jahrmarktschmuck, oder vergilbten pornographischen Postkarten. Ein schönes Gerümpel. Einige sind völlig leer, trotz ihres doppelten Bodens. Ich sehe einen mit Knochen: irgendwer war darin versteckt und dann vergessen worden. Der hier, der mit Samt überzogene –«, aha, jetzt komme ich dran! – »mit schwarzem Samt überzogene, hat ein Schloß, das man nur mit Gewalt aufmachen kann, und darin liegt auf einem weißseidenen Polster eine dunkelgrüne Phiole, und die ist gefüllt mit .... sieh mal einer an, ist das nun ein Liebestrank oder ein Gift ...?« Er seufzte wie nach einer Hellsehvorführung. »Ich weiß es noch nicht; die Zukunft wird es erweisen. Und da ist noch ein unansehnlicher

Holzkasten, der sich auf ein Wort hin öffnet, man muß nur wissen, auf welches, und darin liegt nichts als ein grauer Kieselstein, und der könnte nichts Geringeres sein als der Stein der Weisen, der ewiges Leben verleiht ...«

»Na, und du, Rafi?« fragte Katow nach dem respektvollen Schweigen, das Renauds Tiraden für gewöhnlich folgte. »Du hast überhaupt noch nichts gesagt. Ich möchte deinen Koffer sehen.«

»Ich habe keinen«, sagte sie.

»Gemogelt«, sagte Renaud. »Selbst Gott hat einen.«

»Oh, aber einen unbegrenzten, und also ist es kein Koffer. Wirklich, ich glaube, ich habe ihn verloren. Er schwimmt auf einem Schiff, das ich verpaßt habe. Er schließt nicht, aber wer ließe sich schon einfallen, ihn aufzumachen? Übrigens sitzt der Kapitän darauf und schreibt das Logbuch: das ist sehr viel wichtiger. Wer würde sich herausnehmen, zu dem Kapitän zu sagen: Heb gefälligst deinen Popo mal ein bißchen, daß man in den Koffer sehen kann? Und was ist denn schließlich auch drin? So gut wie nichts. Ein Buch, das noch nicht geschrieben worden ist ...«

»Könnte man nicht ein bißchen Musik machen?« fragte Renaud. »Es ist lange her, daß ich welche gehört habe.«

Nanu? Ganz was Neues! Hätte er das nicht in Paris sagen können? Ich hätte ihm schleunigst ganze Stapel von Schallplatten gekauft. Konnte ich ahnen, daß er sich was aus Musik machte? Nach der Rückkehr, gleich in der ersten Minute, werden Platten gekauft.

Auf dem Bauche liegend, tauchte Rafaele in eine kleine Truhe am Fußende der Couch, während Katow ihr unter dem Pullover den Rücken streichelte. Was mochte das Mädchen ohne Koffer, dessen Schlüssel nur nach draußen aufschloß, wohl aussuchen? Jazz? Sie drehte sich um. In dem schlecht erleuchteten Zimmer erklang die traurigste Melodie der Welt, anfangs einstimmig, dann gemischt und durchdrungen von andern.

»Oh!« stöhnte Alex und ließ den Kopf gegen die Wand sinken, »dabei dürfen wir aber nicht bleiben.«

»Im Gegenteil«, sagte Renaud. »Ausgerechnet nach dieser Seite hin liegt mein Garten. Ich hatte es nur seit langem vergessen.«

»Voller Wasserläufe«, sagte Rafaele. »Springbrunnen.«

»Ja, Wasser, vor allem Wasser«, sagte Renaud. »Für den Durst.«

»Mit hohen Mauern«, warf Alex ein.

»Ach was«, verbesserte Rafaele. »Keine Mauern.«

»Aber mit einem Wächter«, sagte Renaud, »und der hat Befehl, niemanden hereinzulassen. Denn schließlich, das muß gesagt werden, steht man draußen und nicht drinnen.«

»Man kann ihn prellen«, sagte Rafaele. »Auf der einen Seite ist er dumm.«

»Das steht nicht ganz fest«, sagte Renaud. »Auf der andern Seite ist er verteufelt abgefeimt und steckt voller Listen: eine davon ist, uns einzureden, daß es den Garten gar nicht gibt.«

»Wie könnt ihr nur miteinander reden und zuhören!« schimpfte Katow. »Haltet doch mal ein bißchen den Mund, ihr Gören!«

Die »Gören« waren still. Katows Pranke lag auf Rafaele, deren Kopf an seiner breiten Brust ruhte. Renaud rauchte und starrte verlorenen Blickes auf die Wand. Rafaele legte eine andere Platte auf, und nun wurde es noch trauriger. Ich fühlte mich von allen diesen Menschen ausgesondert, die ein ihnen gemeinsames und vertrautes Land wiedergefunden zu haben schienen; abermals bedauerte ich meine mangelnde Bildung in Kunstdingen. Es gelang mir nicht einmal, herauszubekommen, was gespielt wurde; es war sehr lang. Ich entglitt immerfort; meine Ohren waren die reinsten Siebe. Die andern rauchten stumm, völlig beansprucht; unter sich daheim.

Plötzlich wich das Orchester der Orgel und entriß mich dem beginnenden Eindämmern. Wie blamabel! Hoffentlich hatten sie nichts gemerkt! Mir fiel als winziger Trost ein, daß Renaud bei der Neunten geschlafen habe; aber er hatte sich kein bißchen geschämt; ihm war das ganz natürlich vorgekommen: warum hatte er das Recht zu schlafen, und warum mußte ich mich schämen? Der Schlaf belauerte mich, er stürzte sich bei der gelindesten Unaufmerksamkeit auf mich, mir war zum Erbarmen elend, ich führte einen so bitteren Kampf gegen meine Lider, daß ich nichts mehr von der Musik hörte; sie endete bizarrerweise in einer Fischschwanzfloskel, ohne daß ich es gemerkt hätte. Die andern saßen eine ganze Weile stumm und benommen da.

»Tolle Sache!« sagte Alex endlich und putzte sich die Nase. »Ich habe die Platte auch, aber ich spiele sie nie; dazu habe ich viel zuviel Angst.«

»Noch ein blinder Kunsthandwerker«, sagte Katow. »Er hat nicht gewußt, was er machte.«

»Ich wette: doch!« sagte Rafaele.

»Schwer festzustellen.«

»Bach ist tot«, sagte Renaud, düster, als sei er gerade eben erst gestorben.

»Sind Sie eigentlich taub?« fragte Rafaele.

Er schaute drein wie ein unglückliches Kind.

»Es ist schon spät«, sagte Alex.

Er stand auf. Jene Musik schien das Ende des Abends zu bedeuten; danach wollte nichts mehr recht passen.

»Oh!« sagte Katow, »wir haben die Gärten vergessen! Das muß noch nachgeholt werden.«

»Wir haben nicht mal Ihre Bilder angesehen«, sagte Renaud. »Das war sicher sehr unhöflich.«

»Ich möchte sie Ihnen lieber bei Tageslicht zeigen. Kommen Sie morgen; kommen Sie, wann Sie wollen. Ganz zwanglos.«

Er nahm Rafaele bei den Schultern wie der Bär das Zicklein. Ich stellte sie mir vor, wie sie sich zusammenkuschelten, wenn wir weg waren. Er würde es eilig haben – er war glücklich; sie, ich wußte nicht so recht.

Beim Aufstehen fiel mir auf, daß Renaud die Hälfte Whisky in seinem Glas gelassen hatte. Er hatte vergessen, es auszutrinken.

»Wie kommt es eigentlich, daß du nie verliebt in Geneviève gewesen bist?« fragte Renaud brüsk, als Alex vor dem Hotel die Hand am Griff seiner Wagentür hatte. »Sie ist eine Frau für dich, du mit deinen Toledaner Schlüsseln, und sie mit ihren Samtkoffern.«

»Ach«, stotterte Alex geniert, »weißt du, ich habe sie von klein auf gekannt ... ich habe nicht daran denken dürfen. Und außerdem war sie nicht wie jetzt, bevor ...«

»Naja, naja«, sagte Renaud tröstend und klopfte ihm auf die Schulter. »Du brauchst dich nicht zu entschuldigen.« Sein Auflachen klang unangenehm. »Jedenfalls ist es zu spät, fürchte ich.«

Was hatte er nur?

Er saß auf dem Bettrand und starrte mich an, während ich mich auszog. Seine Augen waren kalt. Es war, als taxiere er mich. Ich hatte keine Ursache, eine solche Prüfung zu scheuen. Dabei kam ich mir mit einemmal häßlich vor. Erschrocken flüchtete ich ins Badezimmer. Manchmal war es mit Renaud so, daß alles jäh seinen Sinn verlor. Das ist die Aura, das Vorzeichen der Krise.

Ich hörte, wie er die Flasche aufmachte, die, immerfort erneuert, auf dem Nachttisch stand. Die Flüssigkeit gluckerte in das Glas; dann nochmals; dann zum drittenmal.

»Was tust du da eigentlich?« rief ich.

»Nichts, ich komme ...«

Meine Stimme hatte offenbar unecht geklungen. Oh, wenn dieser Dämon kommt!

Es gab eine große Krise, die halbe Nacht hindurch. Wie oftmals in solchen Stunden, fing er an, mich zu hassen; ich glaubte, er würde mir sämtliche Haare ausreißen; ich tat, als wolle ich weglaufen. Brüllend rief er mich zurück, und zwar nur, um mir abermals weh zu tun und mich zu den demütigendsten Zärtlichkeiten seines Repertoires zu zwingen. Wie weit würde er wohl diesmal gehen? Ich konnte nicht mehr, ich verabscheute ihn. Aber sogar im Übermaß seiner Grausamkeit wurde mir deutlich, daß er gegen sein eigenes Herz ankämpfte. Waren es die letzten Aufwallungen? Diese Hoffnung gab mir die Kraft, ihn zu ertragen: nein, nicht einmal im Finish sollst du mich kleinkriegen. Meine Liebe ist stärker als du, Renaud. Das Ziel rückt näher, rückt näher, und eben deswegen verlierst du den Kopf und schlägst hinten und vorn aus. Mach, was du willst, meine Geduld erschöpfst du nicht, und du wirst dich endlich in dein Glück schicken, bald finden du und ich den Frieden und ruhen uns aus. Ruhen uns aus.

IV

War es tatsächlich die letzte Aufwallung gewesen? Kam der Hafen in Sicht? Mir war, als tauchte ich nach einem Gang durch die Kloaken in freie Luft; man konnte wieder atmen. Ich spürte Renaud nicht mehr auf meinen Schultern lasten; er ging vor mir her. Ich erkannte ihn kaum noch wieder in diesem unbeschwerten Wesen, das vor sich hinpfiff und mit Steinchen Fußball spielte.

»Ihr Gören«, sagte Katow immer, als sei er ein alter Mann – dabei war er vierunddreißig.

»Geht spazieren, ihr Gören, laßt den Bären arbeiten.«

Er bereitete seine Winterausstellung vor, ein gigantisches Puzzle anspruchsvoller Bilder; aus den Formen wurde ich nicht klug, aber die Farben entzückten meine Augen. Ich gewann Geschmack an der abstrakten Malerei: im Grunde genügen dazu ein bißchen guter Wille und Gewohnheit.

Er überließ uns Rafaele, die sonst auf den Garten und die Wege in der nächsten Umgebung des Hauses angewiesen gewesen wäre. Sie störte nicht; sie war ein Kätzchen, das sich überall wohlfühlte, unbekümmert, reizend, ein wenig geschlechtslos wirkend in ihren engen Hosen und stets tief ausgeschnittenen Blusen, denen ich, wie ich glaube, mehr Aufmerksamkeit schenkte als Renaud: er sah in ihr keine Frau; sie war ein Kamerad, eine junge Schwester. Die beiden waren guter Dinge, sie quollen über von Einfällen, wir durchstöberten die ganze Gegend, und jetzt enthüllte sich Renauds Naturliebe: er entdeckte, als sei das etwas völlig Neues, Bäume, Täler, Berge. Der Baou mußte bestiegen werden; ich ging nicht mit bis zum Gipfel, aber sie brachten mir als Beweis ein Steinchen mit, »garantiert von ganz oben«, und einen brennenden Durst, den Renaud mit einer ausgepreßten Zitrone stillte. In der unwegsamen Gegend, in die wir an einem anderen Tag eindrangen, machten wir uns zu Fuß auf die Suche nach den Wölfen, von denen die beiden behaupteten, daß sie hier noch immer ihr Unwesen trieben, und um sie anzulocken, mußten wir ein klägliches Lämmergeblök imitieren. Gottseidank kamen die Wölfe nicht, aber es scheint, daß die Sache den beiden viel Spaß machte.

Mir nicht so sehr; diese Spiele waren allzu kindisch, und ich empfand keinen so heftigen Wunsch wie sie, in die unreifen Jahre zurückzugleiten; bißchen gewaltsame Romantik; ich kam mir erwachsener vor, obwohl ich jünger war als sie beide. Ich ermahnte zur Vorsicht, was bisweilen recht angebracht war, so toll trieben sie es. Überdies zwang mein Gesundheitszustand mich zu einer gewissen Zurückhaltung. Dennoch fuhr ich manchmal ans Meer; ich mochte Renaud seiner nicht immerfort berauben; er mochte es gern und schien am Strand aufzuleben; es war die einzige gesunde Freude, die ich an ihm kannte. Nach einem sehr kurzen Bade blieb ich unter den Bäumen, während sie mit Unterwasserbrillen in die Felshöhlungen tauchten, ohne auf etwas Jagd zu machen; davor graute ihnen. Rafaele spielte »Fisch« und ließ sich besonders gern vom Meer wiegen und rollen wie eine Ertrunkene; ich nahm das anfangs ernst. Renaud lachte bloß: sie erweckte in ihm keinerlei Beschützergefühle; er betrachtete sie nicht als weibliches Wesen und schien blind zu sein für die Attribute, die sie dennoch besaß.

»Ophelia!« rief er, die Hände als Sprachrohr vor dem Munde. »Ophelia!«

»Was will mein lieber Prinz?« rief sie aus der kleinen Bucht, als sei der Name schon seit aller Ewigkeit der ihre.

»Kommen Sie raus, wir sind noch nicht im fünften Akt, wir haben noch keine Wasserrosen. Und die Königin ängstigt sich Ihretwegen.«

Na also! Wieder ein neues Spiel. Meine Vorsicht trug mir die Rolle der Heldenmutter ein. Dergleichen Einfälle gab es in einemfort; ihrer beider Gehirne waren von tropischer Fruchtbarkeit. Auf dem Schaum der Worte errichteten sie Wolkenreiche, in denen man sogleich heimisch werden mußte. Ein Körper schwamm, und schon war es Ophelia, und dahinter die ganze Familie; man zog, es war stets ein Gewinner, man wechselte unablässig die Haut, man sprang unterwegs in jeden neuen Zug, das mußte so sein, denn sonst blieb man auf dem Bahnsteig stehen, während die beiden in fremde Länder davongetragen wurden, deren Sprache man nicht verstand. Sie verfügten über Geheimschlüsseltafeln, über immerfort geänderte Rufzeichen. Sie gingen einem auf die Nerven wie Kinder. Ich begleitete sie nach bestem Vermögen in ihre Labyrinthe, aus Höflichkeit, aber auch aus Angst, mich eines schönen Morgens abgeschoben zu sehen, ausgeschlossen. Eine Fremde.

All das fand seine Erklärung, als wir herausbekamen, daß sie beide am gleichen Tage Geburtstag hatten, am 21. Juli; dem Anschein nach war das gerade auf der Scheide zwischen Löwe und Krebs, zwei schlecht zusammenpassenden Tieren; sogleich zeichnete Renaud – nanu? er konnte zeichnen? – die Bildnisse: einen Löwen mit Krebskopf für die am Morgen geborene Rafaele, und für ihn, den am Abend Geborenen, das Umgekehrte. Bis dahin hatte ich die Astrologie belächelt; jetzt blutete mir dabei das Herz. Ich sei Widder, wurde mir verkündet. Renaud seufzte sibyllinisch: »Stimmt.«

»Wieso: ›stimmt‹?«

»Das weißt du doch. Wenn ein Widder gegen eine Tür

anrennt, dann hört er nicht eher damit auf, als bis die Tür eingedrückt ist.«

»Hat er da nicht recht?«

»Der Widder hat stets recht«, sagte Renaud belehrend. »Überdies ist er das Opfertier: er opfert sich, um die Menschen zu erlösen.«

Mit dergleichen Anspielungen wurde ich seit der Liebeserklärung in Lucca und dem Heiratsantrag des ersten Abends am laufenden Band bedacht. Ich hatte es mir zur Regel gemacht, sie zu überhören.

»Ihr glaubt doch nicht etwa im Ernst an das Zeug?« fragte ich.

»Doch, selbstverständlich«, sagte Rafaele. »Es ist sehr praktisch.«

»Dadurch werden Baken gelegt«, sagte Renaud.

»Am Himmel«, sagte Rafaele.

»Der hat es nötig«, sagte Renaud. »Sonst ist er leer.«

»Man würde sich darin verlaufen«, sagte Rafaele.

»So aber kommt man sich da ganz heimisch vor«, sagte Renaud.

Ich dachte, vorerst und vor allem seien wir auf der Erde, und es sei darum wichtiger, zunächst einmal dort Baken zu legen, worum er sich dagegen nicht allzu sehr kümmerte.

Wie dem auch sei: die beiden sind jetzt Zwillinge; es hat sich ein familiärer Zusammenhang herausgestellt, eine mythische Geburt hat sich vollzogen: Rafaele ist zuerst zum Vorschein gekommen, und da Renaud nichts davon wissen will, macht sie kehrt und sucht ihn, sie bemüht sich, ihn zu überzeugen, das Leben sei schön und lohne, gelebt zu werden; sie schildert ihm auf ihre Art seine Wunder; die arme Mutter geht bei diesem Hinundher drauf und hinterläßt sie einem Herzogvater, hinter dem sich eine westgotische Ahnenreihe abzeichnet, die nebenher einen Onkel Childenbroc hervorbringt; er ist noch völlig ein Barbar und verfolgt das Kind Rafaele durch die Gänge des Schlosses, warum schließlich kein Schloß?, wo er sie täglich vergewaltigt. Renaud wird mannbar und gerät außer sich, er tötet ihn schließlich; für seine Trauerfeier machen sie ein Lied, Text und Musik, das Rafaele abends singt, von Renaud am Flügel begleitet – nanu? er spielt Klavier? er komponiert? Ich habe diesen Menschen nicht gekannt.

Ich habe daheim keinen Flügel. Macht nichts, ich schaffe einen an; ich stelle eine Liste der unerläßlichen Käufe zusammen, die bei der Heimkehr erledigt werden müssen: Flügel, Plattenspieler, größerer Wagen, Haus ...

Rafaele briet im Kamin Rötlinge mit Fenchel; Renaud ging großspurig umher; er entpuppte sich als gefräßig; das kam von dem Landaufenthalt und der Bewegung; die Luft hier bekam ihm ganz entschieden gut; daß er nicht mehr trank, steigerte seinen Appetit; und schließlich, das muß ich offen sagen: Rafaele verstand sich aufs Kochen; meine Stärke war es nie gewesen; ich würde mich dahinter machen; ich fügte meiner Liste ein Kochbuch hinzu; wahrscheinlich würde ich auch noch einen mittelalterlichen Kamin eintragen müssen. Alles in allem fehlte Renaud ein Regisseur, und in dieser Beziehung war

Rafaele eine Meisterin. Und wenn die Gegenwart nicht ausreichte, rief sie die Vergangenheit zu Hilfe: seit sie Zwillinge waren, ergaben sich zum Glück immer neue gemeinsame Kindheitserinnerungen: Renauds erster Selbstmordversuch, mit sieben Jahren: »Sowie ich ins Alter der Vernunft kam, wurde mir klar, daß es besser sei, nicht zu sein ...« Er hatte Wasser aus der Tuilerien-Fontäne getrunken, aus seinem Sandeimer. Seine Schwester hatte vier Kerzen um sein Bett herumgestellt, und die Familie war untröstlich gewesen, daß der Erbe des Titels erlosch, denn ein anderer konnte nicht gemacht werden, da der Herzog im Verlauf eines komplizierten Ehebruchs sich sein Glied in einer Tür eingeklemmt und es hatte dort lassen müssen, um die Ehre der betreffenden Dame zu retten. Der zweite Selbstmordversuch, nachdem der erste zu nichts geführt hatte, da das Fontänenwasser zu sauber gewesen war, bestand darin, daß er in Rosenkonfitüre die Nägelschnitzel eines ganzen Monats aufaß, die seine Schwester zu diesem Behuf sorglich aufbewahrt hatte. Denn das stand fest: wenn er sich entschlossen hatte, zu sterben, dann mußte sie, nun sie einmal seine Schwester war, ihm dabei helfen und ihn keinesfalls daran hindern ... Das letztere schien mir vom Schicksal vorbestimmt zu sein. Renaud hatte neun Selbstmordversuche hinter sich; es wurde daraus eine neunstrophige Ballade nach der Marlborough-Melodie gemacht; in der zehnten erschien ich mit einem Schlüssel, einem goldenen natürlich, der meine eigene Tür und die des Totenreichs aufschloß. So war ich, in einer kühnen Umkehrung der Legende, urplötzlich zu Eurydike geworden und machte mich auf die Suche nach Orpheus, den die Erinnyen in Stücke gerissen hatten, »zur Strafe dafür, daß er die menschliche Liebe der göttlichen vorgezogen hatte«; wie Renaud sagte. Als Leyer diente mir mein Herz, das ich in der Hand vor mir hertrug und dem ich Akkorde entlockte, die das Herz der die Orpheus-Stücke festhaltenden Dämonen zum Schmelzen brachten. Ich hätte, sagte Renaud-Orpheus, bereits die Hand auf mehrere Stücke gelegt, darunter auf ein besonders wichtiges, über dessen Natur er mir jeden erdenklichen Zweifel nahm, indem er mich zwang, sein lebendiges Vorhandensein festzustellen; von dergleichen Gewagtheiten hielt ihn Rafaeles Anwesenheit nicht ab.

Eurydike führte einen Polizeihund an der Leine, der Witterung an Orpheus' Chiton genommen hatte, und führte ihr Vorhaben inmitten einer Fülle abscheulicher Schwierigkeiten durch, deren größte eine Reinkarnation Pucks darstellte: dieser brachte die Stücke an sich, wie die Gelegenheit es ergab. Eurydike mietete ein Banksafe. Puck organisierte einen Raubüberfall, es kam zu einem Handgemenge mit der Polizei, in dessen Verlauf die Stücke nochmals zerstückelt wurden. Auf Pucks Kopf wurde ein Preis gesetzt. Das Ganze gedieh zu einer Oper von Ausmaßen. »Zu einem Oratorium«, sagte Rafaele; sie wollte, daß mit den letzten Takten von Monteverdis »Orfeo« angefangen werde. Ich kannte Glucks »Orpheus«, nicht aber den Monteverdis, für den die beiden anscheinend eine besondere Vorliebe hegten. Außer von ihrem Hunde war Eurydike jetzt von dem Detektiv Lami-Cochon und einem weißbekittelten Chirurgen mit Nadel und Faden begleitet, der die Stücke wieder zusammennähen sollte, sobald sie gefunden waren. Der unvollständige Orpheus ächzte und stöhnte auf seiner Bahre.

Eurydike setzte alle Mittel ein. Sie versuchte, Puck zu verführen: reizende Szene – denn war Puck ein Junge oder ein Mädchen? Eurydike war jetzt von einem priesterlichen Geisteraustreiber begleitet; für diese Rolle wurde ein Tänzer vorgeschlagen; die Erinnyen sollten von Tänzerinnen gespielt werden: die Austreibung sollte ein Hexenmeister aus Bali vollziehen, und aus Bali sollte auch das Orchester stammen. Orpheus wurde nach und nach vervollständigt; die magischen Klänge fuhren ihm in die Glieder, und so versuchte er, die alten Weisen von ehedem zu singen; aber wehe, er sang grauenhaft falsch, er wußte sie nicht mehr! Orpheus' Stimme mußte durch ein Magnetophon deformiert werden, ins Gegenteil verkehrt, aller Harmonien beraubt, ausgebleicht »wie die Stimme eines Toten«, aber auf der Basis von Monteverdis Version. Sakrilegium! Die Leute würden brüllen und ihre Stühle zerdeppern. Um so besser! Der Meister hatte eben nicht, wie so viele andere, respektvolle und also »mit ihm Mißbrauch treibende« Erben. Überdies war Monteverdi – sie sprachen von ihm, als seien sie mit ihm zur Schule gegangen – »ein komischer Kauz, und wenn er heutzutage gelebt hätte, so wäre er in Anbetracht der überall herrschenden Puffatmosphäre der erste gewesen, sein Werk zu verballhornen. Die Schöpfer haben vor sich selbst stets weniger Respekt als ihre Erben.« Kurzum: Orpheus mußte einen ultradetonalisierten Monteverdi singen, der es gut und gern mit Messiaen – ihre musikalischen Kenntnisse erschreckten mich – aufnehmen konnte; und was sollte Eurydike singen? Sie sollte überhaupt nicht singen, sondern ihr Herz – Renaud verlangte ein richtiges Herz, etwa ein Kalbsherz; er gab wenigstens so weit nach, daß es kein menschliches Herz zu sein brauchte: also ein Kalbsherz, jeden Abend ein frisches. Aber dann bekam Eurydike ja blutige Hände, das würde ekelerregend wirken! »Großartig!« behauptete Renaud, »gerade das soll es ja auch!« Er geriet in Schwung, er delirierte ausgiebig, im Bann einer gefräßigen Muse, die ihm nicht mal Zeit ließ, sein Glas auszutrinken; er vergaß, daß ich dabei saß, daß ich ein Menschenherz besaß, das nicht allabendlich ausgewechselt werden konnte, auf dem trampelte er im Namen der Dichtkunst fröhlich mit den Füßen herum. Kurz und gut: mein Herz sollte konkrete Musik vollführen, so schien es; ich sei nicht gestimmt, darüber zu urteilen, aber es dürfe nicht allzu harmonisch klingen, etwas wie Kochtopfgeklapper ... sie würden das schon im Studio zustande bringen. Rafaele hatte dort Bekannte. Es würde phantastisch werden. Es entstand also ein Werk, eine konkrete Realisation; die Einfälle wurden notiert, es wurde geplant und überlegt; der Wolkengarten siedelte sich endlich auf Erden an. Er hatte sich bereits in Form eines Stapels von Notizzetteln materialisiert, die außer für Renaud für jedermann unleserlich, aber nichtsdestoweniger handgreiflich waren. Renaud schrieb; er hatte weder im rechten noch in dem andern Arm Rheumatismus. »Dieser« Renaud schrieb. War heiter. Morgens keine Spur von »Scheiße«. Er sang im Badezimmer. Dieser Renaud machte sich etwas aus Musik, sogar aus dem Gesang der Nachtigallen, der ihn nicht länger zu Sarkasmen anregte (»es ist die Lerche«); er machte sich etwas aus der Natur, kletterte auf Bäume, sprang über Hecken, plünderte zusammen mit dem Elf Obstgärten, während ich, glührot vor Scham, weniger des Diebstahls wegen, als weil dies nicht mehr unserem Alter entsprach, am Wegrand Wache hielt. »Dieser« Renaud war bei voller physischer, wo nicht geistiger Gesundheit, aß gierig, ließ Whisky im Glas oder vergaß sogar, sich welchen einzuschenken. Vergaß, daß er übel dran sei. Er lebte. »Renaud, Renaud, was könnte dich davon abbringen? – vielleicht, wer weiß, die Tatsache, daß du lebst? Aber wie leben, das ist die Frage.« Immerhin: er lebte. Bislang hatte ich nur die Parodie zu sehen bekommen, auf Grund der Trunkenheit. Jetzt war er nicht betrunken, und er lebte.

Und dieser plötzlich erwachte Renaud war nicht der meine – er gehörte Rafaele. Mit einem Schlag ihres Zauberstabs hatte sie ihn aus sich selbst hervorgehen lassen, wie die Karosse aus dem Kürbis – oder, um es liebenswürdiger auszudrücken: wie das neue Reis aus einem abgestorbenen Baumstamm. Sie hatte bewirkt, was die Liebe nicht hatte vollbringen können, mir nichts, dir nichts. Im Grunde war sie eine Fee. Oder vielmehr: eine Hexe.

Wirklich, sie gehörte zu der Art Weibwesen, die man in früheren Zeiten auf den Scheiterhaufen gebracht hätte. Ihr Aussehen, halb Knabe, halb Mädchen, oder vielmehr die Verquickung beider, ihr Losgelöstsein, ihr klares Auge, die wandelbare, glimmende Iris, dunkelgerandet – ein typischer Zug – all das hätte sie in jenen gläubigen Zeiten gekennzeichnet und gebrandmarkt. Das alles sagte ich mir in meiner Verwirrung, denn ich selber stand unter ihrem Zauber, wenn auch auf anderer Ebene; wider die Regel wirkte sie auf das Männliche durch den Geist, auf das Weibliche durch die Sinne. Ich verabscheute ihre aus nichts, aus Unwägbarem bestehende Macht – welche Parade gab es gegen so etwas? Sie nahm mir nichts von dem, was ich besaß; sie ließ es nur als zum Spott herausfordernd erscheinen und verlagerte das, worauf es ankam, nach anderswohin: in die Wolken. Und wenn Renaud mich ungeniert mit vertraulichen Gesten bedachte, so vollzog sich die Intimität nicht zwischen ihm und mir, sondern zwischen den beiden. War sie dabei, so stellte sich alles auf den Kopf, und zu allem Überfluß wirkte sie als ein Engel: so sah Renaud sie.

Gottseidank ging es nicht allen und jedem so, denn sonst hätte ich mich für parteiisch halten müssen: Katow behandelte sie wie ein Baby; Alex hielt sie für einen Blaustrumpf; und Simone de Royer hielt sie für eine Halbirre.

»Und dabei ist sie kaum gebaut wie ein Mädchen. Abgesehen von den Brüsten, und so weiter.«

Ich wagte nicht, mich für ihre Brüstchen einzusetzen.

»Wahrscheinlich trägt sie sie aus Angst vor Mißverständnissen so sehr zur Schau«, fuhr meine Nebenbuhlerin in einem jähen Annäherungsversuch fort. »Sicherlich steckt sie gerammelt voll von Komplexen, wie alle diese verdammten Intellektuellen. Eine gute Psychoanalyse, und dann würde nichts übrig bleiben als eine jämmerliche nasse Katze. Aber vorläufig sind dergleichen Mädchen eine öffentliche Gefahr; ihr Kniff besteht darin, daß sie die Männer glauben lassen, sie seien Genies.«

Ich lachte: sie hatte scharfe Zähne, diese Frau von sechsunddreißig, und die Eifersucht schärfte sie noch.

»Ich bin manchmal nahe daran, sie für eine Hexe zu halten.«

Kaum war der Satz heraus, als ich mir idiotisch vorkam.

»Sie sind verrückt, Kindchen, das ist doch ausgeschlossen«, sagte Simone de Royer wegwerfend von der Höhe ihrer Erfahrung herab. »Es ist ja recht schön, liberal zu sein; aber schließlich gibt es doch Grenzen. Auch ich setze mich über vielerlei hinweg: über das, was absolut ungefährlich ist. Aber dann und wann sage ich nein, und zwar mit aller Entschiedenheit.«

Sie sah zu mir hin, sah mein starres Gesicht.

»Hören Sie«, sagte sie, »Sie haben sich doch nicht etwa von den beiden einwickeln lassen? Sagen Sie mir bitte nicht, Sie hätten nichts gemerkt.«

»Aber Simone, glauben Sie etwa . . .«

»So naiv kann man doch nicht sein: er ist verrückt auf sie! Das springt einem doch in die Augen . . .«

In der Bar kam ich wieder zu mir, halb hingestreckt auf die Bank. Simone sprengte mir Eiswasser ins Gesicht, und Renaud tätschelte mir die Hände.

»Was hast du denn gehabt? Was hat sie denn gehabt, Simone?«

»Ich weiß nicht recht«, sagte Simone. »Ein plötzlicher Schwächeanfall.«

»Natürlich ist sie wieder mal in der Sonne gewesen«, sagte er.

»Richtig, das ist es wohl: ein Sonnenstich.«

»Kann man dich nicht mal für eine einzige Minute allein lassen?«

»Wahrscheinlich nicht«, sagte Simone. »Und überdies bekommt ihr das Klima hier ganz und gar nicht. Mein Bruder hat es mir auch schon gesagt; sie sollte lieber weg von hier und ins Gebirge.«

»Gut. Vorläufig gehst du erstmal ins Bett, und ich rufe Alex.«

»Ach was, ich möchte hierbleiben. Gib mir einen Pastis, der bringt mich schon wieder auf die Beine. Übrigens kommt Alex ohnehin heute nachmittag.«

Keinesfalls durfte ich jetzt durch Abwesenheit glänzen. Ich raffte allen Mut zusammen, goß den Pastis hinunter, atmete tief durch und lächelte.

»Siehst du, es ist schon vorüber.«

Ich stieg in die Arena hinab. Die Feindin, unschuldstrahlend, kam herein, vom Tontaubenschießen; sie hatte die Männer besiegt.

»Du bleibst hier«, befahl Renaud mir und trat zu ihr hin.

»Bitte entschuldigen Sie meine Unverblümtheit«, sagte Simone zu mir. »Ich hatte gemeint, Sie seien im Bilde, unmöglich konnten Sie nichts gemerkt haben.«

»Sie schlafen nicht miteinander«, brachte ich vor.

»Weil ihnen die Gelegenheit dazu gefehlt hat. Übrigens: Schlafen, das ist nicht das Schlimmste«, sagte sie, beiläufig ihren eigenen Fall verteidigend. »Das Schlimmste ist das da«, sagte sie und deutete auf die beiden.

Sie saßen auf der kleinen Mauer und baumelten mit den Beinen. Sie sahen einander nicht an. Rafaele hatte eine Rose im Munde, die ich unmittelbar zuvor in Renauds Hand gesehen hatte. Sie ähnelten einander grausig, und lächelten.

»Was tun?« fragte ich. »Es passiert nichts.«

»Verhindern, daß es passiert, und so schnell wie möglich über alle Berge.«

In der Tür stand neben André Katow und sah ebenfalls zu den beiden hin. Unsere Blicke begegneten einander, und er kam zu mir hinüber. Simone zog ihren Mann beiseite: »Sie brauchen nicht zu wissen, wie wir für ihren Schutz bürgen«, flüsterte sie.

»Weißt du, Kat«, sagte ich, »ich glaube, ich reise besser ab. Im Grunde bekommt das Klima mir nicht.«

»Wann reist du?«

»Je eher, desto besser.«

»Tatsächlich«, sagte er, ohne die beiden aus den Augen zu lassen. »Das wäre für alle Beteiligten das Bekömmlichste.«

Die beiden da hinten schienen völlig ahnungslos zu sein. Renaud hockte auf der Mauer und mimte für die Royers eine Szene aus der gemeinsamen »Eurydike«: er mißhandelte eine imaginäre Leyer und stieß gräßliche Röchellaute aus. Rafaele kletterte auf die Mauer und fing an, auf dem schmalen Grat zu tanzen.

»Rafi!« rief Katow. »Komm da runter!«

Sie machte ihm eine lange Nase.

»Kaliban! Kaliban!«

»Du bekommst einen Tritt in den Hintern, jawohl!«

»›Dann werd' ich ein wildes Waldvö-ögelein, flie-iege fort, flie-iege fort‹«, sang sie.

»O Magali, wenn du ein Vö-öglein wirst, dann will ich . . .«

Renaud stimmte ein, und schon waren sie mitten im Duett. Ihnen ist alles recht.

»Ich muß zugleich auch noch ihren Vater spielen«, sagte Katow.

»Renaud, den habe ich kennengelernt, als er gerade Gardenal geschluckt hatte.«

Nie zuvor hatten wir ein so langes Gespräch geführt. Aber dem Anschein nach waren heute, angesichts der Gefahr, unsere Geister gleichzeitig erwacht.

»Wir wollen zu ihnen hingehen«, sagte Katow.

Ganz beiläufig schnappte er sich Rafaele von der Mauer, nahm sie unter den Arm und trug sie in den Speisesaal, wo wir alle zu Mittag essen wollten. Sogleich fing sie an, wie ein vom Wolf entführtes Lamm zu blöken. Renaud antwortete in der gleichen Sprache.

»Bääähh, und wer nimmt mich mit, mich verirrtes Lamm?«

»Verirrter Bock, weiter gar nichts. Ich will dich schon mitnehmen.«

»Oh!« sagte er, »schöner Schlüssel, obwohl beim Judo nicht erlaubt. Geh voran, ich folge dir bis ans Ende der Welt.«

Unvorsichtiger Ausspruch. Ich werde mich seiner bedienen. Gerade dahin will ich dich führen.

Simone hatte es so eingerichtet, daß Renaud zwischen uns zu sitzen kam; indem sie mir ihre Hilfe anbot, rechnete sie auf mein stillschweigendes Einverständnis, solch ein Bündnis ließ auf große Gefahr schließen; indessen fürchtete ich heute von ihrer Seite kaum noch etwas; ihre Amüsements raubten mir nur winzige Gebietsteile und wurden schnell vergessen; einzig von der andern Seite aus wurde ich bedroht.

Sie füllte Renauds Glas; überlegen setzte er unser heimliches Spiel matt, indem er Heidegger mit Fußtritten bedachte. Auch ich trank unverdünnt, und das Klima zwischen den Royers und uns erhitzte sich; André schöpfte neue Hoffnungen, ich verhielt mich nicht ablehnend, Renaud erblickte darin nichts Schlimmes, ich auch nicht, kurzum: ich sah darin, ich sah in allem nur das geringere Übel. Katow, der sich überflüssig vorkam, ging mit Rafaele weg, und niemand hielt sie zurück. Wir waren wieder auf dem Planeten von ehedem, wieder im heroischen Zeitalter; abermals kam ich ins Gefecht, bereit zu jedem Einsatz, der von mir verlangt wurde. Alles in allem war diese »Flucht in den Engel« lediglich eine Variante der früheren, ein Abgrund wie sie, obwohl im gegenteiligen Sinne. Ein Abgrund nach oben.

»Wie freue ich mich auf die Mittagsruhe!« flüsterte Simone, deren Blick zu Renaud hinsickerte.

»Ich auch«, sagte ich.

Wenn schon, denn schon.

»Guter Gedanke für einen Sonntag«, sagte Renaud. »Aber laßt uns die Flasche mitnehmen.«

Es war ein merkwürdiger Tag. Ein Septembersonntag, erfüllt von warmen, schweren Dünsten. Oben vom Fenster aus schaute ich hinab auf das Tal; ich mußte bald fort, so schnell wie möglich. Tief unten unter den Olivenbäumen sah ich eine schmale, dunkle Gestalt. »Sie« war Katow entschlüpft, sie suchte, sie drehte und wand sich in der Einsamkeit, fern dem Double; ein Engel im Pullover mit kurzem Haar. Hinter mir im Zimmer rief Renaud nach mir; er war aus dem Spiel ausgeschieden. Zum erstenmal lenkte ich den Nachtmar nach meinem Belieben. André reichte mir ein Glas Wodka, das ich in einem Zuge hinuntertrank. Man muß es teuer bezahlen, wenn man das Schicksal in andere Richtung lenken will. Das Bild Rafaeles unter den Olivenbäumen wich keine Minute aus mir. Ich trank in vollen Zügen aus getrübten Wassern.

Als wir, spät, hinuntergingen, war die Luft nicht mehr so maßlos drückend wie zuvor; die Sonne sank; der Dämon war weitergezogen; es war beinahe kühl; ich ging wieder nach oben und holte mir einen Schal.

Renaud hatte sich in der Bar bereits über den Pastis hergemacht. Er hockte düster in seiner Ecke; er trieb dem Höhepunkt entgegen, oder dem Tiefpunkt.

»Ich langweile mich!« brüllte er mich an, als ich hereinkam. »Warum verdrückst du dich so lange?« Ich war kaum drei Minuten weggewesen, aber für ihn bedeutete das vielleicht ein geologisches Zeitalter, konnte man wissen? –

»Mir fehlt was? Es muß wer bei mir sein, immer, dauernd, ein Haufen Leute, sonst laufe ich weg. Meine Breschen müssen ausgefüllt werden. Ich halte das Alleinsein nicht aus. Ich sehe Fledermäuse.«

»Ist gar nicht wahr«, sagte Simone, »er sieht keine Fledermäuse, das ist Erpressung. Er hat seine Krise.«

»Meine Dauerkrise«, bestätigte er. »Ja. Auch Freude ist eine Krise. Eine seltene Krise in der scheißblöden ärschlichen Dauerkrise. Renée, einen Pastis, nein, lieber gleich zwei, dann stören Sie uns wenigstens nicht zweimal, hören Sie zu, bringen Sie alle fünf Minuten einen, auf diese Weise ärgere ich Sie wenigstens nicht. Setz dich, Schatzkind. Unsinn, steh nicht auf, Schatzkind«, sagte er zu Simone, die mit der Rückerstattung des mir zustehenden Platzes köderte, »wir rücken zusammen, dann habe ich es wärmer, zwei Schätze, das ist nicht zuviel, wenn die Gnade ausfällt ... Wo ist Gnade? Renée, ein Gnade! Und nehmen Sie Ihre hundert Silberlinge. ›Ach, ich habe sie gefunden. All mein Glück ist nun dahin!‹ Wo willst du nun schon wieder hin, mein zeitlicher Schatz?«

Ich lief in den Waschraum. Ich hatte meine Kräfte überfordert, ich war angeekelt bis zum Seelengrund.

»Ist dir schlecht?« fragte die taktvolle Simone, als ich wiederkam.

»Ein bißchen.«

»Ihr wird immer im rechten Augenblick schlecht«, sagte Renaud. »Geneviève ist vollkommen. Irrtum ausgeschlossen.«

»Warum ›im rechten Augenblick‹?« fragte André, der

die Sache nicht durchschaute, und verzog schmerzlich das Gesicht, als seine Frau ihn ans Schienbein trat.

»Die Gnade«, sagte Renaud düster. »Die Gnade, die begeht Irrtümer. Sie ist wehrlos. Sie glaubt. Sie ist überzeugt, das genüge: das tut es aber nicht. Nicht hienieden. Sie hält die andere Backe hin: wie, hast du nicht noch eine dritte? Jetzt höre ich die Wölfe heulen, ihre Freunde, schützt mich ... Die Gnade wandelt unter den Olivenbäumen, und die Wölfe sind hinter ihr her. Und ich bleibe hier? Ich bin ein Fetzen. Nein, es soll nicht heißen, Don Quijote de Maraña habe nicht wenigstens ein einziges Mal versucht, seine Seele zu retten.«

Er stand auf und stieß dabei den Tisch weg.

»Renaud!«

»Laß ihn nur«, sagte Simone, »er kommt nicht weit. Er ist reif. Dein Wohl!« sagte sie und hob ihr Glas.

Er schlug es ihr aus der Hand. »Giftmischerin!« rief er und ging zur Tür, hoch aufgerichtet wie eine Kerze.

»Jetzt kann mich keiner mehr hindern«, sagte er und schlug lang auf den Fliesenboden hin.

Mich überkam ein nervöses Lachen.

»Ist nichts«, sagte Renaud, dem André hochgeholfen hatte, und wischte sich den Staub ab, »kleiner Fehltritt, mein Fuß ist umgeknickt. Liegt in der Familie. Na, für diesmal ist es verpaßt. Ich habe ein bißchen zu spät damit angefangen. Geneviève, du kannst nach wie vor die Stücke aufsammeln.«

»Geneviève kann überhaupt nichts aufsammeln«, sagte Simone. »Sie selber hätte das Aufgesammeltwerden viel nötiger.«

»Wer sammelt nun eigentlich wen auf?« fragte Renaud. »Keiner kennt sich mehr aus.«

»André, ruf Alex an, er soll schnell herkommen, ich glaube, Gigi fühlt sich sehr schlecht. Ich bringe sie nach oben.«

Ich hatte 39,8°. Alex ordnete an, wir sollten am nächsten Morgen nach Walberg abfahren; Simone hatte wahrscheinlich aus der Schule geplaudert; Simone sollte fahren, sie konnte hernach mit dem Wagen ihres Bruders zurückkommen. Ach was, das mache ihr nicht die mindesten Ungelegenheiten, es sei eine hübsche Fahrt, und überdies verlangten es die Umstände. Simone hatte Köpfchen. Renaud mußte aufgestöbert und ins Bild gesetzt werden; er war, völlig betrunken, am Schießstand und zielte auf Tontauben; er wurde zu mir expediert.

Sofort fiel er aus allen Wolken. Auch für ihn war meine Erkrankung ein Rückfall. Er war wieder auf der Erde. Das Abendessen, das er aufs Zimmer hatte bringen lassen, rührte er kaum an.

»Ich bin müde«, sagte er und schob die Suppentasse weg. »Müde, erschöpft, geplatzt, leer. Erledigt. Du weißt, ich habe schneller leben müssen als alle andern. Heute abend bin ich achtzig. Das muß gefeiert werden«, hakte er ein, verstrickt in die Verzahnung der Worte. »Du mußt mir zum Geburtstag gratulieren.«

Er klingelte und bestellte Champagner.

»Champagner kannst du doch trinken? Nur einen Schluck. Champagner ist immer erlaubt. Los, trink auf meine achtzig Jahre. Doch, doch, mach keine Geschichten.

Gratuliere. ›Auf deinen Achtzigsten, Renaud.‹ Los, sei tapfer. Ich gebe zu, es ist nicht ganz leicht.«

»Auf deinen Achtzigsten, Renaud«, flüsterte ich schwach.

»Na, also! Du siehst: du kannst, wenn du willst. Wir müssen uns beide trösten, es gibt allerhand Gründe zum Traurigsein. Jeder hat andere. Aber das macht nichts. Ich habe zu spät damit angefangen. Ich bin zu alt. Übrigens seit langem schon. Von Anfang an. Es wird Zeit, daß ich dir die Wahrheit gestehe; ich hätte es dir schon früher sagen müssen: ich bin nicht achtundzwanzig gewesen, als ich dich kennenlernte, so daß ich jetzt neunundzwanzig wäre – ach, wo sind meine neunundzwanzig Jahre! Habe ich die je wirklich gehabt? – ich bin weder achtundzwanzig, noch neunundzwanzig, noch achtzig, nein, in Wahrheit bin ich so alt wie die Welt, fast auf den Tag, und ebenso verbraucht, jetzt kommt alles an den Tag. Jeden Tag der armseligen Welt habe ich durchlebt, und was noch mehr ist: ich erinnere mich an jeden einzelnen, und das ist hart. Ach, Schnee vom vorigen Jahr, der du nie gewesen bist und nie sein wirst! Damals ist der Schnee warm gewesen, ich habe mitten drin gesteckt. Aber das Damals, das war niemals, und wir gelangen nie zum Ursprung zurück, weil es keinen Ursprung gibt, die Ströme kommen aus dem Meer und Bach ist tot. Ich überlebe ihn nicht. Ich habe die Welt zu sehr geliebt, und ich sterbe mit ihr, o Wesenheit, o Helle, o Mischmasch! Diesmal bin ich tatsächlich betrunken, es ist wohl das erstemal. Du weißt nicht, was auf dem Grunde dieses Meeres wimmelt, Küken, und was an Worten aufgewühlt werden muß, damit man taub wird. Alles innere Gefühl der Welt ist darin vereinigt, und das ist nichts als vergebliche Liebe ohne Ziel, verzweifelte Liebe, ein Wassertropfen in der Wüste, ich bin ein Wassertropfen in der Wüste, begreifst du endlich, wie ich Durst haben kann? Nein, du weißt nicht, was Liebe ist; ich weiß, was ich sage: du weißt nicht, was Liebe ist. Sie ist das unmögliche. Ich bin sehr müde. Gib mir Ruhe. Du bist das Ruhekissen des Kriegers, des erschlafften, feigen Kriegers, des Drückebergers; Heilige Jungfrau der Fahnenflüchtigen, hab Erbarmen mit mir. Ich will schlafend sterben, und dafür ist die Frau das beste Mittel. Die Liebe ist eine Euthanasie. Wiege mich ein, bring mich zurück in den Schoß meiner Mutter, mit andern Worten: liebe mich. Pech.«

»Bitte, entschuldige uns bei den Katows, wenn du zurückkommst; es ist zu früh, um sich von ihnen zu verabschieden. Es ist ein bißchen ungehörig, einfach so wegzufahren . . .«

Das sagte ich, nicht Renaud. Renaud sagte nichts.

»Mach dir keine Sorge um solche Kleinigkeiten«, sagte Simone, »hier liegt höhere Gewalt vor. Alex ist streng. Ich erledige das schon.«

Strahlender Morgen. Taubengegurr ist um uns bis zur Abfahrt. Simone sitzt am Volant; wir nehmen die große Haarnadelkurve. Für eine Sekunde hebt Renaud den Kopf und blickt zurück nach dem Felssporn von Saint-Paul.

Innerhalb dreier Tage sank meine Temperatur. »Vielleicht ist es blinder Alarm«, hatte Alex gesagt, »bei dir weiß man nie, wie man dran ist. Aber wir wollen es trotzdem ausnutzen, die Gelegenheit ist so günstig. Du bist überall anderswo besser dran als hier.«

Blinder Alarm. Oder ein vortrefflich funktionierender Abwehrreflex. Vielleicht hatte sich in meinem Gehirn ein neues Lebenszentrum herausgebildet. Das Zentrum der Liebe. Ich konnte das Phänomen zum Thema einer Dissertation wählen; ein Mittelding zwischen stigmatisierten Mystikerinnen und Pawlows Hunden; jedenfalls aber verwertbar.

Es blieb mir nur noch übrig, Kräfte für den Winter zu sammeln, der hart zu werden versprach.

Renaud ertrug das Gebirge nicht; er kam um vor Angst; die Berge bedrückten ihn, als trage er sie auf dem Rücken, selbst bei Nacht spürte er ihre Last. Er wollte fliehen, zum Meer fliehen wie ein in die Stadt gebrachter Taschenkrebs: wenn er aus dem Korb herauskommt, schlägt er bekanntlich sofort die Richtung auf sein Lebenselement ein; sicherlich wäre Renaud, hätte ich mich in Rauch aufgelöst, ganz instinktiv dorthin gelaufen. Ich spürte, wie er darauf abzielte; er hatte immerfort entsetzliche Sehnsucht nach dort. Jetzt war die Erde einmal nicht mehr ganz so rund, es gab auf ihr eine Art Vorsprung, und der hieß augenblicklich: das Meer. Er hatte einen Schnitt ins Fleisch bekommen, der schlecht vernarbte; er hatte eine Wunde in der Flanke wie ein frisch operierter siamesischer Zwilling. Er litt an der Flanke. Er hatte sich einen

Tick zugezogen: er sah immer seitwärts, als sei er darauf gefaßt, dort jemanden zu erblicken; doch nein, es war niemand da, er schaute ins Leere; er vergaß es, wenn er durch irgendeine Betätigung abgelenkt wurde; dann sah er abermals hin. Ich mußte an ein bestimmtes Verhalten Cocos denken, in Zeiten, da er Mangel litt: dann fuhr er in einem fort mit der Hand in die rechte Tasche, wo er seine Spritze trug; er zog die Hand wieder heraus; ein paar Sekunden später fuhr sie abermals hinein; so streckt der Raucher die Hand zum Aschenbecher hin, aber dann fällt ihm ein, daß er keine Zigaretten mehr hat; er streckt die Hand zum Aschenbecher hin, ach so, richtig, er hat keine Zigarette mehr; nochmals streckt er die Hand hin; immer und immer wieder; er ist nie überzeugt. Renaud langte beständig nach allem, was er in Reichweite hatte: Oliven, Erdnüsse, Chips oder auch nach mir; am häufigsten nach dem Glase. Er mußte seine Hände beschäftigen, oder seine Zähne, oder Gottweißwas; er mußte irgendwie ein Loch ausfüllen, das keinen Namen hatte. Ich wußte den Namen, ich – ich hätte meinen Kopf darangesetzt, daß es sich nicht um Liebe handelte, wie Simone es geglaubt hatte, sondern um etwas sehr viel Verworreneres und Unerklärliches, um ein Schlupfloch, einen Vorwand, immer denselben, das Verlangen, der Wirklichkeit den Rücken zu kehren, sich zu verlieren, sich zu zerstören; vielleicht war es letztlich das Verlockende des Todes.

Oh, ich ziehe ihn dennoch auf die andre Seite, trotz seines subtilen, komplizierten Widerstrebens, an das er seine gesamte Intelligenz wendet, anstatt sie dazu einzusetzen, zu leben und glücklich zu sein – eine enorme Energie, die in einen schwarzen Schlund geworfen wird, wo sie sinnlos verpufft, während sie, richtig angewandt, aus ihm einen Sieger gemacht hätte, und sein Leben zu etwas Wohlgelungenem.

Ich will ihn wortlos gen Norden lenken, sobald ich halbwegs wiederhergestellt bin, in knapp zwei Wochen.

Es war schwer, ihn mitzuschleppen, und er sog sich voll wie ein Schwamm, bis an die Grenzen des Möglichen – die abscheuliche Flasche stand im Wagen griffbereit, er trank unmittelbar daraus, ohne Glas, schamlos und herausfordernd, wenngleich stumm, in Erwartung eines grenzenlos andersgearteten Vorwurfs, welche Erwartung ich dadurch beantwortete, daß ich, ebenfalls unerschütterlich und stumm, den Fuß auf dem Gashebel hielt, mit unwandelbarer Entschlossenheit die Kilometer hinter mich brachte, selbst wenn ein ganzes Faß Whisky sich wider mich erhoben hätte. Jeder Kilometer, den ich einsäckelte, kam meinem Kredit, meiner Rüstkammer zugute, vergrößerte die heilsame Entfernung zwischen ihm und dem Tode, jeder Kilometer fesselte ihn aufs neue an die Möglichkeit zu leben, mochte er wollen oder nicht, band ihn, ich glitt über die Landstraße hin wie auf einem Drahtseil; die dünne Leine, die den Schiffbrüchigen heranzieht, wurde immer kürzer, ich gewann, ich gewann, der Raum arbeitete für mich. Er, dessen Seele nach rückwärts blickte wie Lots Weib, ist neben mir zur Salzsäule geworden, starr in Trunkenheit, die notwendig ist, um ihn den Anblick ertragen zu lassen, die ihn aber gleichzeitig lähmt. Diesmal hatte ich ihn haargenau zu fassen bekommen.

Bald sind wir in Paris: der alte Rahmen, das Gewohnte, eine Wirklichkeit, der er fest eingefügt werden mußte; er mußte wieder auf die Beine gebracht werden, damit er lernte, sich darauf zu halten – und, wenn Gott das fertigbrachte, damit er endlich zugebe, es gehe sich auf ihnen besser als auf dem Kopfe.

V

Als erstes kaufte ich den Plattenspieler. Alles, wonach seine Seele verlangte, mußte rasch aufeinandergetürmt werden. »Musik, Musik vor allen Dingen«, wie Verlaine sagt. Renaud, der etwas ahnte, sagte, er verstehe nichts davon; ich nahm den teuersten. Ich drückte ihm einen Katalog in die Hand, damit er sich aussuchen konnte, was er haben wolle. Die Lektüre kotzte ihn an.

»Nimm, was du willst, mein Kind«, sagte er nachsichtig.

»Ich habe doch keine Ahnung!«

»Ich ebensowenig.«

»Renaud, das ist nicht wahr!«

»Nimm, was du willst; du möchtest doch Schallplatten haben.«

Ich war empört und kam mir in dem Laden wie eine Schwachsinnige vor, als ich diese tote, aber dennoch zur Kritik befähigte Last hinter mir herschleppte; mein bißchen musikalische Bildung geriet durcheinander; mir fiel nichts ein als Beethovens Symphonien, aber Renauds Benehmen bei der Neunten forderte mich auf, lieber auf diesen Meister zu verzichten. Stotternd brachte ich den Namen Mozart hervor.

»Magst du Mozart, Renaud?«

»Gar nicht so übel.«

Der Verkäufer bekam Mitleid mit mir; er versah mich mit allen preisgekrönten Platten und stapelte einige gewichtige Werke vor mir auf, Messiasse, Requiems, Schöpfungen, Passionen.

»›Der Tod und das Mädchen‹«, schlug Renaud schließlich vor.

Ich ließ einen Scheck über zweihunderttausend Francs da. Meine Telefonnummer wurde notiert, ich wurde zur Tür begleitet, alles wurde in meinem Wagen verstaut, dessen Tür mit Bezeigungen äußerster Hochachtung geschlossen wurde. Daheim packte ich schleunigst aus.

»Was soll ich als erstes auflegen?«

Renaud hatte Kriminalromane gekauft. Er steckte in einem drin, auf das Bett hingelümmelt, die Flasche in Reichweite.

»Spiel irgendwas, das nicht allzu sehr beim Lesen stört.«

Die Sache mit dem Flügel begann im gleichen Stil.

»Was soll denn das?« fragte er. »Das ist doch eine enorme Ausgabe.«

Mir sanken die Arme herab. Dies Argument aus seinem Munde! Es drehte sich einem alles im Kopf. Ich bestand darauf. Ich bestand darauf! Man glaubt zu träumen.

»Naja, wenn du denn mit aller Gewalt einen Flügel haben willst, dann kann ich dich nicht dran hindern.«

Also immerhin, ich hätte dann wenigstens einen Flügel. So was mache sich gut im Haus. Es sei dekorativ. Scheiße!

»Nimm den, den du gern haben möchtest, mein Liebes«, sagte er in der Handlung.

Den Flügel, den ich gern haben möchte! Er riskierte, daß ich mit einem Spinett abzog. Er sah meine Verwirrung, willigte ein, ja, willigte ein, da und dort ein paar Tasten anzuschlagen, und sagte: »Den hier.« Nur, um damit zu Ende zu kommen. Er ödete sich im »Saal der verlorenen Flügel«.

Als das Instrument mit großer Mühe in der Wohnung untergebracht worden war, rührte er es nicht an. Zweihundertundfünfzigtausend, ein bißchen viel für ein bloßes Zierstück. Ich stelle Blumen darauf, als Amortisierung.

Manchmal spielte ich zu meiner Weiterbildung eine Platte, nur ganz leise, um Renaud nicht zu stören. Aber ich fand mich in den Monumentalwerken, die ich dummerweise gekauft hatte, nicht zurecht. Es gelang mir nicht, die Musik liebzugewinnen. Die Umstände waren der Einübung wenig günstig. In Wahrheit hörte ich durch alles »hindurch« und empfand ein jämmerliches Gefühl des Ausgeschlossenseins. Schließlich ertrug ich nur noch Schubert, das einzige, was Renaud ausgesucht hatte; seine Ironie hatte sogar noch Mittel gefunden, das Richtige zu treffen.

Es war nicht sehr rentabel, sich um Renaud Sartis willen in Unkosten zu stürzen. Wir fuhren seit einer Woche in einem D.S., ehe er es merkte. So ging es mit allem. Ich konnte getrost meine Rötlinge grillen; das kostete nicht mehr Mühe, als wenn es Heringe gewesen wären. »Warum strengst du dich so an?« fragte das Unschuldslamm, wenn ich, allzu verärgert, ihm irgendwelche Andeutungen machte; und dann ließ er mich stehen, die Lächerliche, mit meinen Geschenken auf den Armen, mit meinen meine Verhältnisse übersteigenden Ausgaben, denen einer Neureichen, die sich aufspielen will. Alle meine Bemühungen waren ein Fiasko. Die Raketen, die in Saint-Paul Wunder gewirkt hatten, zerknallten mir in den Händen. Ich war ein Kap Canaveral. »Aber hör mal, das war doch nicht nötig, das brauchte ich doch gar nicht... Warum und für wen das alles? Ich? Wer ist das: ich? Hat nie existiert.« Und dann versenkt er sich wieder in seinen Kriminalroman. »Du träumst, mein Kind.« Ich fing allmählich an, es zu glauben. Was war aus dem wunderbaren Renaud geworden, dem Manne, der überschäumte wie ein zerborstener Staudamm? Der Film lief rückwärts, das Wasser rann zur Quelle, die Kugel flog zurück ins Gewehr, die Knospe glitt wieder in den Zweig. Nie hatte dieser tote Ast wieder ausgeschlagen. Nie hatte es etwas anderes gegeben als den Renaud der vier Wände, der Gläser und der Betten.

In diesen Bereichen, denen ich augenscheinlich geweiht zu sein schien, zahlte »meine Mühe«. Ich ging damit durchaus nicht sparsam um. Omeletten lassen sich nicht bereiten, ohne daß Eier zerbrochen werden: es gab eine schöne

Verwüstung. Ich verhielt mich musterhaft. Ich hatte die Frage ein für allemal durch strikten Gehorsam und absolute Disziplin gelöst. Nichts zu verweigern, darin bestand mein Asketentum, und wenn es mir geschah, daß ich dabei Genuß empfand, so war das vordergründig, während in den Hintergründen meines Hirns eine friedliche Zukunft träumte: eines Tages würde alles aus sein, entweder weil ich tot wäre, oder weil ich gesiegt hätte; ich hätte Frieden, den des Grabes oder den des Triumphes. Aber Renaud blickte nicht in die Hintergründe meines Hirns, oder zog sie nicht in Betracht: in einem leuchtenden Nebel – in dem freilich bisweilen, wie er zugab, schwarze, im Zusammenhang mit der Zukunft, die sie verhießen, noch intensiv leuchtende Flitter tanzten – und »das Getöse von tausend Strömen in den Ohren« – leitete er in wirrem Durcheinander die Überfülle des Lebens ab, unter Mitwirkung meiner Passivität, zu der er mich beglückwünschte. Lieber Ahnungsloser: deine Eurydike, mein Freund, singt nicht nur mit dem Herzen, das vorauszusehen hast du in deiner Oper vergessen, und dabei wäre es ein schöner szenischer Effekt, sie singt eine noch konkretere Musik, als du sie dir erträumt hast: was sein muß, muß sein, Krieg ist Krieg, wer das Ziel will, will auch die Mittel und geht über Leichen. Aus dieser Einstellung heraus fand das in Saint-Paul begonnene »Abenteuer Royer« seine Fortsetzung in »römischen Nächten«, bei denen nur die kleinen Kinder unter den Tischen fehlten, Nächten, die sich bis in die nächste Woche hinzogen, in Paris oder in Médan, mit zusätzlichen Gästen oder ohne sie. Bei diesem Leben konnte Renaud tagelang völlig untersinken, wahrscheinlich ohne noch zu wissen, wohinein er geraten war; denn das Wichtigste, so sagte er, sei es, »daß man in den Bauch des Walfischs geraten sei, aus dem Jonas im Wissen, was seiner draußen warte und wie unnütz Prophezeiungen von der Zerstörung Ninives seien und wie es Gott an Mut mangele und daß Ninive niemals zerstört werde – daraus Jonas lieber nie wieder hervorgehen wolle«. Seine Rednergabe ließ ihn erst im Stich, wenn die Trunkenheit ihn der Sprache beraubte. »Warum schreibt er das alles nicht auf?« seufzte André von berufswegen. »Für wen denn?« fragte Renaud. »Ninive steht nach wie vor. Ich glaube nicht an die Wirkungskraft von Gedrucktem in der Welt nach 1945. Einfache physische Tatsache: dieses Jahrhundert ist endgültig geblendet und betäubt.«

»Du denkst immer an das Jahrhundert«, sagte André, »warum in die Ferne schweifen? Denk doch mal ein bißchen an dich selber. Glaubst du, ich sei Verleger, um die ›Universelle Verbreitung der Verkündigungen‹ sicherzustellen? Daran glaube ich genauso wenig wie du; ich setze das Geld, das ich verdiene, in Freuden um.«

»Der Hedonismus ist die schmutzigste aller Doktrinen, ich spucke dich an.«

»Sieh deinen Balken an, ehe du mir meinen Splitter ausziehst, gib acht, wo du deine Hand hast, du Pharisäer, während du große Reden führst.«

»Ich weiß, wo ich meine Hand habe«, sagte Renaud. »Das ist subsidiarisch.«

Das galt mir. So etwas ist immer angenehm.

»Wenn ich sage, das Geld, das ich verdiene«, fuhr André fort, »so gehe ich zu weit. Meine ›große Literatur‹ bekommt dieses Jahr schwerlich einen der Preise, ich bin überholt, und meine Kriminalromanreihe ›high level‹, die reißend abgesetzt werden sollte, läßt sich schlecht an: nichts als Ammenmärchen. Übrigens: wenn du fünfhunderttausend Francs brauchtest, wenn du beweisen möchtest, daß du machen kannst, was du willst, wie du es glaubst, und unter der selbstverständlichen Voraussetzung, daß eine Parodie noch nie einem Genie zur Unehre gereicht hat, und vor allem, wenn du mein Freund wärst, dann würdest du mir schleunigst mit leichter Hand 180 Seiten aufs Papier werfen. Aber natürlich kotzt dich das an. Vergiß es, und bis nachher.«

Wir hatten eine Premiere, ein Abendessen, und wahrscheinlich ein Nach-Abendessen und eine Nacht. Folglich mußten wir heimfahren und uns umziehen. Im Wagen sagte ich kein Wort. Fünfhunderttausend. Ich hatte gerade meine Miethäuser zum Verkauf ausgeschrieben; anstatt angelegt worden zu sein, war mein flüssiges Kapital aufgezehrt; mir war sozusagen nichts als die Wertpapiere geblieben. Außerstande zu arbeiten; was sollte ich in nur zu naher Zeit anfangen? Und was sollte Renaud anfangen? Ohne ihn hätte ich geruhsam und recht behaglich leben können. Aber nicht in diesem Millionärsstil! Seit einem Jahr lebte ich wie eine Irre drauflos, nach dem Grundsatz, ich könne von einem Augenblick zum andern sterben. Die Sache war nur die, daß ich nicht starb; ich hielt sogar durch wie ein Eichbaum, und ich war ganz einfach drauf und dran, meine Erbschaft durch ausschweifenden Lebenswandel zu verkladdern wie ein romantischer Erbe aus dem 19. Jahrhundert, welche Gestalt ein Antipode meiner Charakteranlage war. Als Krönung des Ganzen hatte Simone, die kostbare Freundin mit dem Sinn fürs Praktische, für mich eine herzkranke Akademikerwitwe ausfindig gemacht, die ihr im vierten Stock gelegenes Dreizimmerwohnatelier mit Balkonterrasse auf zusammenhängende Gärten tauschen wollte, einen wahren Traum, und beinahe eine Notwendigkeit, denn ich konnte doch die Leute, mit denen wir jetzt verkehrten, nicht nach Gebühr in meiner elenden Zweizimmerwohnung empfangen – ihre im vierten Stock gelegene Wohnung gegen ein Erdgeschoß tauschen, plus Vergütung, welche Vergütung ich in meiner gegenwärtigen Leichtfertigkeit zugesagt hatte, und jetzt wußte ich nicht, wie ich mich aus der Affäre ziehen sollte ... Der Wagen, der Flügel, die Diskothek, die Wohnung, die kleinen täglichen Ausgaben für Nachtlokale und Abendessen – zehntausend ... – der monatliche Whisky, dessen Preis gestiegen war; Virginie, und so weiter – kurzum, ich saß ein bißchen in der Klemme, und fünfhunderttausend ... Renaud merkte offenbar nicht das mindeste von alledem: ich war für ihn nach wie vor ein Füllhorn; ich hatte ihn nie über einer Hotelrechnung, einem Lieferschein oder ähnlichen schmierigen Dingen gesehen; dergleichen ging ihn nichts an; er bezeigte darüber die Diskretion eines Gentleman, und ich hatte alle Ursache, zu fürchten, daß der Gentleman, der zudem Leser des »Don Quijote« war, auf Fünfhunderttausend pfeifen würde. Im Verlauf eines Jahres hätte er immerhin einmal auf den Gedanken kommen können, seinerseits etwas zu tun, »mit leichter Hand«, mit seinem angeblichen Geschick ... Ich hatte während der ganzen Fahrt nicht den Mund aufgetan.

»Bedrückt dich was, Küken?«

»Hö ...«

Sieh mal einer an, er kümmerte sich darum. Etwas Neues.

»Geldsorgen?«

»Hö ...«

Bloß alles in der Schwebe lassen. Keine Voreiligkeit, wir tanzen auf Eiern.

»Hast du alles verkladdert?«

»Alles, nein. Noch nicht.«

»Aber demnächst?«

»Hö ...«

»Ach so!«

Gar nicht so übel. Kein Gejammer, ihn weder beunruhigen noch beschwichtigen. Diskretion. Zwischen beidem bleiben. Aus welchem Beweggrund er auch immer zur Arbeit angeregt werden möge: er sei gesegnet. Nichts konnte ihm bekömmlicher sein als Arbeit. Ihren heilsamen Wirkungen konnte sich niemand entziehen, warum also etwa er? Im Grunde war das Nichtstun sein Unglück. Meine Mittel und Wege waren vielleicht alles andere als erhaben, aber mein Ziel war es.

»Pah, macht nichts. Ich ändere einfach das standing.«

Ich hatte zwei steife Unterröcke und einen Büstenhalter aus weißem Chantilly angezogen.

»Du hast ein sehr hübsches standing«, sagte Renaud, »und es wäre schade, wenn du es ändertest. Zieh noch nicht dein Kleid an, ich muß ein bißchen mit dir reden. Ein Kulturmensch müßte tatsächlich Lust haben, dir deine Unterröcke zu bezahlen. Sollte ich mich wie ein Flegel benehmen? Komm her, laß mich sehen, ob es die Mühe lohnt.«

»Es lohnt die Mühe«, sagte er. »Ich bin kein Flegel. Willst du, daß ich dir einen kleinen Kriminalroman fabriziere und dir damit deine Unterröcke bezahle? Schrecklich komisch, wenn ich so was täte! Ein lächerlicher Einfall, wie er einem so kommt. Renaud als gut zahlender Liebhaber, das wird sich in meinem Leben gut ausnehmen.«

»Lieber, ich möchte nicht, daß du dich kompromittierst.«

Keine allzu große Begeisterung zeigen. Die Ehrliche spielen.

»Das sieht dir mal wieder ähnlich«, sagte er. »Wieso: kompromittieren? Wen? Mich? Uh! Wer bin ich? Ich bin nichts. Nichts wird kompromittiert. Kompromittiert ist man von dem Augenblick an, da man in diesem Misthaufen lebt und einwilligt, darin zu bleiben. Ein bißchen mehr oder weniger kompromittiert ...«

»Dennoch: du und ein Kriminalroman ...!«

Heute abend war ich die Durchtriebene und er der Naivling. Ich war stolz auf mich.

»Das verstehst du nicht, Kätzchen«, sagte er in aller Unschuld. »Ein Kriminalroman ist weniger kompromittierend als die Literatur. Das, was man so nennt. Es ist der gleiche Unterschied, wie in der Rue Blondel den Hanswurst spielen und in den Salons hinter dem Agha hersein. Die Rue Blondel ist anständiger, ich käme mir bei einem Kriminalroman relativ sauber vor. Ein netter kleiner gut gemachter Kriminalroman mit viel Popobacken, für dich, mein Geliebtes, und schweren Ketten für mich, dein Geliebtes, ich gerate durcheinander: leichte Ketten, Kettchen. Mist bleibt Mist; auch der, der seinen Namen an der Stirn geschrieben trägt. Ich habe alles gesehen, was sich unterm Himmelsgewölbe tut, und, siehst du: es ist alles Mist, mistigster Mist, alles ist Blödheit. Warum also keinen Kriminalroman? Einen Kriminalroman um der Unterröcke einer Frau willen? Komm her!«

Ich trat zu ihm hin. Er packte mich roh bei den Haaren.

»Wanze!« sagte er.

Er ließ mich so jäh los, daß ich hinfiel. Er stürzte zu mir, um mir zu helfen, hob mich hoch, legte mich aufs Bett, bedeckte mein Gesicht mit Küssen. »Du hast dir doch nicht weh getan? Ich habe dir doch nicht weh getan?« Ich wußte es nicht. Ich hatte mich noch immer nicht an seine Stimmungsumschwünge gewöhnt.

»Du selber hast schuld«, sagte er. »Wenn man schon heucheln will, dann muß man es besser tun, beherrsche das nächstemal dein Gesicht bis in die winzigsten Einzelheiten: glaubst du etwa, ich hätte nicht gesehen, wie du innerlich jubiliertest? Jubiliert hast du! Komm her, du Schlampe.«

Er goß den Rest aus der Flasche in sich hinein, nahm

mich wie ein Rohling und zerriß mir den Chantilly-Unterrock.

»So!« sagte er. »Jetzt muß ich ihn wohl ersetzen, das gehört sich so; dahin hatte ich kommen wollen.«

»Nein!« schrie ich, »nein, lieber gehe ich nackt!«

»Denkst du!« sagte er. »Ist gar nicht wahr. Es wäre dir lieber, wenn ich einen Kriminalroman schriebe, und das tue ich auch.«

Renaud war sein eigenes Gütigsein unerträglich; er konnte ein Stück Kuchen nur verschenken, wenn er es vorher in Essig getaucht hatte.

»Es gibt einen Renaud, der dich liebt«, sagte er, »und einen, der dich verabscheut. Und im Grunde verabscheue ich den, der dich liebt.«

Er trank noch, ehe wir fortgingen; und draußen trank er weiter. Er war wieder in einer der großen Krisen, die Marksteine in seiner chronischen Krise bildeten und gegen die nichts zu machen war; denn dann wollte er trinken, er hatte es beschlossen, aus freien Stücken, wie er meinte, obwohl es nur eine relative Freiheit in einem völligen Nichtvorhandensein von Freiheit war, und Freiheit im Sinne von Ketten, und obwohl er sicherlich außerstande war, eine andere Freiheit zu wählen. Aber da er sich für frei hielt, duldete er weniger denn je Widerstände, die er übrigens nie duldete. Kurzum: immer derselbe hübsche Kreis.

Er war so betrunken, daß er das Stück auspfiff – es war freilich schlecht, aber es war schließlich eine Premiere, und wir aßen mit dem Autor zu Abend, dem alle anderen

Beifall geklatscht hatten. Renaud war nicht feige, Feigheit gehörte nicht zu seinem Charakter, es war ihm alles viel zu gleichgültig, als daß er vor irgend etwas hätte Angst haben können; bei Tisch sezierte er das arme Stück in einem Maße, daß der Autor wütend wurde und sie sich beinahe geprügelt hätten. Es wurde dem Dramatiker zugeflüstert, er habe es mit einem notorischen Alkoholiker zu tun, er dürfe die Sache nicht weiter wichtig nehmen. Ich schämte mich ein bißchen. Renaud nicht. Er amüsierte sich. Er versprach S., er wolle ihm seine »Eurydike« zum Auspfeifen geben, als Ausgleich. Sieh mal einer an, er dachte noch daran. Der Fall wurde beigelegt, aber beim Nachtisch stimmte Renaud die »Internationale« an. Wir waren im »Tokay«; das Nachtlokal war voll von ungarischen Emigranten, die blaß wurden. Das mußte schiefgehen. Und außerdem: »Wir sind des Hungers Zwangsarbeiter« nach dieser Fresserei, das war niedrig; aber gerade das gefiel Renaud. Alex half mir, ihn hinauszubringen, ihn im Wagen zu verstauen und ihn heimzufahren. Er fühlte sich so elend, daß Alex ihm eine Injektion machen mußte, und dann, ehe er sichs versah, noch eine. Er haßte uns.

»Die Abstände werden immer kürzer«, sagte Alex, als Renaud endlich eingeschlafen war. »Du hast das natürlich längst gemerkt.«

»Allerdings«, sagte ich.

»Und was tust du dagegen?«

»Was soll ich denn dagegen tun?« fragte ich etwas gereizt, weil es so aussah, als wolle er mir Vorwürfe machen. »Ich versuche alles und jedes. Glaubst du, er ließe sich gängeln? Wenn er was will, dann will er es eben!«

»Das stimmt, wenn er was will, dann ist nichts zu machen. Aber hast du nicht irgendwas ausfindig gemacht, das ihn am Wollen hindert?«

»Nein. Nicht das mindeste.«

»Der arme Kerl!« sagte Alex. »Wenn er wenigstens etwas fände, das ihm wahre Befriedigung verschaffte, das ihn irgendwie beschäftigte ... Versuch doch, ihn ernstlich zum Arbeiten zu bringen; sonst geht er vor die Hunde ...«

»Gerade das versuche ich ja augenblicklich! Und was du da vor dir siehst, ist dabei herausgekommen!«

Beim Aufwachen wußte Renaud nicht das mindeste mehr von allem, was er am Vorabend angerichtet hatte; er hatte akuten Rheumatismus im rechten Arm. Offenbar konnte ich nicht so grausam sein, zu einem Menschen vom Schreiben zu reden, dessen rechter Arm sozusagen gelähmt war. Übrigens war Renaud nichts widerwärtiger, als an seine Versprechungen erinnert zu werden. Ich gab ihm ein Salicyl-Präparat; aber sein Magen vertrug es nicht; wir redeten eine ganze Weile über Rheumatismus und Magengeschwüre, bis mir schließlich der geniale Einfall kam: ein Magnetophon. »Komischer Gedanke!« sagte Renaud und erkundigte sich nach dem Preise. Hundertzwanzig. Ich wagte es nicht, nachdrücklicher dabei zu beharren. Ich hoffte, seine Intelligenz werde ihn auf die richtige Fährte bringen; im allgemeinen begriff er Symbole vollauf. Er amüsierte sich ein paar Stunden lang damit, imitierte Staatsoberhäupter und Tiere, ich sagte mir, eine elektrische Eisenbahn wäre weniger kostspielig gewesen. Aber am folgenden Tage wäre ich fast vor Scham gestorben: er hatte während der Nacht das Mikrophon am Bett angeschaltet. Der vortreffliche Apparat konnte einen durch seine Genauigkeit verrückt machen. Wirklich, ich hatte einen genialen Einfall gehabt; das also war der Gebrauch, den er davon machte. Er legte sich innerhalb weniger Tage eine Spezialphonothek an, und ich hoffte lediglich, daß er keine öffentlichen Vorführungen geben werde. Auf den Gedanken, den Kriminalroman aufs Band zu sprechen, kam er gar nicht. Aber vergessen hatte er die Sache nicht. »Versprochen ist versprochen«, schwadronierte er, und da er sich durch meine verdutzte Miene gekränkt glaubte, fing er zum Beweis an, mir den Stoff zu erzählen: »Also, die Heldin, sie heißt Claude Amieux, – merkst du die Anspielung? – hat durch das Fenster eines Konsulatswagens, in dem sie mit ihrem Verlobten spazierenfuhr, ihr intimes Tagebuch wegfliegen lassen, das aus Versehen auf die Rückseite von Blättern mit Staatsgeheimnissen geschrieben war, Eigentum ihres Vaters, eines Obersten bei der Atomwaffe. Sie macht sich auf die Suche. Als Jungfrau zieht sie los, aber die arme Claude wird vergewaltigt, sobald sie eine Tür aufmacht, entweder durch einen Spion, der die Vorderseite gelesen hat, oder durch einen Lustmolch, der die Rückseite gelesen hat, oder umgekehrt, und der Verlobte, Gesandtschaftsattaché und impotent, kommt jedesmal, nachdem die Sache passiert ist. Das intime Tagebuch, aus dem Bruchstücke zitiert werden, zerstückelt – daraus ergeben sich kuriose Einblendungen – je nach der Rückgewinnung, das heißt: entsprechend den Vergewaltigungen – hörst du auch zu?«

Ich hörte zu; ich hatte das Magnetophon eingeschaltet.

»... das intime Tagebuch muß ein scheußliches Gemisch von Strickmustern, mystischen Gedankenflügen, obszönen Wunschträumen, humanitären Reformprogrammen und Kochrezepten sein; getrüffelt mit abscheulichen Einzelheiten über das Flottmachen verstopfter Klosetts, über Umgang mit armen Leuten, über Beseitigung üblen Mundgeruchs, über das Entleeren von Heizkörpern, über Tripperheilung, und botanische Hypothesen, wie die Kinder zur Welt kommen, eine Beschreibung des Himmelsfestes in Saint-Sulpice in danteskem Stil und in miserablen Versen, eine theologische Exegese über die Frage des Abendmahlskelches, und so weiter. Das würde der eigentlich literarische Teil sein. Am Schluß«, fuhr er fort, im Schwunge des Improvisierens, »werden die Lustmolche als Spione verhaftet – die Spione sind noch auf freiem Fuß – und vernommen: das ergibt einen gesalzenen Dialog voller Mißverständnisse, man könnte später sogar ein Bühnenstück daraus machen, wenn man schon mal dabei ist. Kurz und gut, die armen Lustmolche werden während der kirchlichen Trauung der schwangeren Exjungfrau und des noch immer impotenten Attachés erschossen. Titel: Die entblätterte Jungfrau.« André, dem ich diese optimistischen Informationen übermittelte, zeigte sich befriedigt. Renaud erklärte, er wolle mit seinem Namen zeichnen. »Überflüssig, daß du deinen Namen kompromittierst«, sagte der Verleger. »Überdies kennt ihn außerhalb meiner vier Wände niemand.« Etwas mit seinem Namen zeichnen, heiße nicht, sich kompromittieren, sagte Renaud; im Gegenteil, Scheiße müsse mit Namen gezeichnet werden, wenn man Ehre im Leibe habe. Renaud sprach von Ehre! Na, wovon redete er schließlich nicht? Jetzt redete er von den wahrhaft großen Werken; er würde übrigens nie eins zustande bringen, aber wenn das dennoch geschähe, man kann es ja mal annehmen, dann würde er es auf keinen Fall mit Namen zeichnen. Ein wahrhaft großes Werk müsse anonym sein, und nicht verknüpft mit einer erbärmlichen, begrenzten Person. Man brauche doch nur an die Bibel zu denken, an das »Totenbuch« ...

Aber hier ging es weder um die Bibel noch um das »Totenbuch«, sondern um einen Kriminalroman, Verfasser Jean-Renaud Sarti, der bloß noch geschrieben werden mußte, was er ernstlich beabsichtigte, und überdies sogar bereits eine weitere Idee dahinter. Ich schaltete den Apparat ein. Die Angelegenheit passierte in einer Atomfabrik, wo absonderliche Vorkommnisse festgestellt worden waren, und absonderliche Vorkommnisse in einer Atomfabrik sind sehr gefährlich. Es war daraus geschlossen worden, einer der Gelehrten sei drauf und dran, verrückt zu werden. Aber welcher? Sie wurden samt und sonders getestet, was zu widersprechenden Ergebnissen über ihr intellektuelles Niveau führte; dann kam ein Apparat dran, mittels dessen das tiefste Herzensinnere ausgelotet werden konnte, eine Erfindung Renauds; auf diese

Weise konnte endlich festgestellt werden, was im tiefsten Herzensgrunde großer Geister vor sich ging; wenigstens sagte Renaud das. Er redete und redete, aber er tat nach wie vor nichts als zu reden, bis zu dem Augenblick, da ihm die Stimme so gut wie gänzlich wegblieb. Da anderseits jetzt nicht mehr von Rheumatismus die Rede war, hatte ich einen weiteren genialen Einfall, oder vielmehr: ich stellte in meiner Wohnung eine Lücke fest, sofern sie die Behausung eines Schriftstellers werden sollte: der Schriftsteller hatte keinen Tisch. Es stand zwar ein geräumiges Schreibpult im Wohnzimmer, aber nie im Leben würde Renauds Schreibdrang groß genug sein, ihn so weit vom Bett wegzutreiben. Es bedurfte eines Tisches neben dem Bette, eines Winkels, der ganz ihm gehörte; da hatte sich wieder mal mein berühmter Mangel an Initiative ausgewirkt: ich war nie auf den Gedanken gekommen, ihm einen solchen Winkel zu schaffen. Nichts gab es, dem ich gewachsen war. Aber das konnte ausgeglichen werden. Ich schleppte ihn zum »Flohmarkt« und war mir einer Reaktion wie bei den Schallplatten gewärtig. Es überkam ihn eine Art Wahnsinnsanfall; er hätte ganz gern einen Tisch; aber es müsse einer aus einer ganz bestimmten Holzart sein, die Platte müsse eine ganz bestimmte Politur haben; der Tisch müsse so hoch sein, daß er seine riesigen Beine unterbringen, und so breit, daß er darauf seine unendlich langen Arme ausbreiten könne. Die Suche beanspruchte einen ganzen Samstag und einen halben Sonntag; dann wurde ein bäuerlicher Eichentisch entdeckt, die Platte aus einem Stück, ohne den unerträglichen Riß in der Mitte – ein Tisch, der allen Bedingungen entsprach. Wir erwarben ihn zu einem maßlos hohen Preis, den herunterzuhandeln ich für unter meiner Würde hielt. Dem Anschein nach war er aus der Zeit Ludwigs XIII. Er war es nicht. Aber er gefiel Renaud, und das war ein noch besserer Stil. Worauf der »Stuhl-Roman« begann. Der Stuhl mußte erstens fest, zweitens weich sein, denn Renaud hatte ein knochiges Hinterteil und verabscheute Kissen: das sei etwas Künstliches. Schließlich mußten seine Dimensionen auf die des Tisches abgestimmt sein, auf Renauds Beine, auf die Möglichkeit zum Aufstützen der Ellbogen. Diese Forderungen zwangen zu einem Transport des Tisches zu jeder Trödelbude, in der ein Stuhl zu besichtigen war. Wir wurden für irrsinnig gehalten. Als der Generalnenner so vieler Brüche am Montagnachmittag entdeckt wurde, war der Händler von seinen Kollegen über die beiden Wahnsinnigen aufgeklärt worden. Als er ihn erkoren sah, forderte er für einen vom Zahn der Zeit angefressenen Stuhl, der das Prachtstück einer Bauernküche gewesen war und dessen ländlicher Hersteller um 1880 höchstens acht Sous bekommen hatte, 18 000 Francs. Der Tisch hatte 32 000 gekostet. Das war zusammen eine runde Summe, und das war nicht zuviel für die Hoffnung, die sie barg. Übrigens hatten wir drei zauberhafte Tage gehabt, Rostbratwürste gefuttert, die reinste Landpartie. Ich meinerseits brachte einen garantiert antiken Unterrock mit heim, sowie zwei köstliche Kaminböcke, obwohl ich gar keinen Kamin hatte: ich dachte bereits an die Wohnung der Witwe.

Als er geliefert wurde, erwies der Tisch sich als zu groß, sofern nicht das Bett einen andern Platz bekam und die ganze Anordnung der Möbel im Zimmer über den Haufen geworfen wurde. Wir warfen sie über den Haufen. Renauds Freude lieh mir herkulische Kräfte und machte mich undankbar meiner Vergangenheit gegenüber: ich hatte mir halbwegs gelobt, die Möbel so stehen zu lassen, wie mein Vater sie gestellt hatte. Aber Unsinn! Leben ist nun mal Leben, man muß es ebenfalls respektieren, mochten meine Toten meine Toten begraben. Endlich erhielt der Tisch einen Platz, daß Renaud ohne weiteres zwischen ihm und dem Bett hindurchgehen konnte; das war die conditio sine qua non für seine Nutzbarmachung gewesen. Sobald er richtig stand, warf Renaud mich darauf, »um ihn zu taufen«. »Morgen probieren wir den Stuhl aus«, sagte er. »Er verdient es, er ist ziemlich teuer gewesen.«

Nachdem alles erfolgreich »ausprobiert« worden war, setzte Renaud sich hin und verbrachte den Rest des Tages damit, das Gesamt zu erproben. Gegen Abend stellte er sogar die Flasche auf den Tisch, was dessen Rangerhöhung die Weihe gab. Am folgenden Tage legte er Blätter weißen Papiers und Kugelschreiber in verschiedenen Farben darauf. Er wurde mehr und mehr zum Schriftsteller. Leider aber ging, als alles fix und fertig war, sein Rheumatismus zu einer neuen, heftigen Offensive über. Jetzt war er stumm und gelähmt, das war zuviel; trotz seines Widerwillens gegen eine Untersuchung ließ er sich zu Alex schleifen; er hatte nämlich Angst, er sei krebskrank,

Raucherkrebs: er war bei drei Päckchen täglich angelangt. Alex rührte ihn sozusagen durchs Sieb.

Er glaube nicht, daß es sich um Krebs handele, sagte er vorsichtig, wenigstens vorerst noch nicht. Dagegen treibe er einer Gefäßverengung entgegen; ob ihm das Atmen nicht schwerfalle? Doch, freilich. Was nun den Rheumatismus betreffe, der, wie sich bei der Befragung ergab, bald hier, bald dort auftrat, so sei er in Wahrheit eine tüchtige Nervenentzündung, das sei weiter kein Wunder, und Renaud selber wisse das am besten; alles in allem sei der Organismus völlig zerrüttet und dem Zusammenbruch nahe. Aber das wisse Renaud natürlich ganz genau. Wenn er noch eine Weile weitermachen wolle, dann rate Alex ihm, weniger zu rauchen, oder sogar überhaupt nicht mehr, und so weiter. Aber, sagte er und ließ die Arme sinken, Renaud Sarti sei volljährig und wisse, was er tue.

»Ist mir vollkommen schnuppe«, sagte Renaud tapfer; es klang ein bißchen forciert.

»Mir auch«, sagte Alex.

»Ich brauche also nichts zu schlucken?«

Alex zuckte hoffnungslos die Achseln.

»Wenn es dir Spaß macht, kann ich dir Vitamine verschreiben. Da«, sagte er und drückte ihm eine Probepackung B in die Hand, »das schadet dir wenigstens nichts.«

Entweder stirbt man, oder man lebt weiter. Menschen, die über das Sterben erhaben sind, mögen genauso wenig wie andere krank sein. »Und«, sagte Alex, »die Philosophen sind die größten Weichlinge; wenn sie überdies noch eine kleine Schramme auf sich nehmen sollten, dann hauen sie lieber gleich ab.«

»Er muß sich entscheiden, weißt du, Kindchen: an dem Punkt, bis zu dem du ihn hast gelangen lassen, gibt es keine andere Lösung mehr. Wenn du ihn heiraten könntest! Er hat einmal davon gesprochen; das wäre das Mittel, ihn zu zwingen, daß er auf sich achtgibt. Meine Hand drauf: das bringt ihn auf die Beine.«

Renaud heiraten! Wie einfach war das. Ihm konnte man doch nicht den klassischen Rippenstoß versetzen, verdammt nochmal: zehn Tage war es jetzt ausgeblieben, und ich hatte nicht gewagt, mit ihm darüber zu sprechen. Mit Alex übrigens auch nicht. Alex würde wütend sein; ich hörte ihn schon jetzt: eine Schwindsüchtige und ein Alkoholiker – reizendes Baby wird das? Und Renaud: der würde mit Raketenschnelle machen, daß er wegkäme. Aber dennoch ...

Aber dennoch hatte ich alles getan, um dahin zu kommen, wo ich mich jetzt befand, vorwärts getrieben von einem Sammelsurium unvereinbarer Gefühle, darunter an erster Stelle ein letztlich nicht einzudämmendes biologisches Verlangen, das mich nächst der Liebe deren natürliche Folge wünschen ließ; also hatte ich unter mannigfachen Vorwänden den Dingen ihren Lauf gelassen, die Verhütungsmittel ekelten mich an, und so weiter. Dieser Instinkt hatte mich zum passenden Zeitpunkt gegenüber den verschiedenen Unzuträglichkeiten blind gemacht. Einer jener Vorwände war, selbst ein Mensch wie Renaud könne nicht in dem Maße, wie er es wollte, sich der

Anziehungskraft der Erde entziehen, einem ebenfalls wesentlichen Antrieb; man macht sich nie völlig von den Naturgegebenheiten frei. Man möge getrost den Tag verfluchen, der einen empfangen hat; den Mut, hundertprozentig die Zukunft zu verfluchen, bringt niemand auf. Kurzum, ich hatte alles darangesetzt, schwanger zu werden; jetzt war ich es, und was auch dabei herauskomme, ich wollte einen Sohn von Renaud. Vielleicht war das ein heimlicher Wunsch, mit einem Renaud auf dem Nullpunkt von vorn anzufangen, und also letztlich seine Loskaufung auf einem anderen Wege zu bewerkstelligen, wenn ich auf dem bisherigen scheiterte; einem unbeschriebenen Blatt, einem kleinen Renaud, der nie einen Tropfen Alkohol getrunken hatte, der nie verzweifelt gewesen wäre, und für den ich, weiß Gott, alles tun würde, damit er nie verzweifelte. Schließlich hatte Renaud keine Mutter gehabt, vielleicht rührte alles Elend daher. Ein kleiner, gänzlich am Anfang stehender Renaud – welch ein Traum! In Gedanken hätschelte ich ihn bereits im voraus. Und selbst wenn Renaud mich eines Tages verließe, würde er mich dann nicht gänzlich verlassen.

Nichts ist fataler als der Verlauf einer Schwangerschaft; nichts macht einen so fatalistisch, und irgendwie unverwundbar, und so monströs egoistisch im Namen des strikten Gegenteils des Egoismus: allem vor ging meine Bewahrung, meine Bewahrung als Behältnis eines andern Lebens als des meinen – und welches Lebens! Renaud Sartis Sohn! Ich kam mir als nichts Geringeres denn als ein Tabernakel vor, als ein Tempel, und alle meine

Gesten waren nicht mehr die meinen, sondern die einer demütigen Trägerin; nichts fürchtete ich so sehr, als daß der Trägerin ein Unfall zustoße; ich gewährte ihr soviel Ruhe wie möglich, ich nährte sie sorgfältig, ich pflegte sie wie den Jardin du Roi; ich war darauf bedacht – Instinkt des Nestbauens – den Umzug zu beschleunigen; ich wartete; ich war nur noch ein langes, regloses Warten – reglos inmitten der Wandlungen eines Daseins, das mir nicht mehr gehörte. Tiefer Trost, welch ein Friede! Früher war ich mir immer ein bißchen schuldig vorgekommen, wenn ich mich um meine liebe Gesundheit sorgte; jetzt war meine Gesundheit mir gebieterische Pflicht, denn es war die des kleinen Renaud. Und überdies hatte ich mich nie besser gefühlt: ganz entschieden besaß mein Körper ein Gewissen: Ohne befreit zu sein, lebte ich ein wenig distanziert: mag ringsum geschehen, was da will; jenseits der Grenzen kann alles in die Brüche gehen, ich bleibe. Übrigens ging alles in die Brüche. Nicht, daß ich mich darüber gefreut hätte. Aber ich war nicht in der Verfassung, etwas gegen das, was geschah, zu unternehmen; dazu war der Zeitpunkt nicht geeignet; man mußte abwarten.

Renaud schwand stückweise, fetzenweise hin, schied überall Wasser aus, litt an Schmerzen, die den ganzen Körper durchwanderten, und an Halluzinationen des Gesichts und des Gehörs, auch an solchen des Geistes; beispielsweise bildete er sich ein, er habe dieses oder jenes getan, unter anderem: er habe einen Kriminalroman geschrieben; er lebte ein zusätzliches Leben – dabei war es im Grunde gar nicht so zusätzlich, weil er das richtige Leben ja kaum lebte, nicht zusätzlich, sondern bloß angenommen, so daß er letztlich überhaupt keins lebte. Wie hätten mich zu andern Zeiten die Tage krank gemacht, die mit dem berühmten »Scheiße« begannen, einer Wunde, die zugleich mit den Lidern aufklaffte, und deren einziger Balsam der erste Schluck Schnaps war; über den Tagen rollte sodann ein schwarzer, niedriger, erstickender Himmel dahin. »Ich bin einsam, ich bin einsam, ich bin einsam ...« Aber wenn ich ihm vorschlug, er könne ja weggehen: »Verlaß mich nicht!« Unaufhörlicher, kaltblütiger Widerspruch. Lange Stunden völliger Verstumpfung, und in einem fort: »Ich will dies tun, ich will das tun«, und getan wurde es nie, kindische Illusionen: nur noch diese Flasche, und dann höre ich damit auf; aber du mußt einsehen: woher soll ich die Energie nehmen, Schluß damit zu machen, wenn ich nicht vorher noch ein paar letzte Gläser trinke? Und die »besten« bitteren Hohnablenkungen und das unablässige Gemisch von Wahrem und Falschem. Die euphorischen Durchbrüche und die brutalen Abstürze, und der jähe Hang, alles zu verwüsten.

Dieses schwindelerregende, unbegreifliche Auf und Ab hatte mich ehedem mitgerissen und zerschmettert; jetzt jedoch brachte mich das Schwächste von der Welt darüber hinweg, das, was noch gar nicht lebte, eine winzige Hoffnung: der kleine Renaud trug mich.

VI

Schließlich kamen sie zurück nach Paris. »Sie« rief an, ohne auch nur einen Tag zu versäumen. Ich war am Apparat. Ich lud die beiden sofort zum Abendessen ein. Waren wir vier nicht gute Freunde? Sich nichts Alarmierendes anmerken lassen: mein Mißtrauen hätte ihrer beider Herzen aufgeweckt und die Unschuld gestört. Ich bereitete ein kaltes Essen vor, Seegetier, Gänseleberpastete, Ananas, Teller mit Gebäck, Wodka und Champagner. Intim und delikat. Hernach fiel mir auf, daß ich nichts von alledem eigenhändig zubereitet hatte. Das Herz verrät sich durch Kleinigkeiten.

Renaud verriet das seinige nicht, sofern er eins hatte. Wenigstens nicht unmißverständlich. Er hatte bereits eine halbe Flasche getrunken, als sie klingelten.

»Du kommst recht spät«, sagte er trübsinnig zu ihr.

Sie war noch immer sonnengebräunt, was zu dieser Jahreszeit überraschte. Sie trug ein Abendkleid, in dem sie weniger günstig wirkte als in Hosen. Ich meinte, die Stadt passe nicht recht zu ihr. Ich hatte ihnen vom Kauf des Plattenspielers geschrieben: sie brachte eine Platte mit. Kein pompöses Oratorium, wie ich sie gekauft hatte, eine schlichte Platte mit 78 Umdrehungen, die Renaud schleunigst auflegte.

»König Renaud kehrt heim aus Feindesland
Die Eingeweide in der Hand . . .«

Schon lächelte Renaud. Kein brummiges Gesicht mehr, keine schiefen Blicke. Den Teufel auch, schließlich hatte

Rafaele diese Ballade doch nicht erfunden: sie war Jahrhunderte alt! Standen ihr denn sämtliche Hilfsmittel der Welt zur Verfügung?

»Nicht an der Frau, nicht an dem Sohn
Kann ich mich mehr erfreuen ...«

Sie hatte nicht nur gute Einfälle, sondern besaß darüber hinaus die Gabe des zweiten Gesichts. Offenbar ein Zufall. Aber der Zufall ist parteiisch; er hat seine Lieblingskinder.

»Und als die Mitternachtsglocke schlug,
Tat Renaud den letzten Atemzug ...«

»Wie spät ist es?« fragte Renaud.

»Noch nicht mal neun!«

Sie lachten. Urplötzlich ist das Band wieder geknüpft.

»Irgendwie ist es doch wohl Mitternacht«, sagte er.

»Es ist Mitternacht, wann man es will.«

Jetzt fragte die Gemahlin des Königs, »warum die Erde erkaltet sei«. Nun, sie wäre weniger kalt, wenn nur Renaud erst tot wäre!

»Renaud, Renaud, mein Herr so süß,
Nun weilst du in des Tods Verlies ...«

Rafaele lächelte. Sie hielt sich wahrhaftig für den Auferstehungsengel. Es war tatsächlich so; kaum erschien sie, da wurde alles auf den Kopf gestellt. Darin bestand eben ihre Begabung. Leben, Tod; Vernunft, Wahnsinn. Und so weiter. Einen Augenblick lang meinte ich, ich müsse sie ganz einfach umbringen.

»Ich habe Hunger«, sagte Katow. »Folklore ist ja recht nett, aber Austern auch.«

Er war also noch hellsichtiger und durchtriebener als ich. Ich bedachte ihn mit einem Dankesblick, ließ durch Renaud den Wein aus dem Kühlschrank holen, ließ meine Gäste Platz nehmen, erkundigte mich, was für Wetter im Süden sei, und wie sich die Ausstellung mache. Lauter landläufige Dinge, naja. Katow unterstützte mich wakker, erkundigte sich, was es bei uns Neues gebe, und ich verkündete triumphierend, Renaud arbeite an einem Buche.

»Nein, wirklich?« fragte Rafaele fröhlich.

»Nein«, sagte Renaud mit Grabesstimme.

»Na, gut.« Sie machte sich wieder an ihren Seeigel.

»Was für ein Buch denn?« fragte Katow, der den Faden nicht verlieren wollte. Was kann schon ein Mensch schreiben, der voll so herrlicher Probleme steckt?

»Einen Kriminalroman, für fünfhunderttausend Francs«, knirschte Renaud.

»Naja, man muß schließlich leben«, sagte Katow gutmütig. »Es hat mal eine Zeit gegeben, da habe ich Sacré-Coeur auf Postkarten gemalt.«

»Es ist gar kein richtiger Kriminalroman«, sagte ich, »mehr eine Parodie. Er spricht sie vorläufig aufs Band.«

»Übernimm dich nicht, Küken«, sagte Renaud.

»Du hast ein Magnetophon?« rief Rafaele.

Renaud grunzte.

»Hast du Probeaufnahmen für ›Eurydike‹ gemacht?«

»Nein.«

»Hast du den ›Orfeo‹?«

»Nein.«

»Ach!«

Sie zerknackte ihre Hummerschere zwischen den Zähnen. Er trank auf einen Zug sein volles Wodkaglas aus.

»Übrigens«, sagte sie, nachdem sie sich den Inhalt der Schere einverleibt hatte, »mit einem einzigen Magnetophon kann man nicht allzuviel anfangen; höchstens sich ein bißchen amüsieren, wenn man unter sich ist. Oder Kriminalromane. Um wirklich was zustandezubringen, muß man zwei haben.«

Sie nahm sich die andere Schere vor, die größere, die sie sich aufgehoben hatte. Sie frönte dem Kultus des »letzten Happens«.

»Lieber gleich drei«, verbesserte sie sich. «Zwei, dabei kommt auch nicht viel heraus.«

»Das kostet ein Vermögen«, sagte Katow.

»Eigentlich braucht man ein komplettes Studio«, schloß Rafaele. »Wenn ich ein komplettes Studio hätte, würde ich die Welt aus den Angeln heben. Das wäre endlich mal ein Ziel. Oder wenigstens: ich könnte es hoffen; das würde mir genügen.«

»Vielleicht wird sie Mitglied des ›Club d'Essay‹.«

»Oh, das ist tadellos!« rief ich.

»Kann ich mir wohl die Hände waschen?«

»Das Gesicht auch«, sagte Katow. »Bade doch lieber gleich.«

Sie hatte sich bis an die Ohren mit Hummer beschmiert. Ich führte sie hinaus.

»Du Lügnerin! Du hast mir gesagt, bei dir sei ein Saustall!«

»Manchmal ist es das auch.«

»Wenn der König trinkt!« sagte sie fröhlich. »Armes Kind«, fuhr sie fort, »du hast es nicht leicht.«

Mitleid! Das hatte gerade noch gefehlt. Aber im Grunde sah ihr Gesicht aufrichtig aus. Plötzlich stieg in mir die Vermutung auf, sie sei völlig schuldlos.

»Bin ich noch schmutzig?«

»Allerdings. Warte mal.«

Ich nahm einen Waschlappen und fuhr ihr kreuz und quer im Gesicht herum, weit mehr als notwendig, ich weiß nicht, was in mich gefahren war. Ihr die Maske abreißen, wenn sie eine aufhatte? Sie glaubte, es solle ein Scherz sein; sie lachte; ich war den Tränen nahe, ich rieb desto heftiger, um mich zu beherrschen.

»Ich muß aussehen wie der Hummer.«

»Nein, dazu bist du zu braun.«

Sie rührte mich. Sie war nicht wie die andern. Ich trocknete sie behutsam ab. Am liebsten hätte ich sie geküßt. So lag es also bei mir, Mitleid mit ihr zu haben? Der Unschuldigen? Verdiente sie nicht, gerade deswegen desto eher verbrannt zu werden, früher oder später? Komischer Einfall.

»Was hast du denn mit einemmal? Eine Vision?«

Ich stand da, das Handtuch erhoben, und sperrte Mund und Nase auf. Ich lachte.

»Ja.«

»Was für eine denn?«

Ich zuckte die Achseln.

»Los!« sagte sie. »Rede! Visionen sind was Wichtiges. Ich habe noch nie eine gehabt.«

»Naja: du wurdest verbrannt. Aber in Wirklichkeit«, fügte ich vorsichtigerweise hinzu, »war es im Mittelalter.«

»Natürlich. Jetzt tut man so was nicht mehr. Man macht die Leute auf kaltem Wege fertig. Augenscheinlich genügt das. Die Dämonen sind Schlappschwänze.«

»Deine auch?«

»Ich weiß nicht recht«, flüsterte sie. »Vielleicht sind sie wie Schilfrohr. Du weißt ja: ich biege mich, aber ich breche nicht ... Warte, ich helfe dir tragen. Oh, Blätterteig mit Schlagsahne! Selbstgebacken?«

»N ... nein.«

Sie hatte bis zum Nachtisch gewartet, mir den Hieb zu versetzen. Selbstverständlich hatte sie gemerkt, daß ich mich davon dispensiert hatte, mich zu ihrer Bewillkommnung eigenhändig zu bemühen. Ich hatte ihr auf diese Weise wenig Ehre erwiesen, und auch dadurch, daß ich mir eingebildet hatte, sie werde es gar nicht merken. »Selbstgebacken?» Kleine Nebenbemerkung, die einen mattsetzte: so war sie nun mal; genau wie Renaud. Also letztlich doch nicht so unschuldig.

»Ach nein, du hast einen Flügel. Ist er gut?«

»Ich weiß nicht – noch nicht ... Er ist ganz neu.«

»Spiel mal, Renaud.«

Gefügig stand er auf. Ich würde also das schöne Instrument seinem Wert entsprechend einschätzen können. Ich hatte damit lediglich zu warten brauchen, bis Rafaele den Wunsch danach aussprach.

»Du solltest getrost ein bißchen üben«, sagte sie. »Du klebst an den Tasten. In Saint-Paul hast du besser gespielt, das war tatsächlich etwas. Zu idiotisch, daß keiner dich dazu anhält.«

»Daran liegt es nicht: ich habe Nervenentzündung.«

»Wo hast du dir die denn geholt?«

»Da!« sagte er und wies mit dem Kinn auf die Wodkaflasche.

»Es ist damit schnell gegangen«, sagte sie.

»Ich hatte eben Durst.«

Er leitete über auf Bachs »In dir ist Freude«. Ich fand, er spiele gar nicht schlecht. Ich wäre damit zufrieden gewesen, wenn er sich nur bereitgefunden hätte, für mich zu spielen.

»Kann das schlimm werden?«

»Nicht nach Mitternacht«, sagte er.

Er schlug die letzten Takte des Liedes vom König Renaud an, und dann klappte er mit einem harten Ruck den Flügeldeckel zu.

»Deine Uhr muß vorgehen«, sagte Rafaele mit belegter, aggressiver Stimme, plötzlich feuerrot.

Alles in allem ging es um die Frage: wie spät ist es? Nun aber war die Sache die, daß der Zeiger dieser Pendeluhr, die eher einer Bussole glich, beständig um diese absonderliche Mitternachtstunde herumschwankte, und der Wolkengarten wogte auf und ab und suchte sein Gleichgewicht, taumelig wie Renauds Schritt, und entsprechend dem Wandel seiner Stimmungen und den – für ihn jetzt nahezu unüberwindlichen – Schwierigkeiten des Stadtlebens.

Ach, wir waren nicht mehr in Saint-Paul-de-Vence, wir saßen nicht mehr jeden Tag mit schöner Selbstverständlichkeit auf der Terrasse des »Colombe«; bei Franklin Roosevelt flogen keine Glühwürmchen; bei Richelieu-Drouot sangen keine Nachtigallen. Die Wegstrecke Avenue de Saxe —Rue Vercingétorix war voller Wolfsgruben, deren geringste, zumal wenn ein Bistro in Sicht war, und in Paris ist stets ein Bistro in Sicht, deren geringste einen vergessen ließ, ob man auf dem Hinweg oder dem Rückweg war, und wo man sich gegenwärtig befand; wie soll man seine Schritte lenken, wenn man nicht weiß, woher man kommt und wohin man geht? Von dem »Wann« wollen wir lieber gar nicht reden. Rafaele wollte Renaud mit in das Studio nehmen, um die Möglichkeiten einer Aufnahme der »Eurydike« zu erkunden: welch eine Kette unglücklicher Zufälle machte diesen Plan zunichte! Der eine der beiden wartete eines Donnerstags um vier im »Flore«, der andere schichtete eines Freitags um sechs im »Dôme« eine Untertasse auf die andere. »Dôme« und »Flore« sind einander so ähnlich. Freilich, Rafaele war nie sehr pünktlich — aber Renaud mangelte jeder Sinn für die Wochentage: wie sollte er wissen, wann es Donnerstag war? Woran kann man das erkennen? Er ahnte nicht, wie man das macht. Er sagte obenhin: »Also gut, Donnerstag um vier«, aber er vermochte nicht diesen besonderen Moment aus der Homogenität des Zeitenablaufs auszusondern: es schaltet sich doch kein Signal ein, um einem das »Jetzt« zu vermelden. Und wenn sich nun über alle diese Fragen ohne Antwort, über das Verlorensein in der Stadt, über diese Geistesleere hinaus noch das »Warum?« erhebt, dann bleibt einem nichts, als sich auf den erstbesten Schanktisch zu stürzen, was wenigstens einfach ist, solange einen noch nichts davon trennt – denn sogar die Luft konnte sich vor Renaud aufrichten wie eine Säule aus durchsichtigem Schmelzfluß, und er stieß sich, daß es weh tat, anstatt sie zur rechten Zeit zu umgehen: ich hatte dieses Phänomen beobachtet, während ich neben ihm herging; er lustwandelte in einem Glaslabyrinth, verirrte sich darin, fand den Ausgang nicht wieder; sein Gang war eine Abtrift von einem vergessenen Punkte zu einem vergessenen Punkte, eine Kurve, die ihr Ziel verfehlte und ihren Ausgangspunkt nicht wiederfand. Ich wußte, um was es sich handelte: Renaud rückte nur damit heraus, wohin er gehen wollte, wenn ich ihn hinbeförderte.

Und dann, jenseits alles dessen, wollte er denn überhaupt dorthin gehen? Ein gigantischeres Hindernis als die ganze Stadt erhob sich zwischen ihm und Rafaele – zwischen ihm und ihm – und das war er selber. Ein Hindernis von gleich geheimnisvoller Natur wie die imaginären, die ihn auf glattem Gehsteig stolpern und hinfallen ließen, ein Pferd, das über das Dunkel strauchelt, ein vor grundlosem Erschrecken irrsinniges Pferd, ein irrsinniges Pferd, das vor seinen eigenen Schritten scheut. Es schien, als existiere unmittelbar neben mir eine Hölle, und darin hauste Renaud. Und nichts in der Welt, nichts, Gott, steh mir bei, machte ihm mehr Angst als Rafaele!

Auf diese Weise war mein bester Bundesgenosse gegen Rafaele Renaud Sarti. Und der nächstbeste war Rafaele. Sie waren beide ihre schlimmsten Feinde. Im Grunde brauchte ich nichts zu tun. Alles renkte sich mehr oder minder selbsttätig ein; es genügte, der Welt ihren Lauf zu lassen.

Sie sagte: »Man kann kein Pferd zum Trinken zwingen, das keinen Durst hat.« Eine noble Devise, aber recht unwirksam bei der praktischen Nutzanwendung. Sie rief an. Renaud nie. Übrigens konnte Renaud nicht mit dem Telefon umgehen, es machte ihm Angst. Also nahm ich die Anrufe an, und unveränderlich hörte Rafaele meine Stimme, während sie doch auf die andere gehofft hatte. Mir war das peinlich; ich war nett zu ihr: meine Freundschaft wuchs im umgekehrten Verhältnis zu Rafaeles Macht, und als sie besiegt war, liebte ich sie. Nun aber wurde Renaud durch das leiseste Sichbekunden des Engels in die Enge getrieben und verbockte sich in seinem Erdloch, igelstachelig vor Ablehnung. Furchtgeschüttelt. Ich bestand darauf, daß er an den Apparat komme, damit sie sich nicht umsonst der Anstrengung unterzogen habe, die ihr von Mal zu Mal schwerer fiel; ich war desto großherziger, je nutzloser es war: er stand auf, als wolle er die Flucht ergreifen, er kam schräg heran, wie ein Krebs; er verhaspelte sich in eine Unterhaltung im Stil: »Ach, es geht so, und dir?«, wobei dann sie das meiste sagte, und bestenfalls kam es zu einer Verabredung, von der von vornherein feststand, daß sie nicht innegehalten werden würde. Rafaele wurde matter und matter. Bei jeder Zusammenkunft – denn das Beisammensein zu viert glückte stets, da ich die Sache in die Hand nahm – kam sie mir ein bißchen abgekämpfter vor. Der Winter tat ebenfalls das Seine. Ihre Bräune schwand hin – das glorreiche

Gezeichnetsein durch die Sonne, die unbeschwerte Leichtigkeit durch die Sonne, die Freiheit durch die Sonne – und der Frost brachte sie beinahe um. In ihren Dufflecoat gekuschelt, blaß geworden, zerknittert, war sie das nasse Kätzchen, das Simones Eifersucht vorausgeahnt, und mir fiel ein, daß ich von der ersten Minute an gewußt hatte, sie sei verwundbar. Eine Hexe? Keinesfalls; oder nur in der Sonne, in den Ferien. Eine Hexe? Nein, naiv war sie, und weiter nichts. War sie sich auch nur bewußt, daß sie Renaud liebte? Und überdies, zum Teufel: vielleicht liebte sie ihn nicht mal! Oder einfach gutgläubig, wie eine Schwester! Jedenfalls neidete diese bizarre Liebe mir nicht die meine: »Armes Kind, du hast es nicht leicht.« Sie war tausend Meilen weit vom Opfer entfernt. Nicht dazu geschaffen, den vollen Preis für einen Mann zu entrichten. Kein Weibwesen. Im Vergleich zu ihr war ich trotz meiner Gebrechlichkeit herkulisch. Dennoch bekam diese schwache Liebe, diese bizarre Liebe ihr schlecht. Ich hatte Mitleid. Aber dennoch wollte ich ihr Renaud schließlich nicht mit Gewalt ausliefern! Bei mir war er weit besser dran. Was hätte sie aus ihm gemacht, ihr großen Götter! Mich durchschauerte es bei dem Gedanken. Er lag gegenwärtig im Bett, mit einer Art nervöser Blinddarmentzündung, sofern es nicht eine Nierenentzündung war, oder eine Colibazillose, oder Gott weiß welche aus seinen zitternden Nervenzellen geschlüpfte und in seine zerfetzten Eingeweide gedrungene Tierart. Das Stechbecken in der Hand – nein, ich »hatte es nicht leicht«, und Rafaele hätte mir meinen Platz schwerlich streitig gemacht. Sie überließ ihn mir, vielleicht ein bißchen bekümmert, aber kampflos. Sie hegte Abscheu vor Kranken, sie langweilten sie, sie besuchte ihn nicht einmal, und überdies arbeitete sie, sie hatte, sage man, was man wolle, ihr eigenes Leben. Und der Wolkengarten zerbröckelte aus purer Schlappheit und löste sich auf, und Renaud empfand darüber eine üble Genugtuung, die eines Jungen, der es fertiggebracht hat, sein Lieblingsspielzeug kaputt zu machen, und nun ist es geschehen, man hat seine Ruhe vor ihm.

Als er wieder auf den Beinen war – sozusagen zur rechten Zeit – hatte er Schrot im Flügel behalten. Er sträubte sich, allein auszugehen: er wußte, er würde beim nächsten Bistro haltmachen, und sei es nur, um sich Mut zum Weitergehen anzutrinken, und dort würde er überlegen, warum er nun eigentlich weitergehen solle. Da saß er dann also inmitten einer unbewegten Zeit ohne Anfang und Ende, brachte Sätze an den Mann oder glaubte sie an den Mann bringen zu müssen, die er für genial hielt, gleichgültig, zu wem er redete, und der Partner war im übrigen seit langem weggegangen und durch einen andern ersetzt worden, der ebenfalls weggegangen war, während in Renaud die latente Furcht nagte, er habe sich völlig verlaufen und könne nie wiedergefunden werden: man hätte ihm wie Flüchtlingskindern ein Schild mit seinem Namen um den Hals hängen müssen, oder nicht mal mit seinem Namen, was lag schon an seinem Namen, sondern nur: »Bringt mich nach Avenue de Saxe 44. Gute Belohnung.«

Aber ich folgte seiner Fährte. Ich lief dabei keine Gefahr, ihn zu verlieren, so sehr er das auch fürchtete; denn seine Kreuzfahrten waren begrenzter und regelmäßiger als sie ihm vorkamen, für den alle Entfernungen sich ins Maßlose verrenkten. Er glaubte sich in Batignolles oder in Indien, und dabei war er bloß im Tabakladen an der Ecke. Er versuchte nicht einmal mehr großzutun: die Feder, die ihn, obwohl solide, nicht einmal solange hätte in Gang zu halten brauchen, war gesprungen; er lebte in der Angst und ließ seine innere Schwäche durch die Fetzen einer zerrissenen Seele hindurchschimmern. »Mein Ich, meine Seele ist sterblich und der Todeskampf hat eingesetzt – was rede ich da, er hat ja nie aufgehört, ich liege von Geburt an im Sterben. Es wird ein peinlicher Anblick sein, Küken, ich weiß nicht, ob du den Mut aufbringst, bis zum Schluß dabei zuzusehen.« Er folgte mir wie ein Hund und zitterte. »Dich finde ich immer wieder. Dich, dich finde ich wenigstens immer wieder ...«; sagte er wütend, und es galt »dem«, was man nicht wiederfand: das er floh wie die schwarze Pest, aber das ihn aufbrachte, daß er es nicht dennoch wider Willen wiederfand.

Ich bat ihn inständig, aufzuhören, aufzuhören: er stemmte sich nicht länger hochfahrend dagegen; im Gegenteil, er gab demütig zu, ich hätte recht, und wenn er nur könne, würde er mir gehorchen ... er wolle es versuchen; und zur Feier dieses schönen Entschlusses leistete er sich den Satteltrunk: alles in allem trank er nicht mehr, nur ein paar letzte Schlucke vor dem endgültig endgültigen Ende; denn schließlich würde es doch ein großer Tag sein, der, an dem er einfach aufhörte, ganz plötzlich, ein für allemal – er glaubte sich nämlich nach wie vor Herr seiner Entschlußkraft – und der Gedanke an eine ganze Zukunft ohne Whisky sei allzu bedrückend, er müsse sich schon im voraus darüber hinwegtrösten. Und außerdem: wie solle er schreiben, wenn er nicht mehr trank? Denn er könne nur schreiben, wenn er getrunken habe; das habe er festgestellt. Er müsse sich anheizen, dann laufe alles ganz von selber.

Entschlossen verstaute er sich an seinem Tisch. Er liebte seinen Tisch; er klammerte sich daran wie an ein Floß, Andeutung des Tatmenschen, der zu werden er im Begriff stand. Er krallte sich mit beiden Händen in die schöne, glatte Platte. Er blieb in seinem Tobsuchtsanfall sitzen. Er bekritzelte ein Blatt nach dem andern: ich fand sie zerknittert im Papierkorb, bedeckt mit zusammenhanglosen Krickelkrackeln; seine steife Hand konnte keine Buchstaben formen.

Wohlerzogenheit hinderte mich lange, das Schubfach aufzuziehen, in dem er die Produkte verwahrte, die er für würdig gehalten hatte, von der Vernichtung ausgenommen zu werden. Eines Tages jedoch, während eines seiner vergeblichen Fluchtversuche, die ihn nicht mehr allzuweit wegführten, machte ich es auf, weniger gezwickt von Neugierde als von dem Guten, das ich ihm erweisen wollte.

Ich fand ein einziges deutlich lesbares Blatt; augenscheinlich hatte er sich bei der Niederschrift große Mühe gegeben. Ich las: »Die Marquise verließ um fünf Uhr das Haus. Die Marquise verließ um fünf Uhr das Haus, die Marquise verließ um fünf Uhr das Haus, die Marquise verließ um fünf Uhr das Haus, die Marquise verließ um fünf Uhr das Haus, die Marquise verließ um fünf Uhr das Haus, die Marquise verließ, die Marquise verließ, verließ, die Marquise, um fünf Uhr.«

Wenn er »schrieb«, tat ich, als schreibe er tatsächlich. Nicht die leiseste Frage, wie etwa: »Was machst du denn da? Wie weit bist du? Hast du heute gearbeitet?« Ich vermied selbst das beiläufige: »Na, wie geht's?« Keine Nachrichten – gute Nachrichten, nicht wahr? Ich hatte es nie an der Disziplin fehlen lassen, unserem Leben den Schein eines völlig normalen Lebens zu erhalten. Es vollzog sich alles, als sei er ein mit der Ausarbeitung eines Werks beschäftigter Schriftsteller; einer ein bißchen langsamen, ein bißchen schwierigen, aber doch wirklich geschehenden Ausarbeitung, während ich mich meinerseits dem Lebensunterhalt widmete. Das nun freilich stimmte. Ich verkaufte nach und nach alles, was ich besaß; bald würde nur noch das Haus übrig sein, auf das ich Wert legte, und dann würde ich für zwei arbeiten müssen – für drei! Wie würde ich damit fertigwerden, wenn überdies noch das Kind da war, wenn ich das Kind hätte, Gott möge es segnen! Die Zukunft war düster, und davon sagte ich Renaud genauso wenig wie von allem übrigen; er selber schien es gänzlich vergessen zu haben. Ich hatte wieder juristische Vorlesungen belegt; ich wollte doch möglichst schnell damit weiterkommen, unter Hintansetzung meiner schönen Pläne von ehedem; sie waren mir übrigens gleichgültig geworden. Vielleicht würde ich in den Verwaltungsdienst gehen, das war das Sicherste; ich büffelte, im Hinblick auf Preisarbeiten; ich arbeitete meine Vorlesungsnotizen daheim aus, wo dem

Anschein nach eine gesunde Arbeitsatmosphäre herrschte: der eine saß am Tisch, der andere auf dem Bett, alle beide hatten um sich herum Schreibpapier liegen und plagten sich.

Renaud legte den Kugelschreiber hin und hob den Kopf.

»Hast du noch immer nicht genug?« fragte er.

»Wovon genug?«

»Von alledem.«

»Von alledem was?«

»Oh, dieses Unschuldsgetue kotzt mich an! Laß doch die Maske fallen. Du tätest ebensogut, wenn du den Tisch hier ins Feuer würfest. Und mich mit«, fügte er hinzu.

»Aber Renaud ... Was ist denn plötzlich in dich gefahren?«

»›Aber Renaud! Miaumiaumiau!‹« äffte er mich nach. »Du Scheinheilige! Wie lange soll diese Komödie eigentlich noch dauern? Hast du nicht vielleicht meine sämtlichen Werke gelesen, wie? Ich habe eine Träne darauf entdeckt, eine ganz frische, die Tinte war ausgelaufen, schade; ich weiß nicht, ob mir wieder einfällt, was mir vorgeschwebt hat!«

Das war natürlich nicht wahr, ich hatte keine Tränen über seine Marquise gelacht, oder über sonst etwas; die Marquise war also eine Falle gewesen, eigens zu dem Zweck aufgestellt, daß ich hineinginge; eine Provokation, ganz in seinem Stil, Ansatzpunkt für eine tragische Szene. Konnte er uns denn nicht einfach weitermachen lassen, alles in allem beinahe in Ruhe und Frieden? Da ich es ohne Selbsttäuschung hinnahm, konnte er da nicht einfach hinnehmen, daß ich es hinnahm? Das war doch nicht viel verlangt.

»Na, nicht wahr? Es stimmt doch?«

Unnütz, zu leugnen. Er beharrte auf seiner tragischen Szene, er würde sie bis zum Schluß durchführen. Ich senkte den Kopf. »Ja.«

»Ja. Gut. Ich wiederhole also meine Frage: Hast du noch immer nicht genug?«

»Ich werde nie genug haben, Renaud. Das weißt du ganz genau.«

»Leider!« sagte er.

»Aber Renaud, ich jammere und stöhne doch nicht ... Ich verlange ja weiter gar nichts.«

»Naja, du bist nicht gerade schwierig, Flittchen! Weder andern noch dir selbst gegenüber. ›Verlange ja weiter gar nichts ...!‹ So was nennt sich leben! Herzlichen Glückwunsch! Wenn ich also lange zum Krepieren brauche, dann willst du deine schönen Jahre damit hinbringen, daß du ›Alles klappt famos, verehrte Frau Marquise‹ spielst? Bis zum Hals in der Scheiße, aber bloß keine Wellen aufrühren? Denn das Wichtigste, nicht war, das besteht in: sich nichts anmerken lassen! Nichts wissen! Heuchlerin.«

Er senkte die Stimme.

»Siehst du: du bist zum Kotzen. Deine Liebe. Dein Mitleid. Ich habe es kennengelernt. Jetzt bis zum Letzten. Scheiße. Dein Mitleid, damit kannst du dir den Hintern wischen. Nein, du wärst imstande, sogar dabei noch Genuß zu empfinden. Dein Mitleid, das kannst du als Salat in dich reinfressen, ich spucke drauf.«

Er spie auf die Erde: kein Wort in die leere Luft, Renaud, und für mich das Sackleinen als Bahrtuch.

»Mich kotzt sie an«, sagte er ganz ruhig, »diese friedliche bourgeoise Atmosphäre. Tu mir doch den Gefallen und sag die Wahrheit, also: ›Renaud, du bist im Arsch.‹ Damit man, wenn sich schon nichts daran ändern läßt, wenigstens weiß, woran man ist. Los, du Straußenweibchen, zieh den Kopf aus dem bourgeoisen Sand, komm her und sieh mir in die Augen. Gut: deine Augen sind kühl und gesund, siehst du, es funktioniert also nicht so glatt. Also stimm deine Geigen, deine Augen und deinen Mund, und sag die Wahrheit.«

»Nein! Bitte nicht!«

»Doch! Ich will die Wahrheit: Renaud, du bist im Arsch. Ich will es buchstäblich hören, verstehst du denn nicht, daß das eine berechtigte Forderung ist?«

»Aber es ist ja nicht wahr!«

»Doch! Es ist wahr.«

»Ich will es nicht! Ich will nicht, daß es so ist!«

»Schizophrenie! Bourgeoisie, das ist der Name deiner Krankheit. Wirklichkeit? Kenne ich nicht. Werde mit was nicht fertig? Kenne ich nicht. Will ich gar nicht wissen. Vor allem muß das Fest weitergehen. Ach, wie bin ich müde«, sagte er, und die Stimme versagte ihm. »Es dauert lange, es dauert lange, es geht immer weiter, es nimmt kein Ende. Ich krepiere vor Langeweile, aber das dauert seine Zeit. Also bitte, erweis mir die Gnade: damit man wenigstens, solange es noch dauert, reine Luft atmen kann! Wenn auch noch Gestank nötig sein sollte: das wäre zu hart! Los, sag mir die Wahrheit.«

Ich schwieg. Ich war rein physisch außerstande, so etwas herauszubringen. Er packte mich an den Haaren – »Sag es!« – und warf mich rücklings über den Tisch. Ich verspürte einen winzigen Schmerz im Unterleib, wie einen Nadelstich. Ich fing an zu brüllen.

»Rühr mich nicht an! Laß mich! Sei im Arsch, wenn du so großen Wert darauf legst, aber mich läßt du in Ruhe. Geh weg! Geh bloß weg, nichts zu machen!«

Plötzlich war etwas weit kostbarer als Renaud. Er spürte es, und in seiner Verdutztheit über dieses Mysterium gab er mich frei. Als ich wieder auf den Füßen stand, machte ich Front: er sollte nicht wieder an mich heran. Mochte er doch machen, daß er wegkam.

Ich zitterte vor Angst – aber nicht aus Angst vor Renaud, und das merkte er ganz genau. Ich legte mich aufs Bett, gleichgültig gegen die Entschlüsse Monsieur Sartis. Ich mußte mich Alex anvertrauen: ich war fast im vierten Monat. Und ich hatte keinen Schwangerschaftskalender geführt, und mit der Sozialversicherung nichts geregelt. Es wurde höchste Zeit, daß ich mich mit ernsthaften Dingen befaßte. Wenn nur dieser schwachsinnige Rohling mich nicht durch seine Sauereien eines gescheiterten Intellektuellen gefährdete! Mochte er doch zum Teufel gehen!

Aber Monsieur Sarti ging nicht zum Teufel; er drehte und wendete sich, ohne zu wissen, was er mit sich anfangen solle, völlig abgekühlt, weil ich mich nicht länger mit seiner werten Person befaßte. Monsieur Sarti war ein Gewohnheitsmensch. Nun, dann mußte er seine Gewohnheiten eben ändern oder sich in sich abfinden. Er war übel dran, ich hatte ein bißchen Mitleid mit ihm.

»Willst du, daß ich abhaue?«

Ich sah ihm fest in die Augen.

»Ich will nicht dieses dreckige Affentheater.«

Er tanzte von einem Fuß auf den andern. Plötzlich warf er sich mit gewaltigen Schluchzern vor dem Bett nieder. Er weinte und weinte, wie lange, das weiß ich nicht, vielleicht stundenlang. Ich hatte ihn an mich gezogen und wiegte ihn. Ich hatte zwei Kinder. Er konnte nicht mehr. Er hatte dreißig Jahre liquidiert.

Nach wie vor hatte ich leichte Schmerzen, die mich mehr beunruhigten, als daß sie mir wehtaten. Ich rief Alex an, oder vielmehr: ich ließ ihn durch Renaud anrufen, weil ich mich nicht bewegen wollte. Renaud hatte sich endlich beruhigt; aber es war von ihm nur noch ein Fetzen übrig; kaum, daß er sprechen konnte.

»Hast du sie ermordet?« fragte Alex ihn beim Anblick seines verwüsteten Gesichts. Er stotterte erbärmlich. Ich schickte ihn nach nebenan: er runzelte die Stirn; er war stets dabeigeblieben, wenn ich untersucht wurde; es handelte sich im allgemeinen um die Lunge; er verstand nicht, was heute los war.

»Na, also!« sagte Alex bei der Untersuchung. »Ich war

ja darauf gefaßt, daß du uns eines Tages diesen Streich spielen würdest. Deshalb also mault er?«

»Nein, er weiß davon nichts. Es liegt an etwas anderem: er ist völlig fertig, ohne allen Halt; vorhin ist er ganz und gar zusammengebrochen.«

»Der arme Kerl; dann ist es also aus mit ihm. Jaja, du darfst ihm dann den Strick um den Hals legen.«

»Deswegen habe ich es nicht getan!« schrie ich auf.

»Natürlich nicht.«

»Und überdies wäre es eine ziemlich falsche Kalkulation gewesen; es hätte ihn weit eher zum Davonlaufen gebracht.«

»Natürlich«, sagte Alex. »Zieh dich wieder an. Aber sag mal: es ist doch nicht erst seit gestern?«

»Seit November.«

»Und warum hab ich nichts erfahren?«

»Ich hatte Angst, du würdest eingreifen.«

»Und das wolltest du nicht?«

»Nein.«

»Du weißt, daß vorläufig noch kein Arzt zur Schwangerschaftsunterbrechung ermächtigt ist«, sagte er trocken, »und du fällst nicht mal unter die Ausnahmebestimmungen. Vorläufig steht es einem noch frei, Idioten in die Welt zu setzen.«

»Aber Alex!«

Ich hatte ganz genau gewußt, daß er wütend werden würde.

»Schließlich ist das nicht schicksalsmäßig bedingt. Es kann ebensogut glattgehen.«

»Nichts zu machen, manchmal muß man ein Risiko auf sich nehmen ...«

»Ja, sogar für die andern ...«

»Du bist zu pessimistisch. Wenn man stets und immer die günstigsten Bedingungen verlangen müßte, dann täte man überhaupt nichts. So ist das Leben nun mal. Es kann auch ein Genie werden.«

»Du meinst: ein Renaud? Ich bewundere deinen Mut und wünsche dir, daß er belohnt wird. Hauptsache ist, daß du dich darauf freust. Im übrigen ist dein Gesundheitszustand recht gut. Vielleicht brauchtest du gerade das, um deine ganze Hysterie loszuwerden.«

»Aber die Schmerzen?«

»Bleib vorläufig liegen; aber meiner Meinung nach kommen sie daher, daß du ohne Gürtel herumläufst wie eine Schwachsinnige.«

»Ich wage es niemals, mich mit solch einem Ding zu zeigen!«

»Was sein muß, muß sein, mein Kind.«

»Wofern er nicht deswegen einfach davonläuft, was zugleich das ästhetische Problem regeln würde.«

»Wie lange willst du noch vor ihm damit hinterm Berge halten? Soll es etwa eine Geburtstagsüberraschung für ihn werden?«

»Jetzt ist mir das schnuppe. Du kannst es ihm ja beim Weggehen sagen.«

Mag er tun, was er will. Abgesehen von Fußtritten in den Unterleib.

Renaud kam herein und setzte sich an den Bettrand, ganz ruhig.

»Ich möchte dich heiraten«, sagte er.

»Nein!« rief ich. »Jetzt nicht! Nicht aus diesem Grunde!«

»Du verstehst mich nicht: es ist kein Grund, es ist ein Vorwand. Ich greife den ersten auf, der sich mir bietet, weil ich die Schnauze voll habe.«

»Ich will nicht, daß es so aussieht, als hätte ich dich festgenagelt.«

»Bring mir wenigstens diesmal den Anschein zum Opfer. Nagele mich fest. Ich bitte dich darum. Ich habe genug. Ich streiche die Segel. Ich gebe nach. Ich habe die Schnauze voll. Ich schwöre ab. Ich schwöre mein Nichts ab. Nimm mich so wie ich bin. Lies mich auf, ich liege zu Boden. Es sei denn, du hieltest mich für nicht gut genug; dann verzichte ich.«

»Für mich bist du immer gut genug, Renaud. Auch auf einer Bahre, mit nur einem Arm.«

»Ja, ich weiß.«

Er setzte ein trauriges Lachen auf: unseligerweise hatte ich eine Replik der »Eurydike« gegeben.

»Siegerin Liebe. Naja«, sagte er. »Es stimmt.«

»Ich will keinen Augenblick der Schwäche ausnutzen, um dich anzuketten. Wir wollen uns die Sache nochmal überlegen, wenn es dir besser geht.«

»Ich will nicht, daß es mir besser geht, wie du so schön sagst, ich will mich gehen lassen. Es handelt sich um keinen Augenblick der Schwäche, sondern um meine wesenhafte Schwäche, die sich endlich offenbart: nutz das aus, du weißt ja, daß ich in Augenblicken trügerischer Euphorie manchmal Anfälle von idiotischer Überheblichkeit habe. Kette mich an. Ich will Ketten, soviel Ketten wie nur möglich, und ganz schwere, damit ich mich nicht mehr bewegen kann. Ich bin gefallen. Ich habe kein Recht, das zu vergessen. Die Sache ist im Grunde die, daß ich mich für einen Gott gehalten habe, daß ich trinke, um zu versuchen, es zu glauben; aber es ist nicht wahr, wir wollen Schluß machen mit diesen ärschlichen ikarischen Phantasien. Ich will dableiben. Hier. Ich bitte dich, mich hierzubehalten. Halte mich. Fest. Laß mich nicht mehr herumklettern, oder mir einbilden, ich kletterte; halt mich gut fest, damit ein für allemal für mich Schluß mit alledem ist. Ich kann nicht mehr, siehst du das ein?, zwischen zwei Stühlen sitzen, von denen der eine der glühende Eisenstuhl ist, weißt du, auf den man sich nur setzen kann, wenn man rein ist, und ich bin nicht rein, und außerdem ist das nur eine alberne Legende; und der andere, der andere, weißt du, ist das schlichte, ruhige Leben, und danach verlangt mich.«

»Dich verlangt nach etwas?«

»Ja. Danach verlangt mich. In dieser Minute bin ich nicht betrunken, glaub mir, ich habe einen ganz klaren Kopf; mich verlangt danach. Ich lege mein Idealistenamt nieder. Man kann nicht im Stand der Gnade verbleiben ohne Glauben, mein Geliebtes, das war eine Illusion; auf dem Monde wächst nichts, und Hoffnung kann man nicht herzaubern. Es ist nach Mitternacht, zu spät für das Goldene Zeitalter. Lebwohl, ich habe nicht den Mut, an Erschöpfung zu sterben, an der Logik zu sterben; ich bin es müde, den Unsteten und Flüchtigen zu spielen, für den nirgends Raum ist; ich will im Frieden der Gefängnisse ruhen, ich mache mich zum Gefangenen.«

Er hielt mir seine beiden geschlossenen Fäuste hin. Ich drückte sie an mein Gesicht.

»Nein. Du tust, was du willst, du wirst immer tun, was du willst.«

»Ich will nicht tun, was ich will, leg mir die Handschellen an, ich bitte dich. Ich will keine Freiheit, keine Freiheit von allem und nichts. Es ist nichts daran, wenn man frei ist. Das muß ich endlich begreifen. Leg mir die Handschellen an, ich bitte dich, schnell, ich könnte mich noch immer sträuben, weiß Gott, beeile dich. Zwing mich. Ich ergebe mich dir. Hörst du! Ich will endlich der Spezies Mensch angehören, der Schweinerei von unvollendeter Spezies Mensch. Ich hatte geglaubt, ich gehörte einer andern an; verrückt. Ja, vielleicht. Ja. Zugegeben. Aber es war eine mißlungene Spezies, das ist es; es war vergessen worden, sie mit einem Panzer zu versehen, es konnte nicht gut gehen. Ich bin eine abgetriebene Frucht der Natur. Der Mensch ist eine Fehlgeburt des Affen; ich bin eine Fehlgeburt des Menschen. Aber es steht mir bis dorthin, als eine Fehlgeburt herumzulaufen, ich will nichts sein als ein Mensch, ich will sagen: ›Guten Tag, wie geht's Ihnen, danke, tadellos, und Ihnen?‹; auch ich will in die Große Waschmaschine eingehen, hilf mir, du, die du es weißt. Hilf mir zu leben. Zwing mich zu leben, ich schwöre dir, daß ich nichts mehr will als das. Du hast mich nie im Stich gelassen: dies ist nicht der Augenblick dafür; laß mich jetzt nicht im Stich, laß mich nie wieder im Stich, bis zum Ende. Ich habe im vollen Ernst gesprochen. Heirate mich. Bitte.«

Er hat nicht gewollt, daß ich ihn in die Klinik begleitete. »Das geht dich nichts an«, hat er gesagt. Er trug einen kleinen Koffer, er sah bereits ganz verändert aus. Nackt, von allem entblößt. Er trat eine Reise an, nicht als ein Reisender, ein Reisender reist nie ab; er dagegen reiste unendlich weit, auf der ganzen Erde ist kein Ort so entrückt wie das Innere dieser Klinik; nicht einmal auf einem anderen Stern gibt es dergleichen. Er wechselte die Welt. Die Haut. Die Seele. Er schied von sich selbst, er verließ sich.

Er winkte mir zu und schritt durch das Gittertor. Er war blaß. Er wußte: er würde nicht wiederkehren.

Alex kam wieder heraus. Eurydikes Geister austreibender Priester: das war er, ich erkannte es. Er allein würde jetzt Zugang haben zu dem Besessenen, dem der Dämon ausgetrieben werden sollte, damit er der Menschenwelt wiedergegeben werde. Der Spezies Mensch: »Guten Tag, wie geht's Ihnen. Danke, tadellos.«

Er hat sich nicht mal gesträubt. Wir haben sehr rasch geheiratet, in aller Stille, Alex war mein Zeuge, André der seine. Bloße Formalität, durch die er mir das Recht einräumte, ihn zum Leben zu zwingen, durch Mittel, deren Wahl mir freistand. Blindes Vertrauen. Blind: »Die Augen müßte man mir auskratzen, ich gebe dir die Gebrauchsanweisung.«

Hätte er mir nur am Gittertor gesagt: »Naja, richtig betrachtet: nein. Ich habe es mir anders überlegt.« Lächerlich: ich hätte ihn auf der Stelle wieder mit heimgenommen. Auf der Stelle. Rasend schnell. Mit hundert Stundenkilometern durch die Straßen, mit hundert ... Aber er wollte es, er hat es gewollt. Die gesetzliche Macht, die er mir eingeräumt hat, deren bedient nur er allein sich, wie einer Krücke, als Hilfsmittel, dorthin zu gehen, wohin er gehen will, wie eines Gendarmen, um sich Angst zu machen. Er hat sich einen Gendarmen ernannt, hat ihm Befehle gegeben, und jetzt macht er sich Angst mit seinem Gendarmen und gehorcht ihm. Er bedarf dieses Mechanismus, ich bin nur ein Werkzeug, ich spiele die Rolle, die er mir zuerteilt hat. Er, er tut alles, nicht ich. Ich, ich tue nichts, ich habe nichts getan, ich nicht, ich nicht, ich schwöre es.

»Na, komm nur«, hat Alex gesagt. »Es ist ja schließlich nicht der elektrische Stuhl.«

Von Christiane Rochefort
erschienen im Suhrkamp Verlag

Das Ruhekissen. Roman. Aus dem Französischen von Ernst Sander. 1977. 296 Seiten. *suhrkamp taschenbuch* Band 379

Kinder unserer Zeit. Roman. Aus dem Französischen von Walter Maria Guggenheimer. 1978. 164 Seiten. *suhrkamp taschenbuch* Band 487

Mein Mann hat immer recht. Roman. Aus dem Französischen von Walter Maria Guggenheimer. 1977. 226 Seiten. *suhrkamp taschenbuch* Band 428

Eine Rose für Morrison. Roman. Aus dem Französischen von Eugen Helmlé. 1967. 232 Seiten. Leinen

Zum Glück gehts dem Sommer entgegen. Roman. Aus dem Französischen von Eugen Helmlé. 1978. 222 Seiten. *suhrkamp taschenbuch* Band 523

Unterdrückungsvorgänge erlebt. »Wie diese Leute sich vertragen, was sie sich gegenseitig antun, mit welchen Illusionen und Utopien sie abgespeist werden, wie sie inmitten der Funktionalität ihr privates Reservat verfechten und wie schließlich das größere Gemeinwesen einer Stadt, hier ist es Berlin, über sie hinweggeht«, das sind, mit Martin Kessels Worten, aktuell gebliebene Erfahrungen.

st 455 Reinhold Schneider, Der Balkon
Aufzeichnungen eines Müßiggängers in Baden-Baden
Mit einem Nachwort von Pirmin A. Meier
186 Seiten
»Der Müßiggänger ist so einfühlend und empfindungsreich, daß zwischen den Schattenmassen der Historie, den mächtigen Umrissen der Großen, den Höhlungen der Mühe, Kümmernisse und der Armut, den vielen Gräbern, den überstandenen partiellen Weltuntergängen die Landschaft von weitem aufspringt, ein silberner Trost, ein befreiender Atemzug.«

Benno Reifenberg, Die Gegenwart

st 456 Erich Köhler, Hinter den Bergen
Roman
368 Seiten
Das war vor mehr als dreißig Jahren, der Krieg war eben zu Ende gegangen. Hinter den Bergen liegt ein Dorf, das in seiner Weltabgeschiedenheit nach einer eigenen Ordnung im Chaos sucht. Der Wettlauf zwischen Utopie und Wirklichkeit, das ist das Motiv dieses Romans. Ein Erzählwerk voller Weisheit und Humor, aus einer sinnlichen Sprache gemacht und kraftvoll gestaltet.

st 457 Basis. Jahrbuch für deutsche Gegenwartsliteratur
Band 8
Herausgegeben von Reinhold Grimm und Jost Hermand
264 Seiten
Mit Beiträgen von Helmut Kreuzer, Jost Hermand, Peter Uwe Hohendahl, Wolfgang Emmerich, Christine Cosentino u. a.
Ohne methodisch festgelegt zu sein, sucht *Basis* eine Literaturbetrachtung zu fördern, die an der materialistischen Grundlage orientiert ist.

st 459 Stanisław Lem, Sterntagebücher
Mit Zeichnungen des Autors
Aus dem Polnischen von Caesar Rymarowicz
Phantastische Bibliothek Band 20
496 Seiten
Mit dem Erzählungs-Zyklus über die Erlebnisse des Weltraumfahrers Ijon Tichy, eines kosmischen Münchhausens der künftigen Jahrhunderte, ist Lem ein literarisch großer Wurf gelungen. Paradox, einfallsreich, sprühend vor Ideen, hat Lem konventionelle Methoden von Satire und Allegorie übernommen und sie parodistisch gegen die Science-fiction gekehrt. Ins Spiel der freien Phantasie mischen sich jedoch ernste philosophische Spekulation und politische Anspielung.

st 460 Franz Rottensteiner (Hrsg.), Polaris 4
Ein Science-fiction-Almanach
Phantastische Bibliothek Band 21
192 Seiten
Polaris 4 sucht dem Mangel an Information über die Science-fiction des Nachbarn Frankreich abzuhelfen. Die französische SF ist in der Regel mehr abenteuerlich als rational kalkulierend, mit einem Zug zur Mystik und einem vage sentimental gefärbten Lyrizismus. Der Almanach enthält u. a. Texte von J. H. Rosny aîne, Maurice Renard, Ion Hobana, Jean-Pierre Vernier, Gérald Klein, J. P. Andrevon, Pierre Boulle.

st 481 Walter Hinck, Von Heine zu Brecht
Lyrik im Geschichtsprozeß
156 Seiten
Inhalt: Ironie im Zeitgedicht Heines. Exil als Zuflucht der Resignation. Epigonendichtung und Nationalidee. Metamorphosen eines Volkslieds. Alle Macht den Lesern, Zur Lyrik Brechts. Das lyrische Subjekt im geschichtlichen Prozeß oder Der umgewendete Hegel.

st 483 Über Robert Walser, Band 1
st 484 Über Robert Walser, Band 2
Herausgegeben von Katharina Kerr
Band 1: 218 Seiten
Band 2: 488 Seiten
Mit dem Erscheinen der Werkausgabe Robert Walsers

und seiner Briefe ist, verbunden mit einem allgemeinen neuen Interesse an der Literatur des ersten Jahrhundertdrittels, das Interesse am Werk Robert Walsers gestiegen. Von ihm gehen heute Anregungen auf ein breiteres Publikum aus. *Über Robert Walser 1* bringt wichtige Arbeiten der frühen kritischen Walser-Rezeption, *Über Robert Walser 2* neuere, z. T. noch unveröffentlichte Arbeiten aus jüngerer Zeit.

st 485 Hansgerd Schulte (Hrsg.), Spiele und Vorspiele
Spielelemente in Literatur, Wissenschaft und Philosophie
138 Seiten
Pierre Bertaux, der französische Germanist und Hölderlin-Forscher, hat sich während seines vielgestaltigen Lebens auch mit der Funktion des Spieles in Literatur, Wissenschaft und Philosophie befaßt. Er mißt dem Spieltrieb eine ebenso zentrale Funktion für den Menschen und sein Verhalten bei wie etwa Freud dem Sexualtrieb. Bertaux' 70. Geburtstag schien ein reizvoller Anlaß, einige seiner Freunde und namhafte Wissenschaftler um einen Beitrag zu dem Spielthema zu bitten – jeweils aus ihrer Sicht und im Zusammenhang mit den eigenen Forschungsinteressen. Mit Aufsätzen von Hellmut Becker, Walter Höllerer, Robert Jungk, Golo Mann, Hans Mayer, Georg Picht, Peter Wapnewski.

st 487 Christiane Rochefort, Kinder unserer Zeit
Roman
164 Seiten
Ein kleines Mädchen erzählt seine Geschichte. Es wächst auf in einer Kinderreichen-Siedlung am Stadtrand von Paris, in einer uniformen, kleinbürgerlich geregelten, staatlich subventionierten Welt. Es empört sich gegen den dumpfen Schematismus einer Lebensplanung, die nichts anderes kennt als das Denken an einen Standard der Eisschränke und Fernsehapparate in der Atmosphäre des Sozialen Wohnungsbaus, in der Kinder dazu dienen, die Teilhabe am Komfort der Neuzeit zu finanzieren.
»Ein knapp erzähltes Buch, bitter in seiner Anschaulichkeit und Illusionslosigkeit, eine einzige unsentimentale, satirisch gefärbte Anklage – ein Zeichen der Zeit.«
Neue Zürcher Zeitung

Alphabetisches Gesamtverzeichnis der suhrkamp taschenbücher

Achternbusch, Alexanderschlacht 61
– Happy oder Der Tag wird kommen 262
– Die Stunde des Todes 449
Adorno, Erziehung zur Mündigkeit 11
– Studien zum autoritären Charakter 107
– Versuch, das ›Endspiel‹ zu verstehen 72
– Zur Dialektik des Engagements 134
– Versuch über Wagner 177
Aitmatow, Der weiße Dampfer 51
Alfvén, M 70 – Die Menschheit der siebziger Jahre 34
– Atome, Mensch und Universum 139
Allerleirauh 19
Anders, Kosmologische Humoreske 432
v. Ardenne, Ein glückliches Leben für Technik und Forschung 310
Arendt, Die verborgene Tradition 303
Arlt, Die sieben Irren 399
Artmann, Grünverschlossene Botschaft 82
– How much, schatzi? 136
– The Best of H. C. Artmann 275
– Unter der Bedeckung eines Hutes 337
v. Baeyer, Angst 118
Bahlow, Deutsches Namenlexikon 65
Balint, Fünf Minuten pro Patient 446
Ball, Hermann Hesse 385
Barnet (Hrsg.), Der Cimarrón 346
Basis 5, Jahrbuch für deutsche Gegenwartsliteratur 276
Basis 6, Jahrbuch für deutsche Gegenwartsliteratur 340
Basis 7, Jahrbuch für deutsche Gegenwartsliteratur 420
Beaucamp, Das Dilemma der Avantgarde 329
Becker, Jürgen, Eine Zeit ohne Wörter 20
Becker, Jurek, Irreführung der Behörden 271
Beckett, Warten auf Godot (dreisprachig) 1
– Watt 46
– Endspiel (dreisprachig) 171
– Das letzte Band (dreisprachig) 200
– Molloy 229
– Glückliche Tage (dreisprachig) 248
– Malone stirbt 407
Das Werk von Samuel Beckett. Berliner Colloquium 225
Materialien zu Becketts »Godot« 104
Materialien zu Becketts Romanen 315
Benjamin, Illuminationen 345
– Über Haschisch 21
– Ursprung des deutschen Trauerspiels 69
– Der Stratege im Literaturkampf 176
Zur Aktualität Walter Benjamins 150
Bernhard, Das Kalkwerk 128
– Frost 47
– Gehen 5
– Der Kulterer 306
– Salzburger Stücke 257
Bierce, Das Spukhaus 365
Bingel, Lied für Zement 287
Bioy Casares, Fluchtplan 378
Blackwood, Besuch von Drüben 411
– Das leere Haus 30
Bloch, Naturrecht und menschliche Würde 49
– Subjekt–Objekt 12
– Vorlesungen zur Philosophie der Renaissance 75
– Atheismus im Christentum 144
Börne, Spiegelbild des Lebens 408
Bond, Die See 160
– Bingo 283
Braun, Stücke 1 198
Brecht, Geschichten vom Herrn Keuner 16
– Schriften zur Gesellschaft 199
– Frühe Stücke 201
– Gedichte 251
Brecht in Augsburg 297
Bertolt Brechts Dreigroschenbuch 87
Brentano, Prozeß ohne Richter 427
Broch, Barbara 151
– Die Schuldlosen 209
– Schriften zur Literatur 1 246
– Schriften zur Literatur 2 247
– Der Tod des Vergil 296
– Philosophische Schriften 1 u. 2 2 Bde. 375
– Die Unbekannte Größe 393
– Die Verzauberung 350
Materialien zu »Der Tod des Vergil« 317
Broszat, 200 Jahre deutsche Polenpolitik 74
Brude-Firnau (Hrsg.), Aus den Tagebüchern Th. Herzls 374
Buono, Zur Prosa Brechts. Aufsätze 88
Butor, Paris–Rom oder Die Modifikation 89
Carpentier, Explosion in der Kathedrale 370
Celan, Mohn und Gedächtnis 231
– Von Schwelle zu Schwelle 301
Chomsky, Indochina und die amerikanische Krise 32
– Kambodscha Laos Nordvietnam 103
– Über Erkenntnis und Freiheit 91
Condrau, Angst und Schuld als Grundprobleme in der Psychotherapie 305
Conrady, Literatur und Germanistik als Herausforderung 214
Cortázar, Das Feuer aller Feuer 298
– Ende des Spiels 373
Dedecius, Überall ist Polen 195
Der andere Hölderlin. Materialien zum »Hölderlin«-Stück von Peter Weiss 42
Der Friede und die Unruhestifter 145
Der Weg der großen Yogis 409
Dick, UBIK 440
Doctorow, Das Buch Daniel 366
Döblin, Materialien zu »Alexanderplatz« 268
Dolto, Der Fall Dominique 140
Döring, Perspektiven einer Architektur 109
Duddington, Baupläne der Pflanzen 45
Duke, Akupunktur 180
Duras, Hiroshima mon amour 112
Durzak, Gespräche über den Roman 318
Ehrenburg, Das bewegte Leben des Lasik Roitschwantz 307
– 13 Pfeifen 405
Eich, Fünfzehn Hörspiele 120
Eliot, Die Dramen 191
Zur Aktualität T. S. Eliots 222
Enzensberger, Gedichte 1955–1970 4
– Der kurze Sommer der Anarchie 395
– Politik und Verbrechen 442
Enzensberger (Hrsg.), Freisprüche. Revolutionäre vor Gericht 111
Eschenburg, Über Autorität 178
Ewald, Innere Medizin in Stichworten I 97
– Innere Medizin in Stichworten II 98
Ewen, Bertolt Brecht 141
Fallada/Dorst, Kleiner Mann – was nun? 127

Feldenkrais, Bewußtheit durch Bewegung 429
Feuchtwanger (Hrsg.), Deutschland – Wandel und Bestand 335
Fischer, Von Grillparzer zu Kafka 284
Fleißer, Eine Zierde für den Verein 294
– Ingolstädter Stücke 403
Fletcher, Die Kunst des Samuel Beckett 272
Franke, Ypsilon minus 358
– Zarathustra kehrt zurück 410
Fries, Der Weg nach Oobliadooh 265
Frijling-Schreuder, Was sind das – Kinder? 119
Frisch, Dienstbüchlein 205
– Stiller 105
– Stücke 1 70
– Stücke 2 81
– Wilhelm Tell für die Schule 2
– Mein Name sei Gantenbein 286
– Andorra 277
– Homo faber 354
Frischmuth, Amoralische Kinderklapper 224
Fromm/Suzuki/de Martino, Zen-Buddhismus und Psychoanalyse 37
Fuchs, Todesbilder in der modernen Gesellschaft 102
Fuentes, Nichts als das Leben 343
Fühmann, Bagatelle, rundum positiv 426
– Erfahrungen und Widersprüche 338
García Lorca, Über Dichtung und Theater 196
Gibson, Lorcas Tod 197
Gilbert, Das Rätsel Ulysses 367
Glozer, Kunstkritiken 193
Goldstein, A. Freud, Solnit, Jenseits des Kindeswohls 212
Goma, Ostinato 138
Gorkij, Unzeitgemäße Gedanken über Kultur und Revolution 210
Grossmann, Ossietzky. Ein deutscher Patriot 83
Habermas, Theorie und Praxis 9
– Kultur und Kritik 125
Habermas/Henrich, Zwei Reden 202
Hammel, Unsere Zukunft – die Stadt 59
Han Suyin, Die Morgenflut 234
Handke, Chronik der laufenden Ereignisse 3
– Der kurze Brief 172
– Die Angst des Tormanns beim Elfmeter 27
– Ich bin ein Bewohner des Elfenbeinturms 56
– Stücke 1 43
– Stücke 2 101
– Wunschloses Unglück 146
– Die Unvernünftigen sterben aus 168
– Als das Wünschen noch geholfen hat 208
– Falsche Bewegung 258
Heilbroner, Die Zukunft der Menschheit 280
Heller, Thomas Mann 243
– Nirgends wird Welt sein als innen 288
– Die Wiederkehr der Unschuld 396
Hellman, Eine unfertige Frau 292
Henle, Der neue Nahe Osten 24
v. Hentig, Magier oder Magister? 207
– Die Sache und die Demokratie 245
Hermlin, Lektüre 1960–1971 215
Herzl, Aus den Tagebüchern 374
Hesse, Glasperlenspiel 79
– Aus Kinderzeiten. Erzählungen Bd. 1 347
– Ausgewählte Briefe 211
– Klein und Wagner 116
– Die Kunst des Müßiggangs 100
– Lektüre für Minuten 7
– Unterm Rad 52
– Peter Camenzind 161
– Der Steppenwolf 175
– Siddhartha 182
– Demian 206
– Die Nürnberger Reise 227
– Lektüre für Minuten. Neue Folge 240
– Eine Literaturgeschichte in Rezensionen 252
– Die Märchen 291
– Narziß und Goldmund 274
– Kleine Freuden 360
– Briefe an Freunde 380
– Freude an Büchern 415
– Die Gedichte. 2 Bde. 381
– Kurgast 383
– Der Europäer. Erzählungen Bd. 3 384
– Innen und Außen. Erzählungen Bd. 4 413
– Die Verlobung. Erzählungen Bd. 2 368
– Von Wesen und Herkunft des Glasperlenspiels 382
– Eine Werkgeschichte von Siegfried Unseld 143
Materialien zu Hesses »Glasperlenspiel« 1 80
Materialien zu Hesses »Glasperlenspiel« 2 108
Materialien zu Hesses »Steppenwolf« 53
Materialien zu Hesses »Siddhartha« 1 129
Materialien zu Hesses »Siddhartha« 2 282
Über Hermann Hesse 1 331
Über Hermann Hesse 2 332
Hermann Hesses weltweite Wirkung 386
Hildesheimer, Paradies der falschen Vögel 295
– Stücke 362
– Hörspiele 363
Hinck, Von Heine zu Brecht 481
Hobsbawm, Die Banditen 66
Hofmann (Hrsg.), Schwangerschaftsunterbrechung 238
Höllerer, Die Elephantenuhr 266
Holmqvist (Hrsg.), Das Buch der Nelly Sachs 398
Hortleder, Fußball 170
Horváth, Der ewige Spießer 131
– Ein Kind unserer Zeit 99
– Jugend ohne Gott 17
– Leben und Werk in Dokumenten und Bildern 67
– Sladek 163
– Die stille Revolution 254
Hudelot, Der Lange Marsch 54
Hughes, Hurrikan im Karibischen Meer 394
Huizinga, Holländische Kultur im siebzehnten Jahrhundert 401
Innerhofer, Schöne Tage 349
Jakir, Kindheit in Gefangenschaft 152
Johnson, Mutmassungen über Jakob 147
– Das dritte Buch über Achim 169
– Eine Reise nach Klagenfurt 235
– Berliner Sachen 249
– Zwei Ansichten 326
Jonke, Im Inland und im Ausland auch 156
Joyce, Ausgewählte Briefe 253
Joyce, Stanislaus, Meines Bruders Hüter 273
Kappacher, Morgen 339
Kästner, Offener Brief an die Königin von Griechenland. Beschreibungen, Bewunderungen 106
– Der Hund in der Sonne 270
Kardiner/Preble, Wegbereiter der modernen Anthropologie 165
Kasack, Fälschungen 264
Kaschnitz, Der alte Garten 387
– Steht noch dahin 57
– Zwischen Immer und Nie 425
Katharina II. in ihren Memoiren 25

Kluge, Lebensläufe. Anwesenheitsliste für eine Beerdigung 186
Koch, Anton, Symbiose – Partnerschaft fürs Leben 304
Koch, Werner, See-Leben I 132
– Wechseljahre oder See-Leben II 412
Koeppen, Das Treibhaus 78
– Eine unglückliche Liebe 392
– Nach Rußland und anderswohin 115
– Romantisches Café 71
– Der Tod in Rom 241
Koestler, Der Yogi und der Kommissar 158
– Die Wurzeln des Zufalls 181
Kolleritsch, Die grüne Seite 323
Kracauer, Die Angestellten 13
– Kino 126
– Das Ornament der Masse 371
Kraus, Magie der Sprache 204
Kroetz, Stücke 259
Krolow, Ein Gedicht entsteht 95
Kücker, Architektur zwischen Kunst und Konsum 309
Kühn, Ludwigslust 421
– N 93
– Siam-Siam 187
Kundera, Das Leben ist anderswo 377
Lagercrantz, China-Report 8
Lander, Ein Sommer in der Woche der Itke K. 155
Laxness, Islandglocke 228
le Fort, Die Tochter Jephthas und andere Erzählungen 351
Lem, Solaris 226
– Die Jagd 302
– Transfer 324
– Nacht und Schimmel 356
– Die Untersuchung 435
Lenz, Hermann, Die Augen eines Dieners 348
– Verlassene Zimmer 436
Lepenies, Melancholie und Gesellschaft 63
Lévi-Strauss, Rasse und Geschichte 62
– Strukturale Anthropologie 15
Lidz, Das menschliche Leben 162
Lovecraft, Cthulhu 29
– Berge des Wahnsinns 220
– Das Ding auf der Schwelle 357
– Der Fall Charles Dexter Ward 391
MacLeish, Spiel um Job 422
Mächler, Das Leben Robert Walsers 321
Malson, Die wilden Kinder 55
Martinson, Die Nesseln blühen 279
– Der Weg hinaus 281
Mayer, Georg Büchner und seine Zeit 58
McHale, Der ökologische Kontext 90
Melchinger, Geschichte des politischen Theaters 153, 154
Meyer, Eine entfernte Ähnlichkeit 242
Miłosz, Verführtes Denken 278
Minder, Dichter in der Gesellschaft 33
– Kultur und Literatur in Deutschland und Frankreich 397
Mitscherlich, Massenpsychologie ohne Ressentiment 76
– Thesen zur Stadt der Zukunft 10
– Toleranz – Überprüfung eines Begriffs 213
Mitscherlich (Hrsg.), Bis hierher und nicht weiter 239
Moser, Lehrjahre auf der Couch 352
Muschg, Liebesgeschichten 164
– Albissers Grund 334
– Im Sommer des Hasen 263
Myrdal, Politisches Manifest 40
Nachtigall, Völkerkunde 184
Nizon, Canto 319
– Im Hause enden die Geschichten. Untertauchen 431
Norén, Die Bienenväter 117
Nossack, Spirale 50
– Der jüngere Bruder 133
– Die gestohlene Melodie 219
– Um es kurz zu machen 255
– Das kennt man 336
Nossal, Antikörper und Immunität 44
Olvedi, LSD-Report 38
Paus (Hrsg.), Grenzerfahrung Tod 430
Penzoldts schönste Erzählungen 216
– Die Kunst das Leben zu lieben 267
– Die Powenzbande 372
Plenzdorf, Die Legende von Paul & Paula 173
– Die neuen Leiden des jungen W. 300
Plessner, Diesseits der Utopie 148
– Die Frage nach der Conditio humana 361
Portmann, Biologie und Geist 124
Prangel (Hrsg.), Materialien zu Döblins »Alexanderplatz« 268
Proust, Briefe zum Werk 404
Psychoanalyse und Justiz 167
Puig, Verraten von Rita Hayworth 344
Raddatz, Traditionen und Tendenzen 269
Rathscheck, Konfliktstoff Arzneimittel 189
Regler, Das große Beispiel 439
– Das Ohr des Malchus 293
Reik (Hrsg.), Der eigene und der fremde Gott 221
Reinisch (Hrsg.), Jenseits der Erkenntnis 418
Reiwald, Die Gesellschaft und ihre Verbrecher 130
Riedel, Die Kontrolle des Luftverkehrs 203
Riesman, Wohlstand wofür? 113
– Wohlstand für wen? 114
Rilke, Material. zu »Malte« 174
– Materialien zu »Cornet« 190
– Rilke heute 290
– Rilke heute 2 355
Rochefort, Das Ruhekissen 379
– Kinder unserer Zeit 487
– Mein Mann hat immer recht 428
Rosei, Landstriche 232
– Wege 311
Roth, die autobiographie des albert einstein. Künstel. Der Wille zur Krankheit 230
– Der große Horizont 327
Rottensteiner (Hrsg.), Blick vom anderen Ufer 359
Rühle, Theater in unserer Zeit 325
Russell, Autobiographie I 22
– Autobiographie II 84
– Autobiographie III 192
– Eroberung des Glücks 389
v. Salis, Rilkes Schweizer Jahre 289
Sames, Die Zukunft der Metalle 157
Sarraute, Zeitalter des Mißtrauens 223
Schickel, Große Mauer, Große Methode 314
Schneider, Macht und Gnade 423
Schultz (Hrsg.), Wer ist das eigentlich – Gott? 135
– Der Friede und die Unruhestifter 145
– Politik ohne Gewalt? 330
Shaw, Die Aussichten des Christentums 18
– Der Sozialismus und die Natur des Menschen 121
– Der Aufstand gegen die Ehe 328
Simpson, Biologie und Mensch 36
Sperr, Bayrische Trilogie 28

Steiner, In Blaubarts Burg 77
– Sprache und Schweigen 123
Sternberger, Panorama oder Ansichten vom 19. Jahrhundert 179
– Gerechtigkeit für das 19. Jahrhundert 244
– Heinrich Heine und die Abschaffung der Sünde 308
Stierlin, Adolf Hitler 236
– Das Tun des Einen ist das Tun des Anderen 313
Strausfeld (Hrsg.), Materialien zur lateinamerikanischen Literatur 341
Strehler, Für ein menschlicheres Theater 417
Strindberg, Ein Lesebuch für die niederen Stände 402
Strugatzki, Die Schnecke am Hang 434
Stuckenschmidt, Schöpfer der neuen Musik 183
– Maurice Ravel 353
Swoboda, Die Qualität des Lebens 188
Szabó, I. Moses 22 142
Terkel, Der Große Krach 23
Timmermans, Pallieter 400
Ueding (Hrsg.), Materialien zu Hans Mayer ›Außenseiter‹ 448
Unseld, Hermann Hesse. Eine Werkgeschichte 143
– Begegnungen mit Hermann Hesse 218
Unseld (Hrsg.), Wie, warum und zu welchem Ende wurde ich Literaturhistoriker? 60
– Bertolt Brechts Dreigroschenbuch 87
– Zur Aktualität Walter Benjamins 150
– Mein erstes Lese-Erlebnis 250
– Peter Suhrkamp 260
Unterbrochene Schulstunde. Schriftsteller und Schule 48
Vargas Llosa, Das grüne Haus 342
Vidal, Messias 390
Waggerl, Brot 299
Waley, Lebensweisheit im Alten China 217
Walser, Das Einhorn 159
– Der Sturz 322
– Gesammelte Stücke 6
– Halbzeit 94
Walser, Robert, Poetenleben 388
– Der »Räuber«-Roman 320
Weber-Kellermann, Die deutsche Familie 185
Über Kurt Weill 237
Weill, Ausgewählte Schriften 285
Weiss, Das Duell 41
– Rekonvaleszenz 31
Materialien zu Weiss' »Hölderlin« 42
Weissberg-Cybulski, Hexensabbat 369
Wendt, Moderne Dramaturgie 149
Wer ist das eigentlich – Gott? 135
Werner, Wortelemente lat.-griech. Fachausdrücke den biolog. Wissenschaften 64
Werner, Vom Waisenhaus ins Zuchthaus 35
Wiese, Das Gedicht 376
Wilson, Auf dem Weg zum Finnischen Bahnhof 194
Wittgenstein, Philosophische Untersuchungen 14
Wolf, Punkt ist Punkt 122
Zivilmacht Europa – Supermacht oder Partner? 137